嗆辣美嬌娘

1

風文創 509

芳菲 著

目錄

自序

芳菲

去年春天的時候，去了一趟安徽，那裡有中國最密集的古村落群，一整個村子往往有幾百戶人家，但是大家的姓氏都相同，由同一個祖先繁衍而來，一代傳一代，最終成了人口密集的村落。

生活在這樣的古村落必定是幸運的，風景如畫、青山綠水、桑麻農耕，日子再單純不過。對於居住在鋼筋混凝土中的現代人來說，有著強烈的吸引力，勾引起我的一片歸農之心，因而有了撰寫《嗆辣美嬌娘》這本書的靈感。

父親造福一方卻英年早逝，母親慈愛溫婉卻不通庶務，謝玉嬌穿越到這樣一個富庶的地主人家，偌大的家財，面臨族人的虎視眈眈；雖然只是一個外來客，但謝玉嬌還是決定憑一己之力，撐起這個家。

為了不讓族人安排的嗣子進入謝家，謝玉嬌在父親下葬當天提出招上門女婿的大膽提議，然而在男尊女卑的時代，上門女婿並不好招。機緣巧合之下，她無意間救了征戰沙場的睿王周天昊，這位多情的王爺隱姓埋名，兩人就此展開一段特殊的情緣……

金風玉露一相逢，便勝卻人間無數。謝玉嬌的智慧、善良、貌美與能幹無一不吸引著周天昊，讓他很快就愛上這樣一位與眾不同的富家千金；可肩負著家國大義的他，卻沒有辦法向謝玉嬌許下長久的誓言。韃虜未驅，何以為家？周天昊在濃濃的不捨中，再度奔赴疆場……

故事寫到這裡，如果完結了，有很大的機率會是悲劇，也許謝玉嬌會仿效孟姜女，在失去周天昊的城樓上痛哭，卻永遠都找不回那個她深愛過的男人。

然而，芳菲從來不是一個寫虐文的小能手，你們一定注意到了我前文用過的「隱姓埋名」四個字，所以……

多年之後，江山已固、美人在懷，朝廷裡少了睿王周天昊，謝家宅卻多了一個姓周的女婿。

芳菲也終於在他們的幸福生活中，享受到了這份雞犬桑麻的安逸。

第一章 擦肩而過

江南逢春，正是清明雨紛紛的時節。方才有些陰鬱的天空已經飄起了小雨，映著青山綠水，頗有些煙雨濛濛的感覺。

不遠處是一大片青瓦白牆的人家，在雨中瞧著尤讓人覺得冷清，門楣上的白幡還沒收起來，被雨水打得濕淋淋的，將「謝府」兩個字蓋去了一半。一個穿著素服的女子站在廊下的青石板臺階上，探著身子往外頭看了幾眼，腳下的繡花鞋沾到雨水，濕了半邊。

興許是雨中風大，她低頭咳了幾聲，身後的嬤嬤急忙上前，將一件外衣披在她的身上。

「夫人放心吧，這雨下不大，姑娘一會兒就回來了。」說話的是謝家女主人徐氏身邊的管事媳婦張嬤嬤。張嬤嬤是徐氏的陪房，如今已有四十出頭，在謝家也已經過了這麼多年，是徐氏身邊的老人了。

徐氏點了點頭，心下卻還是忍不住有些擔憂。丈夫一個月前病故，如今在家裡停靈已有二十多日，她最近身子又不好，勉強才能起身，如今這選墳地的大事，就落在她跟丈夫唯一的閨女身上了。

都說窮人的孩子早當家，可她這個女兒雖然從小養在蜜罐裡，卻因為父親病故，好似換了一個人一樣，原本大門不出、二門不邁的姑娘家，彷彿一夕間長大，硬是在眾多的叔伯族人面前，活出了當家人的樣子。

徐氏想到這裡，不禁深深嘆了口氣。

謝玉嬌坐在轎子裡頭，伸手挽起了轎簾，看了煙雨紛飛的景色一眼，一張嬌俏清麗的臉上頓時染上一抹愁容。

提起這件事，謝玉嬌還覺得胸口疼呢！她不過就是睡個覺而已，誰能料到這一覺醒來，就到了這前不著村、後不著店，連電腦、手機、iPad都沒有的地方。謝玉嬌從小喪父，跟母親相依為命，好不容易開始上班，可以賺錢孝順母親，誰知道就這樣穿越了……

也不知道這身體的原主去了哪裡，她連找個對象抱怨都沒辦法，若不是如今這位徐氏的容貌、姓名跟謝玉嬌在現代的母親一模一樣，她還真想撂挑子不幹了。

這算什麼啊！穿越來的時候，爹已經死了，娘還生病，最關鍵的是，他們居然沒生出一個兒子來，謝家偌大的家業，就這樣「暫時」壓在謝玉嬌的肩頭上。

古代的規矩跟現代不太一樣，現代就算是女兒，也有繼承權，父親過世，女兒繼承遺產合情合理；可在古代，女兒打從出生，就被看成是別人家的人，沒有繼承權不說，若是錢落到了別人家的手裡，將來有沒有嫁妝還是問題呢！

父親剛辭世，族長自然不會提出分家的事情，但就是提了，謝玉嬌也不會那麼容易讓他們得逞，憑什麼謝家幾輩子辛辛苦苦攢下的銀子，要分給沒出過什麼力的人？如今唯一的辦法，就是在族中找一個孩子過繼到謝家來，沒準兒還能保住這份家產。

族長已經同意了這個想法，但是關於這個孩子的人選，實在是一言難盡。

謝玉嬌的父親是老太爺的獨子，可在老太爺那一輩當中，倒是有幾個叔伯兄弟，雖然年輕時候各自分家過日子了，這些年也沒少來家裡打秋風，因此對於謝家正房這一筆巨大的財富，他們都如猛虎惡狼一般覬覦著。

她前幾天剛穿越過來，人都還沒認全的時候，就已經被領著看了十幾個孩子，大到二十出頭，小到剛剛滿月，凡是謝家五服之內的子孫，人人都有機會。

徐氏直接稱病不肯出來見人，謝玉嬌只好耐著性子一一見過，所幸輩分沒弄錯，只是名字紛亂，一時記不住，她把謝家的族譜給請了出來逐一對照，才算是把這群人都認清楚了。

那些已經長大成人的就不說了，沒幾個看著順眼的，十歲以下的又不知道長大後是個什麼模樣，眼下謝玉嬌都十四了，翻了年十五，就算是為她爹守孝三年之後嫁出去，也不過一眨眼的工夫。

要是選個大的，等於奉送全部家當；要是選個小的，三年之後也調教不出個什麼樣子。

謝玉嬌支著額頭發愁，眼下只能拖一天是一天了。

外頭的雨越下越大，丫鬟打著傘跟在轎子旁邊，小聲囑咐。「欸，你們慢著點，小心路滑晃著小姐了。」

幾個轎伕都是謝家宅土生土長的奴才，很靠得住，衣服都濕了，也沒人有半句怨言，只冒雨抬著謝玉嬌回去。

謝玉嬌見轎簾都潮了，心知這雨必定下得不小，便撩起簾子，往外頭看了一眼，只見淅淅瀝瀝的雨幕不遠處，有一座外觀為土黃色的廟宇，正是這一帶的土地廟。鄉下種田人家尤其信奉土地、龍王一類的神仙，認為祂們可保佑風調雨順，莊稼穀富米充。謝家身為這一帶最大的地主，自然是這土地廟最闊氣的香客。

「喜鵲，妳去廟裡問一聲，看看能不能讓我們進去歇歇腳，這雨不小，身上淋濕了也不舒服。」謝玉嬌開口說道。

叫喜鵲的丫鬟脆生生地應了一句，打著傘走了幾步，又轉身對轎伕們道：「你們慢著些，走穩了，別急著跟過來。」

土地廟裡頭，這會兒正好先來了兩位客人，其中之一是今年新到任的江寧知縣康廣壽，是上一科的狀元，三年散館之後，便來江寧縣這裡做一方父母。

康廣壽年約二十五歲，書卷氣息濃厚，模樣成熟穩重。他身邊另一位男子，穿著一身石青色緄邊錦衣，盤腿而坐，看上去二十出頭的樣子，容貌不俗，一雙劍眉眉飛入鬢，烏黑的眸子點漆一般深邃睿智，眼神中還帶著幾分讓人不可捉摸的冷傲。

今天康廣壽帶著錦衣男子私下到各處走走，正巧遇上下雨，便到土地廟裡躲雨。

廟祝是個五、六十歲的老人家，江寧縣本地人，從小就在這土地廟入道，對地方上的大小軼事都熟悉得很。

「大人來江寧縣這地方，怎麼能不知道何家跟謝家呢？不說在江寧，就是在整個應天府，何家跟謝家也是數一數二的人家。何家是江寧縣最大的財主，聽說除了鄉下的土地，城裡的鋪子共有上百間，整個貢院西街都是他們家的祖產，每年光是那些店家收的租金，就能堆幾間倉庫。」

廟祝侃侃而談，顯然對這些事情如數家珍。「謝家就更不得了了，他們是江寧縣最大的地主，這附近幾個鎮的土地都是他們家的，就連隔壁的秣陵縣，也有不少他們家的田地。除了土地，又兼做絲綢、茶葉生意，光是宅子，城裡城外就有五、六處，聽說先帝南巡的時候，還住過他們家的宅子呢！如今謝家的當家主母，跟當今皇后還是堂姊妹，實在是名副其實的江寧縣首貴，無人能及啊！」

一旁的錦衣男子聽了，略略皺了皺眉頭，隨口問道：「這麼有錢，豈不是剝削了很多百姓，怎麼沒聽過百姓說他們不好，想來是有些手段了？」

廟祝聽男子說起這件事，忍不住哈哈笑了起來，說道：「這位公子，您這麼想可就錯了，雖說謝家有錢有地，卻從來不剝削佃戶，這一帶就數他們家的田租收得最少；要是遇上災荒，還會搭棚施粥，附近幾個村鎮的百姓沒少受過他們家的恩惠，可謂積善之家。」

廟祝說到這裡，忍不住嘆了口氣，繼續道：「只可惜好人不長命，上個月謝老爺得病去了，留下偌大的家業，剩下孤兒寡母兩個女人看著。」

錦衣男子聽到這裡，倒是有了些興致，問道：「謝家沒兒子嗎？」

「就是沒兒子，獨獨一個閨女，當掌上明珠一樣養著，聽說謝家小姐平常洗澡都不用水，而是用莊子裡奶牛擠下來的牛乳呢！謝老爺去世之前，就是謝家宅裡，也沒幾個人見過謝小姐的模樣，說是比天上的嫦娥還要漂亮。貧道前陣子去謝家為謝老爺做法事的時候，遠遠瞧了一眼，那姑娘的皮膚，白得跟外頭開著的玉蘭花瓣一樣，只可惜這麼年輕就沒了爹，可憐啊！」

這兩個男人顯然對謝小姐的長相沒什麼興趣，錦衣男子又問起了其他問題。「謝家跟何家可有什麼姻親關係？說起來地方上的富豪，多少有些勾結。」

廟祝皺著眉心想了片刻，開口道：「謝家的老夫人是何家的姑奶奶，後來何家想跟謝家再攀個親戚，讓何家大少爺求娶謝家小姐，但是謝老爺實在太寶貝這閨女了，沒捨得答應。如今他去得早，謝小姐的婚事也沒訂下來，不知道後面會是個什麼光景。只是謝家沒個頂梁柱，孤兒寡母的，又守著這麼大一筆錢財，只怕以後日子不好過嘍！」

他的話還沒說完，外頭的小道童跑進來說道：「師父，廟門口有個姑娘，說是謝家的丫鬟，他們今日去了隱龍山為謝老爺選墓地，這會兒外頭下雨，想進來躲個雨。」

廟祝一聽是謝家的人，白眉毛抖了抖，回道：「快去請他們進來，開春雨多，天氣又冷，凍著就不好了。」

小道童合掌唸了一句佛偈，又道：「那丫鬟說要一間乾淨的禪房，來的人是謝家的小姐。」他雖然六根清淨，但畢竟修練的年歲有限，還達不到心無萬物的境界，耳根微微發熱。

廟祝這下倒是為難了，他這土地廟小，也就這一間待客的禪房還像樣，謝家小姐要來，那眼前這兩位客人，又要去哪兒呢？

康廣壽見廟祝臉上露出一絲苦惱的神色，爽快起身開口道：「時候也不早了，不知道什麼時候雨才會停下來，我們就先告辭了。」

他話一說完，身邊的錦衣男子也站了起來，朝廟祝拱了拱手，示意要離去。

廟祝雖然認得新來的縣太爺，可他並不知道這位長相不凡的公子身分為何，不過他常年修練，平常替人看相多少有幾分準頭，心裡早認定這位公子非富即貴，見兩人起身要走，也沒挽留，點了點頭一路將兩人送到門口。

此時廟門口不遠處，一抬平頂皂幔轎子正從遠處緩緩行了過來。轎旁站著一個十三、四歲的姑娘，打著油紙傘，紮著雙垂髻，一眼就能看出是小姐身邊的丫鬟。

康廣壽回身向廟祝拱手作了一揖，開口道：「道長對此地的風土人情這般熟悉，改日必定請您去縣衙一敘。」

廟祝雙手合十唸了一句「阿彌陀佛」，目送兩人上了馬車，見他們在雨霧中越走越遠，這才鬆了神色，默默回想著方才那位錦衣男子的容貌——頭上有物，如博山之形，有此靈物，方能噓氣成雲，扶搖直上，飛升於九天也，此為特貴之相。

他此生也算閱人無數，倒是頭一次看見有人面相如此，正揣測那位公子的身分時，卻聽耳邊傳來一個清脆悅耳的聲音，猶如三月的鶯歌，四月的黃鸝。

「道長，打擾了。」

廟祝回過神來，只見那丫鬟扶著一個嬌滴滴的姑娘下了轎子，那姑娘朝著自己微微福了福身，皓齒星眸、粉黛青娥，實乃人間絕色，只消一眼，他就認出這是謝老爺家那個嬌貴的小姐。

「謝施主裡面請。」廟祝回了一禮，引眾人進去。

方才待客的禪房裡已經空無一人，廟祝帶她們進屋後暫時告退，小道童則重新沏了茶上來，謝玉嬌謝過之後，開口道：「煩請小師父取些熱茶，給我那幾個轎伕喝一口，讓他們也暖暖身子。」

小道童紅著臉答應，喜鵲見他出門了，才笑著道：「小姐，不是說道士都潛心修道嗎，怎麼他見著您還臉紅，豈不是犯了色戒？」

謝玉嬌回了喜鵲一記眼刀，嚇得喜鵲急忙噤聲，捧著茶盞送到謝玉嬌面前，說道：「這是舊年的陳茶了，小姐湊合著喝一口吧！」

謝玉嬌點了點頭，捧起喜鵲送上的茶盞，低頭看了碗裡碧青的茶水一眼。雖然她不知道喜鵲怎麼看得出這是陳茶，但這會兒才農曆三月，尋常人家若是想喝一口新茶，只怕沒那麼容易。不過謝家有茶園，前一陣子那邊送了好一些明前雨花過來，喝起來確實順口。

謝玉嬌喝了兩口茶，一時之間身上的潮氣褪了不少，這禪房裡燃著寶塔檀香，清清淡淡的，很讓人舒心，只是這檀香之中，似乎還混雜了一些別的香氣，雖然不濃郁，但是對於鼻子特別靈的謝玉嬌來說，很容易就能分辨出來。如果她猜得沒錯，這屋子片刻之前才待過客，大概就是方才與他們錯身的那輛馬車裡的人。

謝玉嬌想起這些，覺得有些不好意思，若不是自己要過來歇腳，只怕他們也不會這麼急著離去，雨天趕車本就不便，她這樣倒是難為了別人，不過現在想這些也沒什麼意思，反正人都走了。

小道童離開沒多久，廟祝再度走進禪房，他六根清淨，不必避嫌，見謝玉嬌端坐在房裡，慈祥地笑道：「小姐今日出門，可是為謝老爺選好安寢之地了？」

謝家祖墳在隱龍山，那邊依山傍水，是福蔭子孫的好地方。謝老爺雖然早逝，可備受族人愛戴，他的墓室所在，也是族裡的人請了三、四個有名望的風水師父連番推算出來的，定下了地方之後，才請謝玉嬌過去看。

謝玉嬌對這些事情可以說一點都不懂，好在家裡的管家一路上為她解說，如今她也算是明白了一些其中的門道。

「地方已經選好了，家父下葬之日，還要請道長前去做法事，過幾日我再送帖子過來。」謝玉嬌說道。

廟祝連連說了幾句不敢當，又往謝玉嬌的臉上掃了一下，終究不敢細看人家姑娘的長相，只知道這皮膚確實白皙透亮，吹彈可破。

好在春雨來得快、去得也快，不過一盞茶的工夫，雨就變小了。謝玉嬌念著徐氏一個人在家恐怕又要擔心，便起身告辭。

喜鵲上前扶著謝玉嬌起身，替她整理好起縐的衣裙，卻見一枚玉珮落在方才謝玉嬌坐過的蒲團上。喜鵲正要喊謝玉嬌留步，見她已轉身出了禪房，便急忙拿了帕子，將那玉珮包裹起來，藏在身上跟了過去。

第二章　孤兒寡母

徐氏在廊下等了好一會兒，不見謝玉嬌回來，當下又長吁短嘆起來，張嬤嬤見狀勸慰道：「方才雨下得大，小姐可能在路上躲雨呢，沒準兒一會兒就回來了，夫人進裡面等著，老奴吩咐長順派人去找一圈。」

聽了這話，徐氏連忙點頭道：「也不用走遠了，在村口等著就好，別到時候走岔了路，反倒尋不著了。」

長順是張嬤嬤的大兒子，如今跟在他老子身邊跑腿，算是年輕人裡頭最能幹的了。果真如徐氏所言，長順才到村口，就看見謝玉嬌坐的轎子正慢慢行來，身邊打傘的丫鬟就是自己的心上人喜鵲。

喜鵲看見長順迎了出來，臉上揚起幾分喜色，走到謝玉嬌的轎子旁邊，小聲道：「小姐可真是神算，夫人果然派了長順哥迎到村口了。」

謝玉嬌心想，這一世徐氏的性格，也和前世她母親的性格一模一樣，都把女兒當寶貝一樣供著，深怕有半點閃失呢！

面對跟前世母親有著相同容貌與性子的徐氏，謝玉嬌很快就適應了女兒的角色，把她當成自己的親娘。

謝家在謝家宅的屋子是祖宅，算不上是最好的，但因為宗祠、族人都在附近，所以他們一直住在這裡，四進的院子，有後花園，花園裡還有小樓閣，正是謝玉嬌住的繡樓。

謝玉嬌下轎子的時候，徐氏已經迎到了垂花門口。這一路風雨飄搖，讓謝玉嬌的臉色有幾分蒼白，徐氏見了，忙開口吩咐。「快去廚房把方才熬好的薑湯拿一碗過來給小姐喝，這會兒才剛開春呢，凍不得。」

說話間一行人已經進了正院，丫鬟上前挽起簾子引她們進去，謝玉嬌見徐氏的鞋面潮了一半，知道她肯定在門外等著，不禁一陣感動，開口道：「娘以後別在外頭等我了，在屋裡等也是一樣的，若是凍壞身子，可就得不償失了。」

張嬤嬤聞言答道：「小姐說得是，只是夫人放心不下小姐，老奴也勸不住啊！」

徐氏自然不放心謝玉嬌，她從前住在繡樓裡，連後院的門都沒怎麼出過，更別說如今為了丈夫的後事，跑前跑後地張羅，又跟族裡那些覬覦謝家家產的一大幫人周旋，這其中有多少難處，她如何不知道？只是她最近病了，實在操不起這個心思，但凡白天多想了一些，到晚上就睡不著，即便睡著了，又是噩夢連連，哪裡有片刻的清靜？終究是沒法子了，只能交到謝玉嬌手上。

這時候丫鬟已經端了薑湯過來，熬得濃濃的，裡面還放了一些胡椒，喝下去一碗，片刻身子就發熱，寒氣也散去了。

謝玉嬌捏著鼻子喝了大半碗，漱過口之後才道：「娘儘管放心，我不是個毛孩子，不會讓那些人隨便哄騙了去，雖然我以前很少與人交際，可爹一直教我讀書認字，所謂人情世故，只要書上有的，我多半都看過，倒沒覺得有多難。」

對於原本像隻籠中金絲雀的謝玉嬌忽然開竅的這件事，外人多半都抱著好奇的心思，但是想來想去，謝玉嬌只能把這些歸為「書讀多了」。

徐氏見喝過薑湯的謝玉嬌臉色又紅潤起來，而且帶著一抹自信的微笑，不禁放心了些。雖然以前謝玉嬌也這般乖巧聽話，卻沒有如今這般豁達幹練的氣場，骨子裡多是江南女子的婉約。儘管她的身形還是一如既往那樣瘦小纖細，但眸中的那一抹睿智，讓一度絕望的徐氏，覺得自己又有了活下去的依靠。

「嬌嬌，今日的事情還順利嗎？那些叔公們沒有為難妳吧？」徐氏皺著眉頭問謝玉嬌。她嫁到謝家的這些年來，除了每年祭祖時會跟那些人見上一面，還真的沒跟他們打過什麼交道。

謝老爺年輕時就是地方上的才子，可因為家業太大，又是獨子，只中了個秀才就沒再往上考，回老家繼承祖業，安安心心當他的地主少爺。說來湊巧，徐氏本是安國公府庶出三老爺的閨女，那一年三老爺來江寧縣任職，當時徐氏已屆嫁齡，若是等三老爺三年後任職期滿再回京議親，她的歲數就大了，加上她雖是嫡女，但只是安國公庶支的小姐，只怕找不到好人家。

當時的謝老太爺一心想為謝老爺找個門第好的姑娘，所以就上門求親去了。三老爺起先不肯，後來禁不住謝老太爺拍胸脯保證會對這兒媳婦好，又見謝老爺風度翩翩、相貌堂堂，這才應了下來，將國公府的小姐，嫁給江寧縣的一個土財主。

徐氏進了謝家的門，果然備受寵愛，公公仁厚、婆婆慈愛，沒受過半點委屈，跟謝老爺更是夫妻恩愛、舉案齊眉，這麼多年來都沒紅過臉，若非要說有什麼不如意之處，就是成婚近二十年，不曾生下兒子。

後來徐氏自覺愧對謝老爺，曾為他納了幾房小妾，但謝老爺對她們沒什麼心思，偶爾徐氏身上不舒服，他才會去小妾的房裡過上一、兩夜。大概是謝老爺去的次數實在太少了，那些小妾沒一個懷上，所以謝老爺到死還是沒兒子。

謝玉嬌扶著徐氏坐下，緩緩開口道：「娘放心，他們現在還不敢為難我，我一日沒出閣，就一日是謝家的人，將來不管誰要當謝家的嗣子，總還要我這個長姊點頭，這時候跟我鬧，他們撈不著半點好處。」

這些雖都是安慰的話，徐氏還是覺得難受，低下頭，拿帕子壓了壓眼角道：「誰知道妳爹竟然去得那麼早，我去年秋天才又為他納了一房小妾，還想著他要是喜歡，今年總能讓他抱上兒子的，誰知卻……」

徐氏的話還沒說完，哭聲就又開始了，謝玉嬌如今已經習慣徐氏這說哭就哭的本事，不像之前那樣驚慌失措，只勸慰道：「俗話說生死有命，富貴在天，爹雖然去得早，可他這輩子沒做一件損陰德的事，便是去了，也是去天上當神仙，娘不要太難過，保重自己的身子要緊。至於嗣子一事，上次二叔公帶過來的那些孩子，我瞧著有十幾個，總要選一個好的，這需要時間，不可能他們想要誰就是誰，娘也要自己有個主意，不能聽他們說得天花亂墜。」

這幾日聽見嗣子這話題，徐氏就覺得腦子疼，她這輩子沒生兒子已經夠嘔的了，一下子多出十幾個男孩子要來當她兒子，誰開心得起來？因此只要跟嗣子有關的事，徐氏一概不願多想。

「躲得過初一，也躲不過十五。」徐氏嘆了口氣，強打起精神，開口道：「今日劉二管家過來回話，說年前妳爹答應為縣裡趕製的那五千件軍需棉襖還沒做好，妳爹病著的時候，也沒精神管這件事，如今新到任的縣太爺問起來了，說前線的將士等著穿呢，問我到底怎麼回。當初妳爹也是好心才應下來的，沒想到反倒變成個麻煩。」

謝玉嬌聽徐氏說完，微微皺了皺眉頭。如今這朝代叫大雍，在她所知的歷史中並不存在，不過外患倒是跟她以前學過的某些朝代相似。這兩年大雍一直在跟北邊的韃靼交戰，雙方打得不可開交，光是謝家這些日子以來收容的北方難民數量，就可見一斑了。

謝老爺雖然不當官，卻有一腔愛國熱血，平常做過不少捐銀子的事，如今這五千件棉襖，便是他生前打算捐出去的。

謝玉嬌著實敬佩這個她素未蒙面的爹，雖然她覺得這是件好事，但是如今家裡事情太多，只怕一時顧不上了。

「娘不要為這事心煩，眼下已是春天，越往後天氣越熱，即便是北方，也有春夏秋冬四季之分，將士們要穿上這些棉襖，少不得要到十月分，我們趕在仲夏的時候交上去也來得及，這位新來的縣太爺竟拿這個來忽悠劉二管家，真的當我們什麼都不懂嗎？」

徐氏見謝玉嬌很有主見，擦乾臉上的淚痕，拍著她的手背道：「還是嬌嬌有主意，什麼都明白。」

她一邊說，一邊轉身對身旁的張嬤嬤吩咐道：「一會兒妳就把這話告訴你們當家的吧，讓他再跟縣太爺通融通融，具體定下一個時間，我們一起趕一趕。」

張嬤嬤連聲應了，羞愧道：「我們家那口子也真是的，家裡事情這麼多，這些小事還來動問，真是越活越回去了。」

劉二管家就是張嬤嬤的丈夫，張嬤嬤從小就跟著徐氏，雖說是個丫鬟，但也在京城那種繁華之地待過，見過的世面自然不一般；可是因為跟著徐氏，只能嫁給本地的男人，所以對劉二管家有點瞧不上眼也是正常。不過謝家不管是主子還是下人，都很疼愛妻子，張嬤嬤也被劉二管家哄得服服貼貼的，兩個人在一起和和美美這些年，生下一子一女，謝玉嬌身邊另外一個丫鬟紫燕，就是張嬤嬤的閨女。

母女兩人在一起又說了一會兒話，就到了用晚膳的時候。徐氏為謝老爺守孝，熱孝裡面不沾葷腥，謝玉嬌原本也要照做，可徐氏心疼她這幾天裡外忙碌，便吩咐廚房另做了幾樣可口的小葷菜送過來給她吃。

清蒸鱖魚、蒲菜肉圓，還有清炒蘆蒿、涼拌馬蘭頭、烤鴨卷，這些都是江寧縣的地方菜，謝玉嬌前世就是南京人，吃起自己家鄉的小菜，越發覺得親切。

加上正值初春時節，有很多新鮮野菜，讓她不由得食指大動，吃了整整一碗米飯。徐氏很是欣喜，趕緊伸手幫她裝了一碗菊葉湯，推到她面前道：「春日裡肺火旺，喝一口菊葉湯退退火。」

謝玉嬌又喝了一碗湯，這才放下筷子，陪著徐氏往房裡去了。

因為家裡辦喪事，往來的人多，所以徐氏房裡好些古董、字畫都收了起來，此刻看著倒是有些簡陋，針線簍子裡還放著繡了一半的腰封，是給謝老爺用的，謝玉嬌見了，便開口道：「娘還留著這些做什麼，睹物思人，爹要是知道，又要心疼娘不保重身體了。」

徐氏順手拿起針線，在髮絲上擦了兩下，低頭縫了幾針，臉上神色淡然。「已經做了一半，索性做好了，再燒給妳爹。之前他就誇我這次繡得比以前好看，如今他雖沒機會戴了，但或許在下面還用得上。」

聽她這麼一說，謝玉嬌便想起自己小時候父親去世，母親也是這般想念父親，所有他生前用過的東西，她都找了出來，一樣一樣燒給他。現代人改嫁並不罕見，但母親卻一個人把自己拉拔長大，再沒有找過伴侶。

謝玉嬌想起這些鼻子就酸了，眼睛紅紅的蓄滿了淚水，彷彿回到自己父親剛去世的那段日子，哽咽道：「娘做完這個就不要做了，您的心思，爹肯定清楚得很，只是這樣又傷眼睛、又傷身子，便是我看了，也心疼得很呢！」

徐氏見謝玉嬌紅了眼眶，一時又心疼起她來，便放下針線道：「好好地怎麼哭了？行，我不做了。」

她放下針線，剛拿起帕子為謝玉嬌擦眼淚，就聽見她身邊的丫鬟百靈進來說道：「老姨奶奶那邊派了丫鬟來問話，問老爺的墓地選好了沒有。」

徐氏聽了這話，只覺得腦門跳得厲害，揉著額頭回道：「告訴她，這些事情小姐都安排好了，不勞她老人家操心。」

說起這位老姨奶奶，原是謝老夫人從何家帶過來的陪房。謝老夫人跟謝老太爺膝下就一個謝老爺，謝老夫人便把她給了謝老太爺。雖然後來她沒能生出兒子，但也生了一個閨女，很早就出閣了。

這位老姨奶奶在謝老太爺在世時，倒是識相得很，因為徐氏過門沒幾年，謝老夫人就去世了，謝老太爺晚年那些日子，都是她在一旁服侍照料；加上謝老夫人年輕時候身體就不好，謝老爺被這老姨奶奶抱過幾年，所以對她也很孝順，不僅吃穿用度跟當年的謝老夫人一樣，甚至經常周濟她的娘家。她家原是何家的佃戶，如今也有了幾畝田地，靠著跟謝家打秋風過活。

徐氏跟這位老姨奶奶有了嫌隙，是從她提議讓謝老爺納妾開始的。原來當年謝老太爺為兒子求娶徐氏的時候，拍著胸脯說將來必定不讓謝老爺納妾，謝老爺又是真心喜歡徐氏，因此雖然沒有兒子，只有謝玉嬌一個女兒，仍舊歡喜得不得了。

可徐氏畢竟是受過三綱五常教育的女子，生不出兒子對她的打擊也很大，心裡早已動了無數次要為謝老爺納妾的念頭，謝老爺私下卻不肯鬆口，這事就拖拖拉拉的，直到謝老太爺去世。

老姨奶奶這時候就變了，隔三差五就說夢見謝老太爺，說他沒看見謝老爺生出兒子來，死不瞑目，又說謝老夫人經常托夢給她，要她好好照顧謝老爺，替他物色幾個小妾，好讓謝家開枝散葉。

徐氏是聰明人，自然知道老姨奶奶安的是什麼心，不過就是因為她娘家的姪女到了出嫁的年紀，想著要過來讓謝老爺做小，好跟她一樣，一輩子享受榮華富貴。況且徐氏沒生出兒子，萬一那姑娘有造化，能生個兒子，將來保不定還能跟徐氏比肩呢！鄉下地方向來沒什麼規矩，到時徐氏要是擺個臉色，難保不會有人說她是妒婦。

徐氏當時心一狠，就在外面買了個姑娘，又把老姨奶奶的姪女也接了進來，一併都收房做了良妾，若是能一舉得男，再抬了貴妾也不遲。老姨奶奶的姪女原本是打著進來當貴妾的主意，沒想到徐氏會有這麼一手，覺得自己委屈到不行，可又說不出什麼話反駁，只好吃了這個啞巴虧。

說也奇怪，這兩個良妾進門兩、三年，沒有一個人傳出好消息。徐氏一開始是生氣，後來反倒著急起來，眼看謝老爺都快四十歲了，徐氏便又為他納了兩個小妾，還先請了有名的穩婆看過，最是好生養的模樣。不料最後一個小妾進門不過半年，謝老爺就一病不起，沒熬過一個月，就去了。

徐氏最近身子不好，事情又多，一時之間沒想那麼多，如今見老姨奶奶派人來問消息，倒是想起了那些姨娘，便開口道：「妳爹去了，我守著是應該的，可仔細想想，到底有些虧欠她們那幾個，不過二十來歲的年紀，總不能跟我一樣孤身終老。等妳爹下葬了，我得問問她們，到底是留在謝家，還是自己重新找個去處，若想留下來，我們謝家不差養活這幾個人的銀子，若是想走，我也給足了改嫁的嫁妝銀子，算是給妳爹積德了。」

謝玉嬌見徐氏又想起這麼多心煩的事情來，便勸道：「娘快別想這些了，眼下還沒到想這些的時候，總要先把爹的身後事辦好了，再一樣一樣來。」

徐氏聽謝玉嬌勸了半日，心思總算又鬆了一些，張嬤嬤送上安神的湯藥，謝玉嬌服侍徐氏喝下，見天色不早，回自己的繡樓去了。

晚上的謝府格外安靜，因是在熱孝之中，各處的走廊都點著白晃晃的燈籠，陰森森的，有幾分可怕。喜鵲、紫燕兩個丫鬟提著燈籠，踩著小碎步跟在謝玉嬌身後，路過姨娘們住的小跨院兒時，裡頭的燈都已經熄了。

古代人日出而作，日入而息，到了晚上，別提什麼夜生活，大家都關門睡覺去了，只是謝玉嬌見跨院兒的門口連一盞燈也沒點，實在有些不像樣，隨口問道：「今晚管燈火、蠟燭的是什麼人，為什麼姨娘們的院子門口不點燈？」

紫燕回道：「我們府中管燈火、蠟燭的，是老姨奶奶娘家嫂子的妹妹。」

謝玉嬌一聽是個有裙帶關係的，頓時明白了。《紅樓夢》裡奴大欺主的故事她知道，可如今謝老爺才過去沒多久，這些老刁奴就反了，當真是讓人心中窩火得很。只是今日時辰已晚，若鬧起來，反而擾了徐氏休息，她按捺著怒氣道：「明日妳一早就去找老姨奶奶，讓老姨奶奶親自打發她出去，這樣的奴才，我們謝府請不起。」

紫燕知道謝玉嬌這幾日忙得心火重，慌忙應了下來。

謝玉嬌一回繡樓，一群丫鬟們就迎了過來，謝玉嬌並不習慣這種眾星拱月的架勢，所以平常都只用喜鵲跟紫燕兩人。

喜鵲讓其他丫鬟們把澡堂的水燒熱，回房裡替謝玉嬌鬆了頭髮梳頭，等丫鬟們說水已經熱了，謝玉嬌才披上外袍，下樓去澡堂沐浴。

這澡堂是當年謝老爺建繡樓的時候，看見洋人在泉州城開的澡堂，仿造其設計建的，他請人在地上挖一個兩公尺見方、半公尺深的坑，周圍用白玉圍起來，在角落挖開一個小孔，接上打通的竹管，洗的時候拿木塞子堵住小孔，洗完就能拿開，把水排到宅子外的河裡去。

水池裡放滿了熱水，霧氣氤氳，像在做ＳＰＡ一樣，便是有再心煩的事情，來這裡泡一泡，再睡上一個好覺，第二天起床就會神采奕奕。

謝玉嬌躺倒在水池裡，覺得整個身子都暖和起來，一旁的丫鬟將木盆放在謝玉嬌腦袋後面，解開了包裹著頭髮的布巾，準備替謝玉嬌洗頭。

喜鵲見了，開口道：「小姐要晚上洗頭？天黑了不容易乾，一會兒睡了頭疼。」

謝玉嬌出了一整天的門，又去土地廟裡躲了半刻雨，身上沾上一些煙塵味，她的鼻子又特別靈敏，所以說什麼都要洗頭，只是古代沒有吹風機，晚上洗頭確實不太方便。

謝玉嬌皺眉想了想，說道：「先洗吧，今日不用那麼早睡，還有好些帳本沒看完。」

謝老爺去世之後，謝家就像是一艘巨輪沒了掌舵人，稍有不慎，可能就會有沈船的危機。如今又有那些想著分一杯羹的叔伯、老爺們「熱心幫忙」挑嗣子的事，難怪徐氏會愁得生病，便是從現代來的謝玉嬌，也有些招架不住。

丫鬟坐在小板凳上，彎腰替謝玉嬌洗頭，古代沒有洗髮精這種東西，有錢人家用的都是香胰子。徐氏出閣之前，她父親所屬的三房並沒有從安國公府分家，因此這類貴重的東西沒少用過，後來到了謝家，富貴卻比在安國公府時更甚；謝玉嬌如今用的香胰子，就加入了青木香、甘松香、白檀香、麝香、丁香五種香料，同時還配有白殭蠶、白朮等多種可以讓皮膚白皙細膩的中藥草，更有滋養潤澤皮膚的蛋清、豬胰，使用後皮膚細滑，香氣撲鼻。

謝玉嬌洗好頭，丫鬟們用乾布巾將頭髮擦至五、六成乾，直到不滴下水珠為止。謝玉嬌睜開眼睛，看著霧氣薰蒸下吹彈可破的肌膚，才覺得這次穿越其實不算吃虧，至少這樣的身子與容貌，比起前世的自己，好上不止一丁點。

喜鵲見她洗好了頭，這才端了一碗白花花的牛奶過來，用一旁的白紗布浸濕了，小心敷在謝玉嬌臉上。那白紗布在眼眶跟嘴巴處開了口，就像現代的面膜。

謝玉嬌等喜鵲幫她敷好面膜，這才睜開眼睛，看見碗裡還剩下一點點牛奶，用手蘸了抹在自己的脖頸與手臂處。她一邊抹，一邊忍不住笑了起來，也不知道是她房裡哪個丫鬟多嘴，竟然說她用牛奶洗澡，害得如今外頭的人都說她這個謝家大小姐驕奢。

洗完了澡，謝玉嬌坐在樓上的書房裡看帳本，因為沒有電燈，所以書桌上點了五、六個燭檯，映得她的臉頰紅通通的。謝玉嬌披著長袍，手裡拿著一支小楷狼毫，仔細對帳。

謝家雖然是遠近馳名的大地主，但謝玉嬌看過帳本才知道，原來這些年謝家最大的進項已經不是田租，而是這一帶佃戶們種出來的茶葉，以及用生絲織成的布疋，這些東西都會賣給泉州的商販。那些商販做的都是洋人生意，拿了茶葉跟絲綢出去換回大量的寶石、金銀，謝家光是這項收入，就比田租多了三成。

田租的事情，以前都是大管家陶來喜管的，陶家在謝家當了幾輩子的下人，很靠得住，至於城裡頭一些商鋪以及瑣事，由二管家劉福根掌管。生意上的事一向都是謝老爺自己負責，可是在外面跑動的，卻是徐氏的弟弟徐禹行，也就是謝玉嬌的舅舅。

因為徐家三老爺是庶出，所以分家的時候得到的資源有限，他的個性又兩袖清風，不懂抱國公爺的大腿，因此當年調任的時候，去了韃靼跟大雍邊境上的一處地方，結果韃子打過來的時候，徐三老爺只來得及送妻兒、老小離去，自己則死在韃子的刀下。

由於這一層關係，徐禹行並不想投靠本家安國公府，他帶著妻兒一起到了金陵，幫忙自己的姊夫，兩人也算雙劍合璧，幹出了一番事業來。

屋子角落裡的沙漏已經到了戌時二刻，謝玉嬌正打算起身走一走，喜鵲卻捧著兩樣東西，送到她的面前說道：「小姐您看。」

謝玉嬌湊過去看了一眼，見喜鵲那帕子上面放著兩塊翡翠玉珮，形狀都是上窄下寬，其中一枚刻的是百鳥朝鳳，另外一枚卻是雙龍戲珠，只是背面一模一樣，但是很顯然，這雙龍戲珠的玉珮，並不是謝玉嬌的。

「這塊玉珮是從哪來的？」

謝玉嬌不禁疑惑起來。從這身體原主的記憶來看，這鳳珮是徐氏給她的，應該是安國公府的東西，只是這龍珮……到底是什麼來路？

「這是今日在土地廟小姐坐過的那個蒲團上撿的，我當時沒看清，以為是您掉的東西，就急急忙忙包了起來，方才收拾妝奩匣子的時候才發現小姐的這一塊鳳珮，還好好地躺在裡頭呢，應該是別人的東西。」

喜鵲說著，覺得有些不好意思，這東西看起來就貴重得很，那人若是丟了，只怕要到處找，卻被自己順手拿了回來。

謝玉嬌倒是淡定得很，從今日她在那房裡聞到的香氣判斷，玉珮的主人必定身分高貴，這東西對於窮人家來說，可能貴重得不得了，但是對於那些富貴人家，不過就是一樣飾物，如今既被她拿到了，到底還是要歸還。

「妳明天裝進匣子，讓長順送去土地廟，親自交給那個廟祝。」修道人四大皆空，那廟祝看起來也不像是會貪圖這些錢財的人，謝玉嬌挺放心的。

喜鵲聽了點點頭，退下了。

第三章　初次交手

第二天一早，謝玉嬌雖然很想睡到自然醒，但還是讓丫鬟們在辰時初刻喚自己起床。紫燕端了水過來讓謝玉嬌洗漱，謝玉嬌見喜鵲不在，便知道她必定趁著自己還沒睡醒，去辦昨天她交代的事情了。伺候完謝玉嬌之後，紫燕便依她昨晚的吩咐，去找老姨奶奶。

老姨奶奶住在宅子的西北角，靠著謝府的佛堂，謝老太爺去世之後，在外人看來，她是過上了一心禮佛的日子；而那個她心心念念弄進來，想讓她為謝老爺開枝散葉的姪女，經常從姨娘們住的東邊小跨院兒去探望她，兩人倒是有著幾分婆媳的模樣。

老姨奶奶用過了早膳，和往常一樣在佛堂裡面唸了一會兒經，之後由方姨娘扶著從裡面出來，兩人開始閒聊。

「早就讓妳爭氣些，將肚子弄出個動靜來，可妳偏不上心，現在和我說這些有什麼用？當初妳爹娘可是跪著求我把妳給弄進來的。」老姨奶奶開口說道。

方姨娘紅著眼眶，顯然是剛剛哭過。她一個二十出頭的女人，風華正茂，原本指望進了謝家能跟老姨奶奶一樣，讓自己整個家族都得一些好處，將來再生個兒子，繼承謝家這一大筆家財；誰知道謝老爺對自己壓根兒沒什麼興趣，偶爾有那麼幾次肌膚之親，偏都在她最懷不上孩子的日子，真是有冤沒處訴。

如今那人一蹬腿就去了，難不成還要讓自己替他一輩子守著？方姨娘想起這些，就覺得委屈得很。

老姨奶奶看了她一眼，也是恨鐵不成鋼，沈著臉繼續道：「再看看吧，只是妳就算出去，還能找到什麼好人家？要是在外頭粗茶淡飯、粗布麻衣，還不如待在謝家享現成的清福，至少她不會把妳趕走。」

如今老姨奶奶年紀大了，哪裡能想明白方姨娘的苦處，嚐過了禁果，又是這樣的年紀，怎麼可能守得住？

方姨娘鬱悶道：「便是苦一些我也認了，總比一輩子搭在這裡強。」

老姨奶奶搖了搖頭，瞧著她那一臉怨婦樣，也不想和她多說什麼了，兩個人正要往房裡去，丫鬟就進來傳話道：「小姐那邊的紫燕姊姊來了，說是有事要跟姨奶奶您說呢！」

一聽這話，老姨奶奶眼皮抖了抖，一時沒想出是什麼事情，有些摸不著底。謝玉嬌以前是再嬌滴滴不過的姑娘，謝老爺在世時，就連自己也沒見過這位謝家的掌上明珠幾眼，原本以為她不頂用，誰知道她一出繡樓，就幹了幾件殺伐決斷的厲害事情，讓族裡一眾老人刮目相看。不過在老姨奶奶眼中，謝玉嬌再厲害也翻不出什麼大浪來，姑娘大了總要嫁人，將來等她一出閣，謝家到底是誰說了算，還不知道呢！

老姨奶奶這幾日也忙得不可開交，那些想送自己兒子來謝家當嗣子的人，見徐氏那邊走不通，自然就來找老姨奶奶幫忙了。老姨奶奶心裡也有計較，得找一個父母軟弱些、好拿捏的，將來才有她說話的分，這些見了錢拚命想鑽進來的只怕不老實，所以她一概沒應下。

「讓她進來吧，也不知道小姐有什麼事情找我這個老太婆。」

紫燕進來，向老姨奶奶與方姨娘福了福身子，開門見山就把謝玉嬌的吩咐一字不漏地說了出來。

老姨奶奶聽了，半晌沒反應過來，倒是方姨娘不解地問道：「什麼叫作『這樣的奴才，我們謝府可請不起』？難道小姐這是要為了這麼一點小事，就趕人走嗎？」

這些日子徐氏身子不好，懶得管家裡的事，老姨奶奶便擺出一副主人的做派，一些下人有點看不慣，但有人是攀了老姨奶奶的關係進來的，自然歡天喜地，因此做起事情來就不上心了。方姨娘原本就是老姨奶奶帶來的，又是謝老爺的妾室，姿態當然擺得更高。

紫燕見方姨娘那樣子，忍不住在心裡罵了幾聲。說起來，這方姨娘是四個姨娘中最惹人厭的一個，仗著有老姨奶奶撐腰，平常對其他三位姨娘都是斜著眼睛說話，便是夫人，也不像她這樣擺譜。如今謝玉嬌要趕的人正是方姨娘的姨母，她自然著急了。

這時候老姨奶奶還沒發話呢，紫燕並不怕方姨娘，便壯著膽子道：「奴婢只是一個傳話的，其他事情並不清楚，若是老姨奶奶覺得奴婢話說不清，可以派人去問我們家小姐，只是小姐這幾日勞累，只怕這會兒還沒起身呢！」

紫燕說完，並不給方姨娘和老姨奶奶發話的機會，福了福身子，轉身就走了。

老姨奶奶這會兒才算是反應了過來，那趙婆子是她娘家嫂子的妹妹，靠她的關係才進了謝家，如今謝玉嬌直截了當過來找她，她若是不處置趙婆子，倒是有些說不過去；可若是她順了她的意思把趙婆子給攆出去，豈不是當她這個老太婆怕她這個丫頭片子？

想到這裡，老姨奶奶就覺得胸口悶得慌，不停撥著手中的佛珠，一個勁兒地喘粗氣。

「姑母，您可千萬別把我姨母給攆出去，她家裡困難得很，兩個兒子都沒出息，全靠她在謝家這一份月銀過日子呢！」方姨娘急忙替趙婆子求情，眉毛皺成一團。

老姨奶奶聽了火氣越來越大，冷哼道：「不想被攆出去，還這樣無法無天的，真當謝家沒人了？」

方姨娘被老姨奶奶說得開不了口，擰著帕子想了片刻才開口道：「小姐這幾天脾氣真不是一般大，往常那些婆子晚上當差，別說不點燈，三、五個湊在一起玩牌的都有，夫人也不過私底下請張嬤嬤提點提點，哪裡像小姐這樣一張口就要攆人，分明就是沒把您放在眼裡。」

說到這件事，老姨奶奶就跟炮竹一樣，一點就著。她自認在謝家熬了這麼多年，如今謝老太爺跟謝老夫人都去了，謝玉嬌這樣的做派，分明是半點兒都沒把自己放在眼裡，要她如何嚥得下這口氣？

以前徐氏跟自己雖然有過不愉快，但兩人在場面上都做得挺好看的，外人也瞧不出什麼端倪，如今這謝玉嬌做起事來竟然一點面子都不給她？

老姨奶奶的臉色頓時難看了幾分，又想起昨天她打發人去問選墓地的事，徐氏並沒給什麼正面的答覆，方才聽那丫鬟的口氣，讓她覺得徐氏如今有了謝玉嬌，對她也不如過去一般，至少還有兩分倚重了。

「走，找夫人去，如今還是夫人管家，自然是她說了算。」老姨奶奶說道。

當老姨奶奶氣勢洶洶殺去正院的時候，謝玉嬌正在陪徐氏用早膳，她才吃了一個水晶燒賣、半塊鴨油燒餅、一小碗白米粥，正想再添一點，張嬤嬤就湊到徐氏的耳邊，說是老姨奶奶來了。這下謝玉嬌覺得自己也不用再吃了，看戲是正經。

方姨娘陪著老姨奶奶從門外進來，見大廳裡早膳還沒撤，一時不知道如何開場，徐氏見狀笑著道：「老姨奶奶怎麼過來了，用過早膳了沒有？一起吃一些吧！」

方姨娘朝徐氏福了福身子，替老姨奶奶回道：「老姨奶奶已經吃過了。」

徐氏沒動氣，謝玉嬌倒是皺了皺眉。她前世宅鬥文看過不少，正室跟小妾鬥嘴的時候，最常出現的臺詞就是：「我們主人說話的時候，有妳一個奴才說話的分嗎？」這話聽著雖然好笑，可這時候謝玉嬌卻很想把這句話送給方姨娘，這樣沒規矩，她不知道就算了，一旦知道，不能由著她的性子。

「夫人問的是老姨奶奶，妳插什麼嘴？」謝玉嬌冷著臉，眼皮抬都沒抬一下，說完了才放下手裡的筷子，抬起頭對徐氏身邊服侍的丫鬟還有張嬤嬤開口道：「夫人還在用膳，有人想見夫人，就請人在外面等著，有什麼天大的事情，總要等夫人用完了早膳再說，以後妳們若還這般沒規矩，就都別在夫人跟前服侍了。」

那些丫鬟們聽了，一個個嚇得不得了，齊齊跪了一地。以前小姐從來沒發過這樣的火，那一張臉粉妝玉琢，卻配上這樣嚴肅的表情，越發讓人覺得害怕了幾分。

張嬤嬤一時之間也被謝玉嬌的氣勢鎮住，等她想通了，才急忙福身行禮道：「小姐說得是，是老奴糊塗了，若是以後再有這樣的事情，小姐就把老奴趕出府去。」

徐氏一早就聽張嬤嬤說了昨晚的事，自然偏向謝玉嬌，便笑著唱白臉道：「老姨奶奶有什麼事情，讓丫鬟過來傳一聲話就成了，何必親自過來，一會兒我看老姨奶奶去。」

老姨奶奶方才聽了謝玉嬌的話，臉上早已一陣紅、一陣白，聽著是罵自己人，其實不過是指桑罵槐，拿她們做藉口罷了。她強忍住自己內心的鬱悶，想起今天過來的目的，開口道：「是我的不是，因為心裡有事情，有些著急，就自己過來，擾了夫人用早膳了。」

她是當奴才出身的，說一、兩句服軟的話不成問題，徐氏聽了這話，反倒真的不好意思起來，便是謝老爺在世的時候，老姨奶奶也沒對她這般客氣過呢！

這麼一想，徐氏便說道：「老姨奶奶有什麼話儘管說，我早膳也用完了，只是一會兒還想去西跨院兒陪陪老爺。」

西跨院兒是謝老爺停靈的地方，徐氏每日都會在那邊待上好半天，跟謝老爺聊聊家常，就像他還活著一樣。

老姨奶奶聽了這話，雖然不是攆人，到底也覺得心裡不受用。

謝玉嬌冷眼看著徐氏和老姨奶奶說起話來，又見丫鬟們還在地上跪著，便開口道：「妳們都起來吧，以後知道怎麼做就行了，做奴才的就得守著做奴才的本分，別覺得夫人和善，就能蹬鼻子上臉了。」

那邊老姨奶奶正要開口說趙婆子的事情呢，卻被謝玉嬌這番話給噎著，差點兒沒氣得昏厥過去，這話都在說她，當她聽不出來呢！可這會兒是來求人的，便是聽出來了，也要硬著頭皮上。

徐氏聽見謝玉嬌這麼說，看了她一眼，輕聲道：「嬌嬌以後別發這麼大的火氣了，春天肺火旺，妳這樣會傷身。」又轉頭吩咐張嬤嬤。「一會兒讓廚房熬一盅雪梨燕窩來，給小姐退退火。」

老姨奶奶看著這對母女唱雙簧，覺得自己要怒氣攻心了，只能僵著一張臉看徐氏把話說完。

徐氏吩咐了張嬤嬤後，才回頭繼續跟老姨奶奶說話，她皺著眉頭道：「剛剛說到哪兒？我倒是忘了。」

老姨奶奶臉色變了又變，憋著氣道：「也沒什麼事情，就是……」

誰知老姨奶奶的話還沒說完，外頭丫鬟就進來傳話道：「夫人，三位姨奶奶過來給您請安了。」

謝玉嬌聽了，低著頭暗笑。今日一早，便是她喊了丫鬟去小跨院兒傳話，說要姨娘們辰時三刻來正院請安。三位姨娘不知道徐氏有什麼事情要吩咐，便都過來了。

老姨奶奶轉過頭看了方姨娘一眼，方姨娘尷尬地笑了笑，臉上一片茫然。

雖然府上有每日請安的規矩，但是徐氏為了省事，從不拘著姨娘們過來，這次謝玉嬌是故意要給老姨奶奶一點顏色瞧瞧，所以今日姨娘們都來請安了，只有方姨娘什麼都不知道。

老姨奶奶原本憋著一腔怒火要發作，如今三番兩次被打斷，頓時氣得胸口發疼，強笑道：「也沒什麼事，夫人這邊既然忙著，那我就先走了。」

徐氏見老姨奶奶要走了，鬆了一口氣，她不希望外人說謝老爺才剛去世，她就苛待了老姨奶奶，鄉下人嘴碎，傳出去總沒有什麼好話。

老姨奶奶一走，謝玉嬌就讓丫鬟把三位姨娘請了進來，徐氏一見這光景，知道必定是謝玉嬌的主意，只皺眉道：「妳喊她們過來做什麼？也沒什麼重要的事。」

謝玉嬌笑著答道：「娘不是說要問問她們的意思嗎？我想這畢竟是大事，也要從長計議，便請了姨娘們過來，娘親自問一問，好讓她們回去跟家人商量商量，將來做個選擇。」

徐氏覺得有理，開口道：「既然如此，應該也找方姨娘，好歹問一聲。」

謝玉嬌一雙秀眉挑了挑，不屑道：「娘還問她做什麼？她當年不是求著老姨奶奶非要進來嗎？好不容易稱心如意了，難不成還要出去？娘可千萬別多這個事了。」

徐氏見謝玉嬌分明是耍小孩子脾氣，捏著她滑膩似酥的臉頰，用指尖戳了戳她的腦門笑道：「沒想到妳這裡還裝著這樣的壞主意呢！」

謝玉嬌抿唇笑了笑，片刻之間丫鬟們已經收拾好了桌子，謝玉嬌站起來，捧著丫鬟送上來的茶盞，往裡間去了。

外頭幾個姨娘正等著，方才她們見老姨奶奶黑著一張臉從裡面出來，越發擔心裡面發生的事，各自帶著幾分不安，提了裙子跟著丫鬟進去。

徐氏見謝玉嬌進去，知道她一個姑娘家，自然不好管這些事，也就隨她去了，又見幾位姨娘都一身素服地進來，臉上還帶著幾分悲傷，頓時難過了幾分。

說起來徐氏對謝老爺確實是一心一意地好，除了頭一個因為跟老姨奶奶置氣，狠下心請自己的弟弟去揚州買了個尚未開苞的瘦馬回來，還有老姨奶奶那個見錢眼開的姪女以外，其他兩個都是附近清白人家的閨女，雖然沒有三媒六聘，但也是請了花轎，規規矩矩抬進來的良妾。

徐氏雖然跟她們談不上什麼姊妹之情，但也和氣有禮，吃穿用度都按照京城大戶人家的姨娘來，而且徐氏人又寬厚，逢年過節都有賞賜，加上這些姨娘都有月例，若是娘家人不貪心，靠著姨娘一個人，在這地方養活一大家子也沒什麼問題。

看著她們年紀輕輕，不過比謝玉嬌大那麼幾歲，要不是家裡實在困難，斷然不會願意進謝家來當小妾，如今謝老爺又去得早，留著她們，到底是耽誤了。

想到這裡，徐氏嘆了口氣道：「老爺如今剛去，論理我不該在這個時候說這些，但是擱著不管也不成。當初進謝家，雖說妳們都是心甘情願的，但多少也有難處，如今老爺去了，我不強留妳們，回去跟家人商量一下吧，若是有別的出路，跟我說一聲，我必定圓了妳們的心思。」

三人聽了，一時之間不知道該說什麼才好。她們都是小妾，又是徐氏作主帶進來的，跟謝老爺之間並沒有什麼私情，只是覺得他成熟穩重、待人寬厚，認為這輩子總算有個依靠罷了。至於改嫁……說起來除了那方姨娘，她們幾個確實還不曾想過。

一則是謝老爺才去世，屍骨未寒，小妾就想著改嫁，實在不像話；二則是待在謝家的日子雖然寂寥了些，好歹能幫襯娘家，也算一樁好事，因此徐氏一提這事，她們雖然心存感激，卻沒一個應下的。

徐氏瞧她們都不開口，正想再問一句，那邊柳姨娘已經紅著眼眶跪下道：「夫人知道，婢妾從小就被賣去了那種地方，孤苦無依，若不是當年夫人要人買下婢妾，婢妾只怕不知道死了多少回。如今老爺雖然去了，但夫人還在，婢妾願意待在謝家，一輩子服侍夫人。」

柳姨娘的話才說完，朱姨娘、沈姨娘也都跪下來說道：「夫人千萬別攆婢妾走，婢妾願意留下來服侍夫人。」

徐氏聽了這話，也是一時無語，只看向朱姨娘跟沈姨娘道：「妳們兩個都有家人，別急著回話，待跟家人商量好了，再來回我也是一樣。如今說這些雖然尚早，但還是讓妳們知道一下我的心思，省得到時候妳們若是有了別的想法，不敢說出來，最後鬧出笑話，反倒不光彩。」

大戶人家死了老爺，姨娘守不住改嫁，算不上什麼丟臉的事，但若是明面上守著，背地裡卻偷起漢子，那才讓人噁心呢！

兩位姨娘聽了徐氏這話，也不敢再拍胸脯說大話，只點了點頭，開口道：「婢妾先聽夫人的吩咐，等守過了這一年，再向家裡提這事。」

徐氏聽她們這麼說，有幾分感動，點了點頭回道：「沒別的事情，妳們就先回去吧，我也要去西跨院兒陪老爺了。」

幾個姨娘剛走不久，老姨奶奶身邊的丫鬟就匆匆忙忙地往前院來，她看見徐氏房裡的丫鬟，趕忙開口道：「張嬤嬤在哪兒？老姨奶奶犯胸口疼的毛病了，請張嬤嬤放了對牌，好安排馬車去鎮上請大夫。」

謝玉嬌此時正在徐氏的房中喝茶，聽外頭丫鬟進來回話，眉頭微微一挑。

謝家雖然富貴，但畢竟住在鄉下，有名望的大夫都住在鎮上，若要出去請大夫，得先從張嬤嬤那邊領了對牌，門房才會安排。

方才老姨奶奶在徐氏的院子裡差點憋出內傷來，回自己院子的路上正巧又看見趙婆子在跟前晃過，她一時氣急，喊了丫鬟跟婆子把她給拖出去。

只是那趙婆子是個鄉下粗婦，掙扎之餘把老姨奶奶的祖宗十八代都罵了一遍，還說什麼有人就是拿雞毛當令箭，想要分謝家的銀子，一味討好夫人，又拿自己開刀，好去夫人與小姐跟前邀功。

老姨奶奶聽了這話，氣得七竅生煙，指著趙婆子道：「當初瞎了眼，弄了妳這麼個東西進來，如今小姐要把妳攆出去，只怕再恰當不過。」

待老姨奶奶攆了人走，覺得今日這一齣戲半點好處也沒撈到，如今既然趙婆子已經不在，她索性裝病，對徐氏服個軟，好讓她知道自己還是全心全意為了謝家好；至於謝玉嬌，就算她再厲害又能怎樣？等到謝玉嬌三年之後嫁人，那自己也算真正熬出頭了。

一打定主意，老姨奶奶立刻就要丫鬟去前院找張嬤嬤請大夫，好歹弄出一些動靜來，讓徐氏知道她為了今日的事情，已經氣得病了。

謝玉嬌還沒開口，紫燕就從外頭回來，臉上帶著幾分笑，湊到她耳邊小聲道：「小姐，我方才看見老姨奶奶院子裡那幾個丫鬟跟婆子，把趙婆子拖出去了。」

聽說人已經被攆出去，謝玉嬌只冷冷一笑。人都趕出去了，又做出這副樣子來，無非就是知道徐氏心軟，想讓徐氏心裡過意不去罷了。

「把對牌給她，告訴她別嫌路遠，直接去城裡，把仁安堂的大夫請過來，好好為老姨奶奶把脈，最近春天雨水多，別什麼老毛病都犯了。」

那丫鬟聽紫燕回了這番話，反而不敢直接去門房備車請人，誰都知道老姨奶奶跟鎮上廣安堂的黎大夫熟識，要是換了一個大夫，只怕這戲就做不下去了。

老姨奶奶知道以後，恨得牙癢癢的，越發覺得謝玉嬌這丫頭片子不好唬弄，想著要是真的把仁安堂的大夫給請來，自己卻沒什麼毛病，豈不是鬧出笑話來？

其實老姨奶奶多慮了，她這一天被謝玉嬌氣了兩回，就算仁安堂的大夫來了，至少也會幫她定個心火旺盛、怒氣攻心的病狀，給她配上一帖黃連呢！

第四章 精打細算

謝玉嬌在外忙了幾日，今天難得歇下來，便打算留在家裡繼續看帳本。這兩日春雨下得急，出門是冷風冷雨，還是窩在家裡頭舒服。外面的雨下得噼哩啪啦，隔著雨聲，謝玉嬌忽然聽見急急忙忙的腳步聲。

雨天聽見這個聲音，分外讓人心煩，謝玉嬌一個眼神掃過去，喜鵲就明白了她的心思。推開窗子，喜鵲看見一個打著傘的婆子從夾道裡面走過來，進了書房這邊的抄手遊廊下。

喜鵲急忙迎上去，見是在二門口當差的鄭婆子，便開口問道：「鄭嬤嬤怎麼了？大雨天的腳步這麼急，小姐在書房看帳本，正心煩著呢！」

鄭婆子聽見喜鵲說謝玉嬌在書房，急忙陪笑道：「不知道小姐在，是沈姨奶奶娘家的人來傳消息，說她大哥在外頭被人打個半死，如今在家裡躺著，也不知道能不能救過來。」

喜鵲聞言嚇了一跳，沈姨娘的大哥在他們謝家宅可是打架的一把好手，只是沈家父母身子都不好，他下面又還有幾個弟弟跟妹妹，所以靠著一身力氣去外頭討生活，如今好不容易回來一趟，竟是要死了？喜鵲只覺得自己心跳得厲害，忙讓鄭婆子去後院傳話，自己則回書房，將鄭婆子的話轉達給謝玉嬌。

對於古代動不動就要死個人，謝玉嬌都覺得自己麻木了。在這個一場感冒都能奪人性命的時代，她深刻體會到一句話──世事無常。

只是，聽見別人說好端端的人要死了，她還是有幾分不忍心，開口道：「妳去沈姨娘那邊看看，讓外頭派馬車送她回去，另外去帳房支五兩銀子，請個婆子跟著，再請個大夫去她家裡，別嫌遠，就從仁安堂請過去，人都能抬回來了，一時半刻斷不了氣。」

喜鵲一個勁兒地點頭，當她打著傘跑出去的時候，就看見沈姨娘已經跟著鄭婆子出來了，可走到了門口，沈姨娘又停住腳步，皺著眉頭道：「我這會兒身上有熱孝，若是回去只怕不好，難保不會衝撞了什麼，嬤嬤替我把這銀子帶回去，讓家裡請個好大夫來，替我大哥診治吧！」

鄭婆子一聽也傻住了，沈姨娘說的話確實有道理，熱孝中去別人家的確犯忌諱；只是那來傳話的人都說了，沈姨娘的大哥不知道能不能活，要是不回去，豈不是連最後一面也見不著？

「讓我怎麼說呢？妳不肯回去，要是妳那大哥沒了，到時別怪我沒提醒妳。」

喜鵲聽了這話，開口道：「姨奶奶若是不能去，鄭嬤嬤就去一趟吧！小姐正要命人去請仁安堂的大夫，妳先去帳房支五兩銀子，請了大夫多出來的，就留給姨奶奶娘家。」

鄭婆子平常只在二門外走動，這會兒聽了喜鵲吩咐下來的話，趕緊點點頭應下來，笑著道：「喜鵲姑娘請小姐放心，奴婢一定把這事給辦妥。」

沈姨娘感激不已，讓鄭婆子帶了幾句話回去之後，就站在廊下一直掉眼淚。謝玉嬌透過窗戶看著這個不過比自己大了五、六歲的姑娘，不禁有幾分同情。

直到傍晚，鄭婆子才回來回話。原來沈姨娘的大哥在外面的鏢局當鏢師，這次押鏢去北邊，那裡兵荒馬亂，不知怎麼的，就踏入了韃子的地盤，一行人差不多死絕了，他跟活著的兩個兄弟拚死逃了回來，才到家裡就高燒不斷，兩天兩夜都沒睜開眼。她家裡的人沒見過世面，又沒錢請大夫，只讓謝家宅裡的郎中看了一眼，灌了幾帖藥下去，但是一點用處也沒有，這才說他不行了。

謝玉嬌聽到這裡，大抵知道了原委。他這是外傷太多，引起炎症，所以一直高燒不退；要是擺在現代，一些消炎藥加抗生素下去沒準兒就能活過來，但是在古代卻是要命的事。

「大夫看過了，是怎麼說的？」謝玉嬌問道。

「仁安堂的大夫真是厲害，他看過了以後只說沈家老大年紀輕、身體好，服幾帖清熱解毒的藥，再用上好的外傷藥膏，接著等高燒一退，人就能好過來。他們家的人千恩萬謝，非要跟著奴婢回來給小姐您磕頭，奴婢推說天色晚了，總算把他們給勸住。」

謝玉嬌見鄭婆子說得清清楚楚的，點了點頭，又問：「請大夫剩下的銀子，都給他們家了嗎？」

「都留下了，車馬費是府裡的，大夫出診是半吊錢，藥材也花了半吊錢，還剩下四兩銀子，都給他們家留著了。」鄭婆子和沈家也算是老鄰居了，鄉下人家要是沒有個頂用的勞力，家裡確實艱難。沈家夫婦身子都不好，男的年輕時摔斷了腿，女的生小兒子時大出血，從此落下了病根，若不是這樣，也不會送閨女來謝家做小。

謝玉嬌對他們家這些事情並不清楚，可是她也知道，在古代做小妾會受人詬病，除了那些本來就貪圖銀子、不要臉的，一般人家送了閨女做小妾，必定是窮得揭不開鍋才出此下策。

救人於危難向來最積陰德，她雖然是個唯物主義者，可穿越這種事都發生在自己身上了，她不得不抱著敬畏的心情看待天地間玄妙的事物。

「一會兒妳去找張嬤嬤，跟她要庫房鑰匙，找一些藥材出來，像是川七、當歸、人參、何首烏、阿膠這些，若是有就各包上一包，送過去給沈家。」

鄭婆子聽到人參、何首烏，忍不住開口問道：「小姐，這些東西不便宜吧，都要拿過去？」

平常徐氏雖然對幾個姨娘不錯，但就是賞一些銀子跟布料，這些名貴的藥材不是那種人家吃得起的。不過謝玉嬌卻不這麼認為，她穿過來這些天，雖然還在適應嚴格的階級制度，但骨子裡還是抱著「人人平等」的想法，況且這些東西正是沈家用得上的時候，放在謝家的庫房裡也是浪費。

「叫妳送過去就送吧，要是能救人一命，也算是給父親積陰德了。」謝玉嬌淡淡開口道。

鄭婆子想了想，覺得有道理，正打算出去，又停下了腳步，回頭道：「小姐心善，都賞了這些好東西，不如再賞他們家幾斤細米吧？奴婢今日送藥材過去，在他們家灶房裡轉了一圈，他們家已經開始吃糠了。」

謝玉嬌聞言，一雙晶瑩黑亮的眼珠子瞪得老大。沈家也太老實了吧?!一個女兒在謝家當姨娘，怎麼不懂得利用這層關係，居然窮到要吃糠？謝玉嬌就算再沒常識，也知道那些東西是豬才會吃的，而且現代的豬只怕連糠都不吃了，吃的都是加工過的好東西，叫作「飼料」……

她揉了揉太陽穴，到底覺得有些不好意思，雖然沈家算不上謝家的親戚，可好歹都在謝家宅住著，日子過成這樣，謝家人居然不知道？

「他們家一直都這麼窮嗎？夫人平常不都會賞東西給姨娘們？我們雖然不說，可心裡也清楚，姨娘們家境不好，那些銀錢多半會送給娘家，怎麼沈家還這麼艱難？」

鄭婆子知道謝玉嬌是謝老爺去世之後才出來管事的，有些事情自然不清楚，便開口道：「小姐有所不知，沈家雖然窮，可為人老實，怕村裡人說他們為了過好日子賣女兒進府，所以平常不怎麼上門。以前老爺在的時候，隔幾天就會派人送東西過去，他們還常不肯收，要退回來呢！加上他們一家人沒個勞力，又有兩個人身體不好，肯定入不敷出，我想必定是他們家沒錢買藥，所以賣了口糧，換成藥了。」

謝玉嬌一聽，頓時明白了。方家送閨女進府，恨不得一整戶人家吃住都在謝家，沈家卻把這當成丟人的事情，可見人的心態不同，做事情的態度也不一樣。

這麼一想，謝玉嬌倒是挺欣賞沈家人的性格，便開口道：「妳再去廚房裝個十來斤細米，添一些平常你們吃的糙米送過去，告訴他們，若是想退東西回來，就直接來個人把沈姨娘帶回去，反正如今父親去了，姨娘回去了還能改嫁，以後咱們兩家，就算徹底斷了關係。」

鄭婆子聽了眼睛一亮。這可不得了，沈家人有這個膽量才怪，還不得乖乖地把東西給收下？鄭婆子偷偷瞧了謝玉嬌那張出水芙蓉似的臉一眼，她真沒想到小姐是個火辣辣的性子呢！

用晚膳的時候，謝玉嬌才把今日沈姨娘家的事告訴徐氏，徐氏聽她都安排得妥妥貼貼的，便放下了心。

兩人聊到老姨奶奶把趙婆子攆出去的事，徐氏不禁笑著捏謝玉嬌的臉蛋道：「這回可稱了妳的心了，平常我都不搭理她，偏妳還要跟她置氣。我只是想，她服侍過妳爺爺，是個長輩，應該讓她安安心心在府裡養老，只要她不添亂，我斷然不會對她有半句不敬的話。」

謝玉嬌一雙秀眉微皺，撇了撇嘴道：「我瞧她才沒有安安心心養老的意思呢！聽外頭守門的人說，前一陣子帶孩子過來找您的人，沒見到您，都去她那邊坐了。她是個什麼身分，憑什麼接見那些人？不就是為了挑一個她中意的，將來好拿捏罷了，我不信她能安什麼好心思。」

徐氏想法倒是單純得很，笑道：「那是因為我病了，她才接見的吧，這件事本來就沒有她操心的分，只怕是妳多想了。」

謝玉嬌聞言不屑道：「她要是一輩子沒做過壞事，我才肯相信。娘，您可是吃過她的虧，就算她沒什麼壞心眼，總歸是一句話——防人之心不可無。」

看著謝玉嬌這麼一副人小鬼大的樣子，徐氏忍不住搖搖頭，笑了。

第二日一早，春雨依舊下個不停，謝玉嬌用過早膳，去了前院謝老爺的書房，等著兩大管家來彙報工作進度。謝老爺是個讀書人，生前自是訂了齊全的規制出來，各種庶務也有專人負責，有條不紊得很。這幾天謝玉嬌已經把外頭田租、生意、雜事上的人脈清理了一遍，不至於兩個管家說到誰，她只有茫然的分。

大管家陶來喜五十來歲，謝老太爺當家時就跟在他身邊跑前跑後的，陶家幾輩子都在謝家當差，聽說謝老爺生前已經把賣身契還給他們家，好讓他幾個兒子可以考取功名。他大兒子考上秀才之後，就沒能再考下去，鄉試落榜了兩回，如今在謝老爺辦的謝家義學裡頭當教書先生，很受村民愛戴。

小兒子不過十六、七歲，早早就中了秀才，陶來喜勒緊了褲帶，把他送去棲霞書院唸書，明年秋天就要考鄉試了。此外陶家還有兩個閨女，都嫁了人。

「回小姐，這兩日雨大，墓室就停工了，生怕淹了水，老爺的靈柩放進去，存不長時間就壞了。老奴算了一下日子，老爺還有二十天左右下葬，要是過幾天放晴了，再趕工也來得及。」對這個看上去粉妝玉琢、柔弱可欺的小姐，陶來喜不敢小看，最近謝家的大小事，若不是她拍板定案，還不知道族裡的那些人要鬧到什麼時候。

陶來喜得閒的時候也會替謝家算算，光他手裡每年春秋兩季的田租銀子，就是天大的數字，謝家人丁又少，除了那些常來打秋風的窮親戚，開銷實在有限；難怪他們聽說謝老爺去世了，一個個脖子伸得老長，要不是小姐厲害，只怕夫人不是他們的對手。

謝玉嬌點點頭，開口道：「這些事情你安排好就成了，爹下葬那日要請的法師、道士、唸經和尚等人，一併下帖子邀請，還有那些紮紙人跟紙屋的，叮嚀他們別讓東西受潮。這些我不太懂，只有一個要求，務必要讓爹體體面面地去了，至於鄉親要為爹立個功德碑的事情，我想還是去問問那位新來的縣太爺，這事就交給劉二管家去辦，你這邊就不用接洽了，他正好有事要跟那邊通氣。」

陶來喜一邊聽，一邊點頭。瞧這說話的氣魄，跟安排事情的幹練勁，若不是親眼所見，誰能知道她原是一個大門不出、二門不邁，藏在繡樓裡的大家小姐呢！

「小姐怎麼說，老奴就怎麼辦，還有一件事，老奴也想問問小姐的意思。」

謝玉嬌開口道：「你說吧！」

陶來喜鬱悶地皺著眉頭，繼續道：「前一陣子，縣裡頭又安置了二、三十戶的難民過來，說要我們幾個地主人家各自領幾戶回去，可是其他人家都沒意思沾手。以前老爺在的時候，從來不吝惜這幾兩安家銀子，都是直接將他們安置在莊子裡，如今莊子裡面外來的佃戶，已有五、六十戶了，可最近這些人家有幾戶不安分，時不時會做出一些順手牽羊的事，幾家佃戶都跟老奴提過；就是我們這邊的鄉親老實，不敢鬧事，況且那些人也是縣裡要我們收留的，因此沒人敢得罪他們。」

「這有什麼不敢得罪的？他們是難民，既然來我們這裡，給他們一口飯吃，就要守我們這裡的規矩，要是以後還有這樣的事發生，你不必回我，只要經查屬實，直接壓去縣衙，交給縣太爺處理。至於這新來的二、三十戶人家，既然是縣裡安排下來的，就先找地方安置他們；不過……爹是大善人，我可不是，你去找另外幾戶地主人家，把安家費算一算，大家平攤銀子，若是不肯給銀子，就要他們各自帶一些人回去。」

陶來喜聽了頓時覺得爽快不已，自從北邊打起來，難民就常往南邊跑，剛開始不過三五成群，後來多是三、五戶人家，朝廷沒其他辦法，又怕這些難民到處流竄，釀成禍害，就要南邊各縣分攤。

以前謝老爺心善，有人來就一併收容，還為他們定下戶籍，當是自家佃農收著；可這些人裡頭，難免摻雜著幾個壞人，只是誰能從外表看出來？也不可能千里迢迢去老家查那些人的底細啊！最後麻煩越來越多，這裡的村民就不樂意了。

原本下頭的人想另外闢一個小村莊，好讓那些難民居住，可是謝老爺卻覺得這樣反倒使他們被孤立，不利於將來的發展，得讓他們跟當地人交際、通婚，才能真正生根落戶。

北方人直爽，身子骨兒又好，還真有不少當地的姑娘願意跟著他們，只不過最近出了一些事，引起村民們的憤怒，在這節骨眼上又有人要來，只怕不好跟他們交代。如今用這個辦法，要是真能弄走幾戶人家，也算是給村民們一個交代了。

「小姐，您這辦法好，老奴這就去聯繫，要是少來幾戶人家，興許鄉親們還能諒解。」

謝玉嬌點了點頭，此時外頭丫鬟回話說劉二管家來了，陶來喜便順勢告辭。

劉福根從外面回來，身上還滴著雨水，腳上沾著泥濘，他低頭看了自己濕答答的鞋子一眼，在門外回話道：「小姐，老奴這鞋髒，就不進去了，小姐有什麼話，就在裡頭問吧，老奴站門口聽著。」

二管家劉福根是個四十開外的漢子，不知道為什麼，他看見嬌滴滴的謝玉嬌，就渾身不自在，總覺得說話都不流利了，還不如在外頭待著得好。

紫燕是他閨女，看見自己的爹這副樣子，忍不住瞪起他來。小姐的模樣跟人品這麼好，她的爹怎麼一見就發怵呢？

說穿了，劉福根是因為妻管嚴，所以心裡對徐氏跟謝玉嬌都存著幾分敬畏，自己的娘兒們已經夠厲害了，能讓她捧著、供著的人，他這個俗人怎麼能靠近呢？

謝玉嬌見外頭雨大，風又冷，便開口道：「劉二管家進來回話吧，地上髒了，自有下人們收拾。紫燕，替妳爹沏上一杯熱茶。」

紫燕見謝玉嬌這般禮遇她父親，臉上也覺得有光彩，只上前挽了簾子，對劉福根道：「爹，您就快進去吧，難不成要小姐親自請您？」

劉福根應了一聲，走到臺階下搓了搓鞋底的泥，這才彎腰從簾子裡鑽了進去，也不敢坐，只在謝玉嬌跟前站著。

謝玉嬌指著一張靠背椅要他坐下，紫燕送了熱茶進來，他才勉強在上頭沾了點屁股，笑著回話道：「小姐要老奴告訴縣太爺的話已經帶過去了，縣太爺說他也知道如今謝家事情多，並沒有催促的意思，只是這五千件棉襖的事，原來是前頭的縣太爺卸任的時候，已經上報給朝廷，他怕老爺去了以後有變故，所以才特地請人來問了一句。」

謝玉嬌聽了這話，覺得有些道理，又問：「那你問過了沒有，什麼時候交貨？」

「縣太爺說，最遲五月底要交，運送到北邊還要好些日子呢！」

「現在還差多少件棉襖？」謝玉嬌問道。

「大約還差一半，先前老爺是將棉花跟布料分給謝家宅跟附近幾個村裡的村婦做，總共有兩、三百戶人家，每家做十件棉襖，陸陸續續已經收回來好些了，只是……」劉福根說到這兒，眉頭都要皺成一團了。「這些個沒良心的佃戶，平常領受接濟的時候，一個個爭先恐後的，如今要他們做一些事情，竟這般不知分寸。」

「你繼續說下去。」謝玉嬌正色道。

「那些村民，每家領了料子回去，做出來雖然是十件棉襖，不過要不小得要命，要不就是裡頭的棉花偷工減料，老奴猜想肯定是扣了料子，給自家人做棉襖去了。昨日拿了幾件回來，看了兩眼，都忍不住要哭了。」劉福根看著謝玉嬌，眼眶紅了一圈，早知道這事這麼難辦，還不如當初直接捐銀子痛快些。

謝玉嬌聽了也覺得一個頭、兩個大，這些村裡的百姓，哪有那麼高的情操？雖說敬著謝老爺的人多，可到底有幾戶不老實的。那些打仗的將士，不說人高馬大吧，至少也是體格厚實，要是不合穿的棉襖影響他們臨場發揮，反倒耽誤了一條性命。

想到這裡，謝玉嬌一雙好看的秀眉就皺得更緊了，她閉著眼睛想了半刻，才開口道：「你先去清點一下，庫裡剩下的棉花跟布料還夠做多少棉襖，從今天開始東西不往外發了。我記得村裡還有幾間空著的倉庫，這一個多月還不到收成的日子，你去大管家那邊拿鑰匙，請人打掃一下，明天告訴那些村民，只准到那些倉庫做棉襖，要繡娘們裁剪好，讓村婦們當場縫製，中午我們管一頓飯。」

劉福根覺得這辦法還真不錯，眼下不到農忙時節，家家戶戶都能抽出人手，而且大家在一個地方做棉襖，就不好意思再偷工減料了，但就怕那些村婦不願意來。

「小姐的辦法是好，可要是她們不願意來怎麼辦？雖說現在不是農忙時節，但是家裡女人出門了，一家老小的吃喝拉撒也不能丟下，只怕有些人還是想帶回去做。」

謝玉嬌真沒想到這些亂七八糟的瑣事，雖說是捐出去的東西，可要是做得太不像樣也說不過去，爹的好名聲要是毀在這件事情上，更是不值。

「如果有人非要帶回去做不可，那就把東西按斤兩秤好了再帶走，事先說清楚，要是還回來的棉襖分量變輕，就拿不到銀子了。」

劉福根暗喜，不禁猜想起小姐的腦袋瓜子到底是什麼做的，竟這般精明。老爺行商的時候，最重厚道、誠信，所以這些小事難免吃虧；如今小姐可不得了，這樣那些村民就占不到便宜了，加上在這邊做還能管一頓飯，來的人必定會變多。

「小姐這辦法，真是讓老奴佩服得緊啊！」

謝玉嬌兀自嘆了口氣。古代人還是老實多了，放在現代，這些辦法還稱不上職場攻心計，壓根兒算不了什麼。

「你趕緊安排這件事，看看能不能在四月中旬把棉襖都做好，到時村裡收了麥子，倉庫就要用來存放作物了。」

謝玉嬌一邊吩咐，一邊又想起另外一件事來，便道：「這一帶的鄉親想為我爹立個碑，你去問問縣太爺，若是他應了，最好能求他寫個碑文，若是他提出什麼要求，你先聽著，回來再告訴我，我們商量一下。」

其實不只村民，謝玉嬌心裡也很想為謝老爺立個碑。雖然她醒來的時候，謝老爺已經裝殮完畢，她根本沒看見他到底長什麼模樣，可是徐氏都已經長得跟自己現代的母親一模一樣了，謝老爺很有可能也跟她在現代的父親長得一模一樣。想到這一層，謝玉嬌對謝老爺就多了幾分親近，加上他又是這裡難得的善人，立個碑也是他應得的。

劉福根明白了謝玉嬌的意思，趕緊站起來，想著手邊還有一堆事情，便沒有多留，只在門口跟紫燕說了幾句話，就急急忙忙走了。

第五章　巧言求碑

這邊的事情才處理完，徐氏那邊已經派了丫鬟過來請謝玉嬌過去。現下還沒到用午膳的時候，平常這時候徐氏都在西跨院兒守靈，謝玉嬌腦筋一轉便知道應該是有事找她。

果不其然，謝玉嬌一過去，才知道徐氏收到了徐禹行的加急信，說是已經從外國回來，正在泉州那邊尋訪一個西洋畫師，要請他回來為謝老爺畫一幅人像，好掛在祠堂裡頭。

這些年西洋畫師在南邊很流行，畫出來的人像栩栩如生，所以謝老爺一去，徐氏就派人送信給徐禹行，託他請西洋畫師回來，為謝老爺作畫。然而徐禹行當時正好跟著商船去了外國，回來的時候才收到徐氏的書信，驚訝之餘，趕緊尋訪起畫師。

謝玉嬌身體的原主對這個舅舅沒多少記憶，只知道當年徐三老爺家過得不是很如意，逃到金陵之後，徐氏的娘跟弟媳婦都病死了。徐禹行膝下只有一個女兒，名蕙如，徐氏把她當女兒一樣養在身邊，前兩年她外祖母可憐她孤苦無依，派人將她接去京城；徐禹行因此轉移了重心，一心一意跟著謝老爺打拚。

「妳舅舅要回來了，我原本想派個人去京城把妳表妹接回來，畢竟他們父女倆有兩年沒見了，可我又想著家裡事情這麼多，怕妳表妹來了照顧不周，讓她受委屈。」

謝玉嬌算了算日子，按照現在的路程速度，派人去一趟京城再回來，只怕要花上一、兩個月的時間，不過從泉州回江寧縣就快多了，沒準兒等徐禹行回來還有別的打算，倒不如什麼都先別做。

「這事情娘暫且擱著，等舅舅回來了，問問他的意思再說，不知道表妹外祖母那邊是個什麼樣的人家，若是派個下人去，難保顯得我們不夠尊重，還是等舅舅回來了再定奪吧！」

徐氏聽了覺得有理，點頭道：「那就聽妳的，也不知道妳舅舅什麼時候能回來，若是能在妳爹下葬之前趕到，他們弟兄兩人還能見上一面。」

謝玉嬌又跟徐氏閒聊了幾句，此時外面張嬤嬤進來說道：「夫人，沈姨奶奶過來了，在門口的臺階下跪著，說是要來向小姐謝恩呢！」

徐氏聞言忙開口道：「謝什麼恩呢？都是自家人，快把她喊進來，大雨天的，廊下青磚還潮著呢！」

張嬤嬤應了一聲，就聽見外頭幾個丫鬟嘰嘰喳喳扶沈姨娘起來的說話聲。丫鬟挽了簾子，沈姨娘一身素白的進來，鬢邊還別著一朵白花，看起來就讓人覺得怪可憐的。

沈姨娘一進門就跪在徐氏跟謝玉嬌跟前，紅著眼眶直道——

「夫人跟小姐的大恩大德，婢妾沒齒難忘，只求這輩子都留在府中，為夫人跟小姐做牛做馬，絕無怨言。」

謝玉嬌見了這架勢就頭疼，古人真的是一點自我意識也沒有，動不動就一心報恩、自願獻身，明明說「身體髮膚受之父母」，怎麼賣起自己來比什麼都爽快？

「這算不上什麼大恩大德，不過就是舉手之勞，妳大哥醒了沒有？」徐氏揮了揮手要沈姨娘起來，接著開口問道。

「醒了，方才鄭嬤嬤進來傳話，說婢妾的大哥已經醒來，還說小姐賞了那麼多的東西，婢妾……婢妾……」

沈姨娘擰著手裡的帕子，一時不知道該說什麼感激的話。她平常雖然也偷偷往家裡塞銀子，可家中父母都病了，兩個弟弟還有妹妹年紀又還小，壓根兒不頂用；以前不過勉強餬口，如今大哥受傷，等於是一家人沒了頂梁柱，說倒就倒了，要不是謝家雪中送炭，沈家如今不知道該怎麼活呢！

「人沒事就好，其他都是一些小事。」謝玉嬌見沈姨娘誠懇，開門見山道：「我聽說妳大哥在城裡為人跑鏢，如今兵荒馬亂，這可是刀口上舔血的生意，不好做；他要是願意，等他傷好了，我聘他來我們府上做護院，妳看怎麼樣？」

沈姨娘心裡自然是一千、一萬個願意，只是她那大哥倔強得很，為了她來謝家當小妾這件事自責了很久，未必願意過來。

「小姐的好意，婢妾自然是感激不盡的，可是大哥他……」

沈姨娘的話還沒說完，謝玉嬌便開口道：「謝家不是開善堂的，只是他有這個身手，我又正好有這個需要罷了；再說妳父母身體不好，他作為長兄，不在家裡照看著，卻天南地北地闖蕩，家裡要是出什麼事，難不成用飛的回來？」

沈姨娘一聽，越發覺得有道理，如今她大哥已經二十出頭，謝家宅裡但凡條件好一些的男人，都娶上媳婦了，他卻還是光棍，要是真的能就此安定下來，是再好不過。

謝玉嬌見沈姨娘神色有些鬆動，便繼續道：「去勸勸他吧，男子漢大丈夫，能屈能伸，若是連一家老小都照顧不好，算什麼真本事？」

沈姨娘一個勁兒地點頭，心裡也有了主意。

又過了兩日，總算雨過天晴，劉福根張羅了幾天做棉襖的事，這才抽出空閒，去縣衙拜見知縣康廣壽。

照道理說，見縣太爺這樣的大事，應當由一家管事的老爺出面，但謝老爺是本家的獨子，那些祖上分出去的叔公，也都沒有在謝家當管事，主要原因有兩個，一是他們靠著謝家吃喝，懶惰習慣了；二是謝老爺清楚他們的脾性跟能力，不想請個爺回家供著。

劉福根進去縣衙的時候，發現康廣壽旁邊還坐著一個年輕的公子哥兒，看著約莫二十歲出頭，雖然神色淡然，但是眸中似乎有著不可一世的傲氣。

這不是別人，正是當今聖上的嫡親弟弟，睿王周天昊，那日跟康廣壽在土地廟躲雨的人就是他。

劉福根垂眸掃了他一眼，見周天昊坐在左邊的靠背椅上，看來身分必定不一般。

他見過了禮，開門見山地向康廣壽稟道：「小的把五千件棉襖的事回了家裡的主人，主人已經吩咐下來，這一個多月還未到農忙，要讓那些婆子跟媳婦一起到倉庫去做。小的昨日已經招到百來個人手，要是手腳快些，一人一天能做一件棉襖，這樣算下來，到四月中旬左右，差不多就能交貨了。」

康廣壽沒料到謝家的動作這麼快，倒是有些意外。他從京城調任出來的時候，總聽那些老人說強龍壓不過地頭蛇，縣官不如「現管」，去了一個新地方，別急著安排事情，總要拜拜碼頭才行。

他今年二月中才過來，碼頭還沒來得及拜呢，謝老爺就去了。他從師爺那邊聽了一些關於謝家的事，打心眼裡覺得謝家如今情況不太妙。五千件棉襖不是小數目，且已經上報了朝廷，要是拿不出來，他這頂烏紗帽只怕不保，所以才急著派人去問謝家。

眼見謝家事情處理得好，康廣壽雖然心花怒放，臉上卻還保持著縣太爺的威嚴，只微微挑了挑眉道：「回去謝謝你們家主人，大雍會記下她的功績。」

劉福根聽了，順著臺階往下道：「我家主人說，她一個年輕的姑娘家，不要什麼功績，只是我們家老爺去得早，鄰里鄉親想為他立個碑，知道縣太爺是狀元郎，想必文章筆墨都好，我家主人請小的求縣太爺一篇碑文，將來也好讓百姓知道，種善因必定得善果。」

這些話都是劉福根過來縣衙之前，跟謝玉嬌討論過的，他又稍微添油加醋了一些，聽著挺像一回事。

那廂康廣壽還沒開口呢，周天昊倒是樂了，他在心裡鄙夷。這鄉下地方能有什麼真的大善人，無非就是一些沽名釣譽之輩，不過幸好謝家沒獅子大開口，只是讓知縣寫個碑文，並未要求上報禮部追封。

這頭周天昊還在暗罵呢，劉福根見康廣壽沒反應，又開口道：「我家主人說了，縣太爺可能會覺得咱們鄉下人家沽名釣譽，可是這些都是我們老爺應得的，若是做了好事，都不能留下一個好名聲，將來誰還願意做好事呢？咱們不是為了這個名聲，而是要把做好事的精神發揚光大，要讓百姓知道，並不是所有富人都為富不仁。」

周天昊跟康廣壽聽得一愣一愣的，硬是想不到半句反駁劉福根的話，誰能料想謝家一個小小的管家，口才都能讓人拍案叫絕呢？

康廣壽忍不住哈哈大笑起來。「你聽聽，這話說得，我要是不肯為你們老爺寫上幾句，都要成罪人了。」

不過康廣壽想了一下，覺得劉福根說的話確實有道理。別說謝老爺的碑是百姓們求他立的，有些地方的大戶人家，百姓們不想替他們立碑，卻還自己花銀子上報朝廷，只求博個美名。

說來說去，謝雲敬也算是名副其實的善人了。

劉福根見康廣壽鬆了口，臉上多了幾分微笑，繼續道：「我家主人還要我告訴大人一聲，下個月月初是我家老爺下葬的日子，還望大人到場，到時親自揭了石碑，也讓鄉親們見見您這個父母官。」

這些話正合康廣壽的心思，他新來乍到，沒出席幾個公共場合，如何能顯出存在感？謝老爺下葬的日子，鄉紳、地主、商賈們必定齊聚一堂，到時候他這個縣太爺就能多結交幾個人了。

康廣壽想到這裡又高興了幾分，連聲應道：「你回去告訴你家主人，到時候我一定去，碑文過兩日我會派人送到謝府，少不得要趕在下個月月初之前，把這件事置辦妥當。」

劉福根聞言，心下暗道謝玉嬌神機妙算，這一步一步，把縣太爺給哄得心花怒放的。一旁的周天昊見康廣壽那副模樣，不禁覺得一點小恩惠，也值得他高興成這樣？

劉福根說完事情就走了，康廣壽還沈浸在愉悅之中，轉頭問周天昊。「你說，給謝雲敬的碑文應該怎麼寫？」

「問我做什麼？你不是才高八斗的狀元嗎？區區一個碑文，難不成能把你給難倒？」周天昊不屑道。

康廣壽在一旁自言自語道：「寫得太好，未免浮誇；要是寫得一般，又怕謝家人不高興。」

「這有什麼好不高興的？你堂堂狀元，為一個地主老爺寫碑文，那可是天大的造化，還有啥好不高興的？」

康廣壽見周天昊如此不屑，也不多問，只嚴肅道：「我這幾日又找了不少人過來問謝家的事，還真如老廟祝說的，這謝雲敬，的確當得起我替他寫幾句碑文。」

兩人正在閒聊，外面有小廝進來回話，手裡端著個匣子，送到康廣壽跟前說道：「回大人，東山鎮土地廟的廟祝派人送了這個東西過來，說是大人上一回躲雨的時候，落在那裡的。」

康廣壽接過匣子看了一眼，見不是自己的東西，往周天昊那邊推了一下，問道：「這是不是你掉的？」

周天昊往匣子裡瞄了一眼，見到之前自己弄丟的那枚玉珮放在裡頭，上面還掛著赤紅流蘇，完好無損。

「真是我的，我找了好幾日，原以為找不回來了。」

康廣壽見他這麼寶貝這東西，好奇地問道：「怎麼？心上人送的？」

「什麼心上人，是我今年生辰皇嫂送的，我平常偶爾進宮時才戴，這次出京走得急，所以就繫在了身上。」

康廣壽應了一聲，見周天昊的神色忽然嚴肅起來，便問道：「北邊的仗到底打得怎麼樣了？這陣子一直有難民過來，我縣裡已經收了幾十戶人家了。」

周天昊蹙眉不語，過了片刻才說道：「情況不好，國庫空虛，這次我來南方就是籌錢的，眼下銀子是到手了，但不知道還能撐多久，朝中大臣已經開始議論遷都了。」

「遷都？」康廣壽眉梢一挑，壓低了聲音問道：「難道要遷到金陵來？」

這次江南官員變動，皇帝將在北邊的心腹調了一些過來，他以前沒想明白，聽周天昊這麼一提，頓時全弄清楚了。

「這事情你可不能妄論，皇兄寧死也要守住京城，但若是情勢所逼，遷都也不是不可行，只是如今不能透露，免得造成民亂。」周天昊回道。

康廣壽點了點頭，沈重道：「韃子這一次捲土重來，氣勢洶洶，大雍卻多年安定，軍防鬆懈，都說守業比創業難，果真如此。」

周天昊聽了這話，胸口湧出一股熱血，傲然道：「怕什麼，咱周家原來也是馬背上奪天下，只要留著一口氣在，就一定要把韃子趕出大雍。這次我回京城會跟皇兄請命，我要跟著大哥一起去邊關打韃子。」

「你行行好，別添亂了，戰場上刀劍無眼，你留在後方，打點這些軍需後勤就夠了，打仗有的是大雍的熱血男兒。」康廣壽勸道。

周天昊瞪了康廣壽一眼，直搖頭。「那可不成，這是周家的江山，我不灑熱血，誰灑熱血？」

眼看自己說不動周天昊，康廣壽也只能摸摸鼻子，忙他的事去了。

劉福根回謝府的時候，謝玉嬌正陪著徐氏在西跨院兒為謝老爺守靈。兩人一邊聊天一邊疊紙錢，看著謝玉嬌一人撐起家裡的大小事務，徐氏也不像原先那樣動不動就傷心落淚，她一聽說劉福根從縣衙回來了，忙讓丫鬟喊了他進來，問道：「縣太爺是怎麼說的？」

「縣太爺一口就答應了，只說這是我們老爺應得的，還說等老爺下葬那日，他要親自過來。」

徐氏聽了這話，總算鬆了一口氣，開口道：「你下去歇著吧，難為你來回這樣跑。」

劉福根出去以後，謝玉嬌在一旁笑道：「怎麼樣，我說縣太爺會應的吧，這年頭做了好事，沒必要藏著、掖著，只是女兒讓劉二管家去求縣太爺，還有別的一層意思在裡頭呢！」

徐氏一頭霧水，謝玉嬌繼續道：「縣太爺才剛來，人人都巴結著，以前不管大小事，大家都以爹馬首是瞻，如今卻瞻前顧後，生怕我們謝家垮臺了。這次縣太爺若是能為爹寫碑文，也能讓他們知道，在江寧縣的地界上，我們謝家永遠是老大，倒不了。」

徐氏如何能想到這一層，聽了只覺得謝玉嬌當真不像一般閨閣女兒多愁善感、膽小怕事，而是一個女兒身、男兒心的女漢子。

可是一想到她年紀尚小，除了周旋這些，各方面又不得遺漏，便覺得心疼得很，開口道：「難為妳想得這麼長遠，只是……咱們只要過好咱們的日子，當不當老大，其實沒什麼要緊。」

雖然徐氏這麼說，但謝玉嬌心裡明白，要是謝家一倒，她跟徐氏的好日子只怕到頭了。這世道女人向來處於劣勢，不趁著如今權柄在手的時候好好經營，日後必定後悔莫及。

過了兩日，縣衙那邊果真親自派人送了康廣壽的碑文過來。謝玉嬌聽劉福根在自己與徐氏跟前將碑文唸了一遍，心道康廣壽不愧是個狀元之才，確實寫得恰到好處，並沒有一味誇大其辭，不過是中規中矩地褒揚了一番，又寫明因為百姓愛戴，知縣被推舉代筆作此碑文，把自己撇得一乾二淨。

考量到他新官上任，若真說是自願寫碑文，某些陰險小人肯定會以為他跟謝家勾結，不知道背地裡得了謝家多少好處，現在藉此在言辭上撇清，也不失為一件好事。

徐氏和謝玉嬌聽過之後都覺得妥帖，便讓劉福根趕緊安排刻碑。幸好螭首龜趺都是現有的，只要把碑文鐫刻上去，就大功告成了，費不了多少時日。

兩人將事情安排下去，在廳中用過早膳後，丫鬟就進來回話，說沈姨娘來向夫人請安了。

如今謝家在熱孝中，平日姨娘們也常去西跨院兒陪徐氏一起守著謝老爺，見面的機會不少，如今沈姨娘趁這個時候過來請安，想必還有事情要回謝玉嬌，徐氏便命人將她請了進來。

熱孝裡不能出門，好在有鄭婆子幫忙，沈姨娘便把上回謝玉嬌說的事讓鄭婆子傳回家去。鄭婆子慣會說話，不知道用了什麼法子，說服了沈姨娘的大哥，沈家那邊如今已經應下來，只等他身子好全了，就要上謝家來，向徐氏跟謝玉嬌請安。

沈姨娘像是受了謝家天大的恩惠一樣，輕聲道：「多虧了小姐請的大夫，如今婢妾的大哥已經可以起身了，只是還沒好索利，婢妾的娘託人帶了話，等他好了就讓他進府來。」

其實謝玉嬌不過就是做個順水人情，畢竟她想請個有兩下子的人來當護院已經有一陣子了，只是最近事情太忙，她一時沒跟兩個大管家說，如今正巧有這麼一個人，自然優先採用。

「姨娘不用客氣，請他來不是享清福，如今我們府裡除了幾個小廝、管家跟跑腿的，其他的都是女眷，要是進來兩個強盜，那些個小廝跟跑腿的沒準兒跑得比兔子還快。況且如今謝家宅有五、六十戶難民，過一陣子還要多幾戶，雖說那些難民也是大雍的百姓，但終究不知根底，我尋思著，除了我們家，謝家宅還得組一個巡衛隊，別的地方我們管不著，至少在這一片土地上，要讓鄉親們安居樂業。」

徐氏原本以為謝玉嬌請沈姨娘的大哥來，無非就是瞧他們家境困難，變著法子給他們一些幫助，哪裡想得到她還打起了這個小算盤來，忍不住開口道：「這麼說，妳還得請別人了？」

謝玉嬌笑著答道：「也不用請人，讓沈姨娘的大哥教那些小廝幾招拳腳功夫，就能應付過去了；至於外頭的，我讓大管家去問一問，哪幾家佃戶願意出個壯丁，每日早、中、晚三趟，在謝家宅巡邏一圈，也不用給他們銀子，免了他們家一成田租就行了。」

謝玉嬌前幾日聽大管家陶來喜說了謝家宅的事情之後，才想出這個對策來。謝家宅不是只有十幾戶村民的小村莊，而是足足有兩百來戶人家，除了謝家本家的二、三十戶，要是包括北邊來的難民，共有一百多戶佃戶，要是鬧出人命官司，難免牽連謝家。

況且，若是不管得嚴苛些，村民只會覺得是難民不安分，難民也難免會認為這裡的村民淳樸好欺負，反倒在謝家宅作威作福。她要是不拿出一點手腕來，這收留難民的事情，往後便真的不能做了。

徐氏見謝玉嬌安排得妥當，也就不多說什麼了。

第六章　洋人畫師

一晃眼，再過一日，便是謝老爺停靈七七四十九日後，下葬的日子了。早在幾天前，謝玉嬌就請了道士進府做水陸道場，白日一整天吹吹打打，直到晚上才安靜一些。

好在謝玉嬌白天都在書房，離西跨院兒有一段距離，那些聲音隔著幾堵牆傳過來，並不覺得那麼吵鬧，只是越發讓謝玉嬌感嘆世事無常，也不知道這些法事，能不能讓謝老爺早登極樂？

謝玉嬌看帳本看得恍恍惚惚的，眼看一個哈欠快要打出來，只見喜鵲一挽簾子，笑著道：「小姐快去夫人那邊，舅老爺回來了，還帶了一個黃頭髮、綠眼睛的洋人，大夥兒都看熱鬧去了。」

謝玉嬌一個激靈，也不覺得睏了，起身問道：「舅舅現在在哪裡？」

「舅老爺先去西跨院兒為老爺上香，夫人說那邊太吵了，要您直接到她那裡等，百靈姊已經帶著那洋人去夫人的院子裡了。」

謝玉嬌聞言，一邊走一邊說道：「先去西跨院兒。」

喜鵲跟在謝玉嬌身後，快步上前挽了簾子，見謝玉嬌風一般地往前走，趕緊說道：「小姐，您走慢點，剛下過雨，路滑。」

謝玉嬌到西跨院兒的時候，正好遇上道士們休息，她遠遠一看，看見一個身穿石青色長袍的男子跪在謝老爺的靈位前，恭恭敬敬地磕了三個響頭。

按理說徐禹行跟謝老爺是同輩，本不用行如此大禮，他這麼做，可見兩人之間的感情不是一般深厚。

徐氏端坐在一側的靠背椅上，謝玉嬌進去，徐禹行才剛站了起來，徐氏忙起身道：「嬌嬌來了。」

謝玉嬌見徐禹行轉過頭來，這一看可不得了，徐禹行居然跟謝玉嬌前世的舅舅也長得一模一樣，她還沒反應過來，一聲「舅舅」已經脫口而出。

徐禹行眸中還含著淚，看見謝玉嬌，眼眶禁不住又紅了一些，開口道：「嬌嬌都長這麼大了。」

謝玉嬌鼻子一酸，覺得自己堅持了這麼長一段時間，忽然間來了一個能幫她出主意的，一下子沒憋住，忍不住哭了起來。

徐氏見了，上前拿帕子替謝玉嬌擦了擦眼淚，笑道：「這孩子是怎麼了？看見舅舅，反倒撒起嬌來了？」

謝玉嬌癟癟嘴，自己拿帕子壓了壓眼角，微微收斂起情緒，小聲道：「哪有，就是好久沒看見舅舅，高興得哭了。」

徐氏見徐禹行已祭奠完丈夫，開口道：「既然這樣，那我們去正院那邊說話吧，這裡不方便。」

徐禹行約莫三十出頭，看起來一臉風塵僕僕，只怕是還沒回自己家，就直奔謝府而來。只是如今徐家沒什麼人，他回不回去，確實沒什麼要緊。

這麼一想，謝玉嬌便開口道：「娘，舅舅才回來，腳還沒歇下呢，您好歹讓他回房休息片刻，換一身衣裳。」

徐氏聞言一愣，隨即摸著額頭說道：「是我糊塗了，居然忘了這事。」

她一說完，轉身看向自己的弟弟，一臉關切道：「你的房間還在外院老地方，東西都齊全，先過去收拾一下，再去我那邊吧！」

徐禹行應了一聲，先行離去，身後只跟著一個小廝。

謝玉嬌想了想，開口問徐氏道：「娘，舅舅身邊沒丫鬟嗎？要不要我撥個丫鬟過去讓他使喚？」

徐氏搖了搖頭道：「不用了，妳還不知道妳舅舅嗎？妳舅母去世後，他不肯續弦就算了，身邊連個丫鬟也不要，妳爹還在的時候，為他作了好幾次媒，他都沒應。」

謝玉嬌心道徐禹行這麼做，無非是為了避嫌。他一個鰥夫使喚丫鬟，確實有些不像話，可要是給他配個能當他媽的老婆子，興許他就不說什麼了。不是謝玉嬌瞧不起男人，只是多年的生活經驗告訴她，男人有時候沒個女的在身邊看著點兒，很有可能把自己弄得一團糟。

一打定主意，謝玉嬌便吩咐道：「喜鵲，妳告訴二門口看門婆子鄭嬤嬤，說這幾天舅舅在家，要她去為舅舅換洗跟縫補衣物。」

徐氏見謝玉嬌馬上指了一個婆子過去，知道她定然明白了其中的意思，便笑道：「還是嬌嬌想得周到。」

謝玉嬌陪徐氏回正院，就看見幾個丫鬟正在院子周圍探頭探腦，喜鵲跟在後面見到了，冷不防清了清嗓子，幾個丫鬟聽見聲音回過頭的時候都嚇了一跳，一個個低著腦袋向徐氏跟謝玉嬌行禮。

謝玉嬌越過那些丫鬟的腦袋看了一眼——難怪她們在看熱鬧，原來院子裡有一個金髮碧眼的洋人。那洋人左手抱著一塊畫板，站在院中一棵丁香花前頭，右手只用幾筆，就畫出了一團丁香花。

再看那洋人的身高，差不多有一百九十公分，對於這個時代的女人來說，真的算是巨人了。

這洋人似乎習慣了好奇的目光，只隨她們看，自己畫自己的，此時發現那些目光都移開了，反倒覺得不習慣，待他將視線從那一簇丁香花上移開時，就看見站在門口的謝玉嬌與徐氏。

「哇哦……美麗的姑娘。」

他這一口不算流利的中國話惹得謝玉嬌掩唇一笑，她上下打量了一下對方，抬高了頭看著他道：「您好，請問怎麼稱呼？」

「您好，我叫David，大雍名叫大偉，您叫我大偉就可以了，美麗的姑娘。」大偉走到謝玉嬌跟前，放下手中的畫板，將右手放在左胸口，低頭向謝玉嬌跟徐氏鞠躬。

徐氏頭一次見到洋人，見他一副好似跟她們相熟的模樣，很是尷尬，急忙道：「這位……大偉爺，您……您快起來吧！」

謝玉嬌見徐氏手忙腳亂的樣子，只覺得好笑，她前世接觸慣了老外，不覺得有什麼奇怪，大方開口道：「您不用客氣，這裡是大雍，不行你們老家的禮數。」

大偉是一個雲遊畫師，隨著朋友的商船來到大雍，在這裡已經待了好些年，卻是頭一次接觸到像謝玉嬌這樣對他沒有半點兒好奇，在他面前不忸怩也不矜持的姑娘。

他抬起頭，眼中透著幾分驚喜，一雙明亮的綠眸子很不含蓄地盯著謝玉嬌，徐氏見了，臉色不由得難看起來。

謝玉嬌雖然知道大偉不是故意的，也禁不住開口道：「大偉爺，在我們大雍，您這樣看一個姑娘家，可是很失禮的事情。」

大偉聞言低下頭害羞地笑了起來，像個大男孩，他拿起一旁的畫板說道：「對不起，謝小姐太漂亮了，我一時之間忘了妳們大雍的習慣，真是太抱歉了。」

徐氏急得出了一腦門子的汗，有些後悔請什麼西洋畫師回來了。她原本以為這些會畫畫的人必定是五十開外的年紀，誰能想到這西洋畫師看著不過二十五、六歲，怎麼徐禹行就請了這樣一個人回來呢？

謝玉嬌倒是沒想那麼多，她見大偉已經道歉了，便一邊往院子裡走，一邊道：「您知道來我們家是做什麼的嗎？」

「我知道，是為老爺畫人像的。只是聽徐先生說，老爺已經去世了，不知道我能不能見他一面，這樣好畫得更像一些。」大偉開口道。

雖說謝老爺還沒下葬，可屍身也已經擺了四十八天，眼見天氣漸漸熱起來，謝玉嬌每回進西跨院兒都覺得那味道不好聞，只怕這時候也看不出人是什麼樣子來了。

「人已經看不到了，到時候您聽我娘口述，畫個樣子出來，多畫幾張，我們只要臉像就行，至於衣冠服飾，自有東西給您參考。」

大偉聽謝玉嬌這麼說，點了點頭，開口道：「那就好，只要夫人能記得老爺的樣子，不說能畫得一模一樣，也能畫個七、八分相似。」

徐氏見大偉說起話來一本正經的樣子，忍不住笑了，又瞧他憨厚老實，不像是壞人，而且他又是徐禹行介紹過來的，這時候回絕他實在不好意思，便笑著應了下來。「既然如此，那您就在我們家住下吧！」

說著，徐氏吩咐張嬤嬤道：「妳去外院收拾一間客房出來，另外安排一個小廝跟一個丫鬟貼身服侍，再問問大偉爺缺了什麼，請他一併說了，我好安排人去張羅。」

張嬤嬤不過一百五十公分，人又瘦小，往大偉的身邊一站，還沒發話呢，腿就先抖了起來，也不敢走得太近，只趕緊說道：「這位大偉爺，您跟我來吧！」

謝玉嬌瞧著大偉跟著張嬤嬤離去，捏著帕子笑了。

送走了大偉，謝玉嬌在徐氏的院子裡喝了一盞茶，徐禹行就過來了。丫鬟挽了簾子引徐禹行進來，徐氏見到他，放下茶盞，從頭到腳打量了他一番。只見徐禹行換上了月白色素面細葛布直裰，臉洗乾淨了，但下頷上的鬍渣顯然只是稍微刮了一下，還帶著一些青紅之色，雖然旅途勞累，精神倒是不錯。

徐禹行進門先向徐氏行了禮，才開口道：「姊夫怎麼說走就走了？去年秋天我離開這邊的時候，他身子骨兒明明還好得很。」

徐氏聞言，眼眶泛起淚水，答道：「大夫說老爺得的是天花，過年那會兒還好得很，正月十五的時候出門玩一趟，回來就病倒了，一直拖到二月十九，就去了。」

謝玉嬌坐在一旁，聽見徐氏這話也是一驚。她原本對謝老爺的死因有些疑惑，想得陰險一些，謝家家大業大，若有人垂涎，也有可能設計害死謝老爺；況且謝玉嬌穿過來之後，沒人跟她說過謝老爺的死因，因此這件事確實在她心裡藏了好一陣子。如今聽徐氏說謝老爺得的是天花，倒不奇怪了，即便在現代，也是醫學發達才容易治好，在古代得了天花還能活命的，都是有造化的。

「怪不得去得這麼快，原來是天花……」徐禹行低下頭，臉上一片悲戚，繼續道：「家裡其他人都還好嗎？沒別人再染病嗎？」

天花的傳染性強，在患者身邊照顧的人都得做好防護措施，不然染病的可能性極高。

徐氏低下頭去，眼淚滑落臉頰，搖頭道：「你姊夫病了之後，便沒讓其他人服侍，大夫也說這個病凶險，要好好靜養才行，所以到你姊夫臨去那幾日，連姨娘們也不見，只有我們母女兩人陪著。」

謝玉嬌見徐氏悲傷得不能自已，站起來安撫似地拍著徐氏的背。

徐禹行一邊聽一邊點頭，見自己的姊姊這樣難過，強打起精神道：「我回來瞧府上一切都還像以前一樣，丫鬟、婆子跟小廝也規矩，本來我還擔心妳們孤兒寡母的，不知道謝家家族裡那些人會不會做出什麼事情來為難妳們。」

「幸好嬌嬌懂事，這些事情都是她張羅的，便是明日你姊夫下葬的事，也是她一一交代下去；新來的縣太爺還為你姊夫寫了碑文，如今石碑也刻好了，就等著明天下葬時立碑了。」徐氏一面擦眼淚，一面對徐禹行道。

徐禹行抬起頭又打量了謝玉嬌幾眼，見她比去年自己剛走的時候多長了一寸高，臉上的神色也比當時嬌羞的樣子成熟許多，越發有大家閨秀的派頭，便笑著道：「嬌嬌這樣懂事，是姊夫跟姊姊的福分，只是她畢竟是個姑娘家，到時候那些族裡的長輩們說起來還有得瞧，姊姊有沒有想好一個法子應付？」

這些年徐禹行跟著謝老爺做事，對謝家的事情再清楚不過，謝家那幾個長輩，年輕時吃喝嫖賭，謝老爺每年不知道要拿多少銀子接濟他們。如今田租方面進項少了，這些銀子都是他跟謝老爺在外頭做生意賺回來的，他雖然不好說些什麼，可到底看不過去。

「我能有什麼法子應付，只能先拖著了，眼下嬌嬌身上有孝，也不會那麼快就訂親，我想著就這兩年，從那些孩子裡好好選一個來當嗣子，只是如今年紀大的怕養不熟，年紀小的又不頂事，心裡實在沒底。」徐氏答道。

徐禹行聽了垂眸不語，皺眉想了片刻，才開口道：「實在不行的話，到時候讓嬌嬌聘個外頭的男人來入贅，將來孩子生下來就姓謝，看那幫老頭子還有什麼話說。」

徐禹行在外頭走南闖北，自然見多識廣，他這是要謝玉嬌招上門女婿呢！

徐氏聽了很是擔憂，開口道：「本地的男人哪裡有願意倒插門的，還不讓人笑話？要是外地的，又不知根知底，我如何放心得下？再說了，男的做倒插門，一輩子就抬不起頭來，還要管我叫娘，我可不好意思。」

謝玉嬌聽了徐禹行的話倒是很贊同，心道還是舅舅向著自己，知道「肥水不落外人田」這道理呢！其實謝玉嬌也有過這心思，只是如今她還算新來乍到，也不知道這時代招上門女婿講究些什麼。雖說謝家富甲一方，想找個男人進門做女婿應該不是什麼特別困難的事，可她也不能真的不挑不揀，所以得從長計議才行。

「娘先別著急，我倒是覺得舅舅這主意挺好的，先不說將來我招不招女婿，總能先把眼前這一關過了。」

徐氏皺著眉頭道：「這事真能成嗎？萬一妳二叔公他們不依怎麼辦？這附近也沒聽說有人招婿，可見沒什麼人願意這麼做。」

謝玉嬌見徐氏還在糾結這個問題，忍不住笑道：「唉呀，娘，您怎麼還在想上門女婿的事呢？眼下這只是當個藉口，先堵住二叔公他們的嘴，若是真的瞧上了好的嗣子，我乖乖出嫁還不成嗎？」

徐氏哪裡是這個意思，聽謝玉嬌這麼說，反倒不好意思起來，一個勁兒地道：「要是真有人當上門女婿也好，反正我們家不缺銀子，橫豎多給他們家一些聘金。」

徐禹行見徐氏說得有板有眼，也笑了起來，跟著謝玉嬌一起勸道：「姊姊別著急，找上門女婿跟找嗣子的事一起來，哪邊先找到了，咱們就先往哪邊靠。」

徐氏這會兒總算聽明白了，開口說道：「這樣好，也不耽誤什麼。」

三人在廳中聊了片刻，徐禹行又拿了兩幅大偉的畫出來，徐氏看著那畫，眼睛都直了，伸手摸了摸道：「這是人畫的？怎麼跟真的似的，倒像是人印在上頭一樣。」

謝玉嬌並不覺得稀奇，她在現代看多了西洋油畫，不過……大偉的畫技確實不錯。

徐禹行笑著道：「本來我還能早幾日回來，只是大偉有幾樣顏料非要等商船來了才能拿到，所以就耽擱了一下，好在現在東西都齊全了，等過幾日得了空，他就可以開始畫了。」

徐氏聽了一直點頭，又問：「那這幾日怎麼辦？總不能讓他一個人在府裡待著。」

徐禹行答道：「我明日打發人趕車讓他進城裡去玩，他跟我回來這一路上，都沒去城裡逛逛，本來他還說要去秦淮河邊，為那些紅樓姑娘畫畫呢！」

徐氏頓時臉都綠了，又想著這大偉這麼有能耐，萬一他把謝玉嬌給畫了下來怎麼辦，連忙開口道：「你可交代他，不准畫我們家嬌嬌，不然我就把他給轟出去。」

謝玉嬌聞言笑著說道：「怎麼不准畫呢？我倒是要讓他為我畫一幅，不光畫上我，還要畫上爹跟娘，這樣我們也算有一張全家在一起的畫像了。」

她這麼一說，徐氏頓時想起過世的丈夫，只覺得眼眶又有些濕潤，點頭道：「好好好，依了妳，索性讓他在我們家多住一陣子，等妳舅舅把妳表妹接回來了，也幫他們畫一幅。」

提起自己的女兒，徐禹行沈默了片刻才說道：「最近聽從北方過來的人說，朝廷跟韃子打得很厲害，也不知道北邊能不能守住，過幾天我去一趟京城，把蕙如接回來，這樣我才放心。」

「早該這樣，去京城的銀子都為你張羅好了。」徐氏總共就這麼幾個親人，實在不希望他們相距那麼遠，又繼續道：「蕙如也快十三了，過兩年就要張羅親事，依我看，不必等到她出閣，你好歹先把自己的事給……」

徐氏話沒說完，見徐禹行的臉色不好看了，這才轉了話頭道：「我也不管你了，橫豎你是大人，也知道不孝有三，無後為大的道理，退一萬步，只要你有人繼承，將來也不會落得跟你姊夫一樣。」

徐禹行看見徐氏這般為他著想，終究有些動容，開口道：「姊姊，這些事情，我會放在心上的。」

謝老爺下葬的日子，從五更天起，外頭的誦經聲跟嗩吶聲就沒停過。因為今日要忙一整天，所以徐氏昨晚早早就讓謝玉嬌跟徐禹行各自回房休息。

謝玉嬌很早就起來了，一身重孝加身，心情不由得沈重幾分。

走去西跨院兒的時候，徐氏跟姨娘們已經到了，眾人在謝老爺的靈位前祭奠過，便由謝玉嬌捧著靈位，讓十六個成年男子抬起謝老爺的棺材，往隱龍山謝家的祖墳而去。

今日難得是個好天氣，地上的泥都乾了，行走得還算順遂。謝家宅裡的男女老幼們聚集在村口為謝老爺磕頭，甚至有一些老人家暗自抹淚。

謝玉嬌一開始並不覺得傷心，也許是因為前世父親去得早，這種悲傷的情緒很難被帶動，可看著那些自動自發來送謝老爺一程的人們，她忍不住落下淚來。

出了村口，一應是寬敞的鄉道，路上不斷見到謝老爺生前好友搭的路祭棚。謝玉嬌幾天前就已經向陶來喜要來搭路祭棚的名單，早早裝好了古儀，讓丫鬟隨身帶著，一路回謝。

快到隱龍山口的時候，在三岔口遠遠就看見一個很大的路祭棚，根據陶來喜的說法，這是何家的。何家在江寧縣與謝家齊名，只是祖上人比謝家會翻騰，生意做到了城裡，如今一家老小都在城裡的宅子住著，鮮少回老家。

何、謝兩家原是姻親，彼此本當多走動，可後來謝老爺捨不得謝玉嬌嫁過去，兩家人因而生分了。謝玉嬌並不曉得這些陳年舊事，只知道何家是祖母的娘家。

一行人雖然很早出門，但中間不斷停下來致謝，也耽誤了不少時間，這會兒都快到晌午了，虧得謝玉嬌早上吃飽了才出來，不然真的撐不住。饒是如此，她原本白皙的臉頰也被太陽曬得微微發紅，額頭上沾著些許汗珠。

紫燕正要迎謝玉嬌進去路祭棚歇歇腳，卻見一個十七、八歲，有如書生一樣的人從裡面走出來，他迎到謝玉嬌與徐氏跟前，雖然低著眉頭作揖，一雙眼睛卻不安分地在謝玉嬌臉上掃來掃去。

「姪兒向嬸娘請安，向表妹問好。」這位男子說道。他是何文海，也就是何家的大少爺。

謝玉嬌看見他那一雙不安分的眼珠子，恨不得殺一記眼刀過去，但又覺得這人就像個無賴，要是給他臉色看，只怕他蹬鼻子上臉，所以只垂著眼，當作沒聽見。只是若她知道何家曾為了何文海求娶她，恐怕會更不客氣。

徐氏沒看見何文海的小動作，還向他表達謝意，在他們家的棚子裡待了一陣子。

第七章　意外之喜

謝玉嬌他們到墓地的時候，縣太爺康廣壽跟謝家的族長已經在那裡等著了。謝家這一代的族長是謝老太爺的庶出弟弟，也就是謝玉嬌口中的二叔公。原本族長的位置是謝老太爺的，只是他忙於生意，沒什麼心思打理家族的事情，就辭去了族長的位置，由他的庶弟繼承。

到了謝老爺這一輩，二老太爺只管每年給那些沒有進項的晚輩們一些銀子，此外從來不管族裡的事，畢竟能用銀子打發就行，根本算不上什麼問題。如今謝老爺死得早，加上沒兒子，這就成了謝家家族的頭等大事了。

謝玉嬌上回見到這個二叔公，是為謝老爺選墳地的時候，他一口氣請了四、五個風水先生，搞得謝老爺像是要葬在什麼龍脈寶穴一樣。其實陶來喜心裡清楚，這人無非就是想從中多撈些銀子，這件事陶來喜也回過謝玉嬌，但謝玉嬌認為大方向不差就成了。

二老太爺看見謝玉嬌過來，裝出慈祥大家長的模樣，開口道：「玉嬌，過來給縣太爺請安。」

謝玉嬌抬眼掃了回去，臉上依舊淡淡的，壓著火氣道：「二叔公，我手裡還捧著我爹的靈位呢，您這是要我爹給縣太爺請安？」

所謂死者為大，儘管縣太爺是一方父母，謝玉嬌捧著謝老爺的靈位，當然不用向他行禮。不過這句話倒是提醒了康廣壽，他雙手作揖，對著謝老爺的靈位拱了一拱。

謝玉嬌站直身子接受了，連眼皮都沒抬一下。

二老太爺見了，只覺得一口氣憋得慌，也不知道謝雲敬那麼老實又厚道的人，怎麼會生出這麼一個刁鑽的丫頭來？原本以為謝雲敬死了，他又沒兒子，選嗣子的事少不得由他說了算。雖然他膝下也有孫兒，卻還是個奶娃，徐氏不一定看得上，但不論徐氏看上了誰家的孩子，還不得經過他這一關？

他私底下已經收了幾戶人家的禮，心裡正得意，況且今日縣太爺也來了，只要他跟縣太爺提一提這件事，他就不信徐氏跟謝玉嬌還能拖延到什麼時候；一旦他屬意的孩子進了宅子，謝家有多少家產、銀子，就全有數了，到那個時候，還不是見者有分，大家一起分了？

誰知他這美夢還沒醒呢，就被謝玉嬌給這麼堵了一下，心裡怪不痛快，但也只能忍著，尷尬地朝康廣壽笑了笑。

墓室早就建好了，落了棺材、填上土，接著栽上青松，後續的工程還要請工匠來弄，今日只是把墓碑與功德碑立起來。

因為在場人數眾多，陶來喜特地在旁邊搭了幾個棚子，這會兒眾人走了一天都累了，謝玉嬌便陪著徐氏去棚子裡休息。幾個姨娘一路走來，也多有疲累之色，徐氏也讓她們到隔壁的棚子裡歇歇腳。

徐禹行在外頭招呼謝老爺生前商場上的朋友，他見徐氏跟謝玉嬌進了棚子，便跟了過去，臉上帶著幾分怒意對謝玉嬌說道：「妳那個二叔公，我真是看不下去了，什麼事情都要插一腳，如今還一個勁兒地在縣太爺跟前討好，真是丟謝家的臉。」

「隨他去吧，這鄉下地方，能有什麼上得了檯面的人呢？」雖說徐氏不是看不起鄉下人，可這麼多年來，她還是覺得鄉下人不好照應，只有她丈夫一人不一樣。

謝玉嬌見徐氏臉上又堆起愁容，勸慰道：「娘快別煩這些了，今天是爹入土為安的好日子，不要想這些不開心的事情。」

徐氏點了點頭，又道：「我是怕他得罪了新來的縣太爺，以後縣太爺遷怒我們謝家。」

謝玉嬌笑著道：「縣太爺沒那麼小氣，瞧著倒是挺和善的。」

她雖然不認識康廣壽，可方才二叔公也算是為他們引介了一番，康廣壽非但沒擺架子，反而向謝老爺的靈位行禮，一看就知道是個明理的人。

徐禹行說了幾句話，聽見外頭有人喊他，只好出去，走到棚子口時又轉身對謝玉嬌道：「嬌嬌，一會兒他要是提出讓妳娘認嗣子，妳就說妳要招上門女婿，今日縣太爺也在，他懂大雍律法，若妳招婿，謝家的祖產就全是妳一個人的，將來由妳孩子繼承。」

謝玉嬌點了點頭，難怪女人出嫁還要指望娘家兄弟厲害，如今有個舅舅撐腰的感覺，當真是不一樣呢！

徐禹行才出去沒多久，就有丫鬟來回話，說是二老太爺請夫人跟小姐過去。謝玉嬌一聽就知道必定是為了嗣子的事，徐氏皺起眉道：「我不去……」

丫鬟正要去回話，謝玉嬌忙叫住了她道：「妳說我們一會兒就過去。」

徐氏捂著胸口道：「我看見他們心裡就難受。」

謝玉嬌知道徐氏被謝老爺寵著，還跟以前一樣有一些小姐脾氣，便笑著勸道：「娘就跟女兒一起過去吧，今日縣太爺跟族裡幾個長輩也在呢，這事需要娘在場，當著大家的面敲定了，以後才好絕了他們的念想。」

徐氏覺得有幾分道理，這才勉為其難道：「那我就去聽聽吧！」

謝玉嬌扶著徐氏一起到縣太爺的棚子裡，謝家族裡的幾個老人家早已左右坐開，縣太爺在首座，下面頭一個位置坐著二老太爺。謝玉嬌扶著徐氏坐到下首第二個位置上，自己則站在徐氏後面。

二老太爺見人來齊了，這才開口道：「按理，這事情得到謝家祠堂裡說才規矩，只是今日正巧縣太爺也在，老頭子我就請他做個見證，把這事給定一定。」

這時候棚子裡外都圍著人，大夥兒都想看謝家的熱鬧，誰也沒有要走的意思，謝玉嬌見人多，反倒不怕了，臉上還微微帶著笑意，她要的就是這種場面。

康廣壽原本不知道是什麼事，聽二老太爺一說，他才明白過來。只是他不知原委，還以為謝家已經選好了嗣子的人選，不過就是讓他當個見證人，於是應了下來，坐在那邊繼續聽二老太爺說。

「雲敬是我們小輩中最有出息的人，只是沒想到他如今走在了我們前頭，作為謝家的長輩，他的親叔叔，謝家的族長，不得不出來說話。雲敬不能無後，謝家不能沒有一個繼承人。姪媳婦，如今縣太爺也在，妳倒是給一句準話，什麼時候能讓雲敬受子孫的高香呢？」

徐氏冷不防被二老太爺這麼一問，愣了一下，待要開口回話，站在她身後的謝玉嬌拍了拍她的肩膀，自己走出去道：「二叔公，今日您不請我們過來，我們還要請您過去呢！正如您所說的，謝家不能無後，祖上留下的基業不能敗在我們手中，我跟母親兩人日思夜想，終於想出一個兩全其美的辦法。」

謝玉嬌說著，轉過身子，臉上帶著幾分笑意，一雙眼卻銳利地掃過一眾眼紅自家錢財的親戚，笑道：「我打算等守孝三年之後，招一個上門女婿，將來我生的兒子姓謝，謝家的基業也就保住了。」

二老太爺原本以為她們倆會同意他的意思，端著茶盞抿了一口，高高興興地等待回覆，誰知道謝玉嬌竟然說要招上門女婿。他一口茶來不及嚥下去，卡在了喉間，憋得臉頰通紅，低下頭一個勁兒地咳了起來。

「妳要招上門女婿？」聽了方才那番話，在座所有人臉都綠了，唯獨康廣壽面上帶著幾分讚賞，對謝玉嬌問道。

謝玉嬌見眾人驚訝，故意裝出一副懵懂的表情，問康廣壽。「康大人，按照大雍律法，民女若是招上門女婿，生了兒子，是否算是謝家的子孫？可以繼承謝家的祖業嗎？」
雖然招上門女婿的人不多，可大雍律法裡的確有這一條，只要男子願意倒插門當上門女婿，子嗣跟著女方姓，女方家產即可由兩人的子嗣繼承。
「確實有這麼一條，謝小姐說得沒錯。」康廣壽瞧著謝家親戚的嘴臉，總算明白了來龍去脈，越發對謝玉嬌敬佩幾分，又道：「謝小姐這辦法再好不過，既能守住家業，又能在家服侍母親終老，本官佩服。」
謝玉嬌見康廣壽還滿識相的，不禁感激了幾分，但臉上還是擺出嚴肅的神色，開口道：「康大人謬讚了。」
此時一眾叔公輩的人都一臉鬱悶，心裡還兀自揣測。難道他們兩個人是串通好的？
就在這個時候，喜鵲急急忙忙從外面跑了過來，一臉焦急道：「夫人、小姐，不好了，沈姨奶奶暈了過去。」
沈姨娘素來身體康健，一點兒也不嬌弱，當初徐氏就是看中她這一點才抬她進來的，今日老老少少一路走過來，大夥兒都沒事，偏偏沈姨娘暈了過去，徐氏心頭不禁緊了一下。
謝玉嬌對沈姨娘印象不錯，也是心下一窒，她向康廣壽道了一聲「失陪」，扶著徐氏往沈姨娘歇著的棚子去了。
沈姨娘被人扶著靠在椅子上，臉色蒼白，額頭還有一些冷汗。謝玉嬌瞧著有些擔心，問一旁看著的婆子道：「姨娘這是怎麼了？」

「老奴也不知道，推測今早吃得不夠，這一路餓著了吧？」婆子答道。

謝玉嬌瞧沈姨娘臉色蒼白的模樣，有那麼點像貧血，便開口道：「這附近沒有大夫，有人請大夫去了嗎？」

那婆子回道：「拜託劉二管家去請了，劉二管家說路挺遠的，只怕要等一陣子。」

謝玉嬌正在著急，就看見跟在康廣壽身邊的長隨過來開口道：「謝小姐，我家大人略通岐黃之術，要奴才來問問謝小姐需不需要幫忙？」

謝玉嬌眼珠子一亮，沒想到這縣太爺還挺多才多藝的，回道：「那快請大人過來看看吧，救人要緊。」

一旁的方姨娘隨口道：「平常身子好得能吃下一頭牛，這時候怎麼嬌弱起來，該不會是知道縣太爺在，所以……」

方姨娘的話還沒說完，老姨奶奶一記眼刀殺過去，嚇得她趕緊住嘴。

康廣壽不僅年輕，更是相貌堂堂，確實有讓人愛慕的本錢，只是人家已經娶親，聽說縣太爺夫人如今身懷六甲，過不了多久就要臨盆，但是因為去年剛懷上的時候跟著康大人一路奔波，身子骨兒算不上結實。

徐氏見康廣壽進來，急忙讓了個位置給他，康廣壽知道這昏睡中的人，就是剛才丫鬟口中的「沈姨奶奶」，也是謝老爺的小妾，自當不敢冒犯。

謝玉嬌瞄了康廣壽一眼，忙不迭地從袖中拿了一塊帕子出來，遞給喜鵲，讓她上去蓋住沈姨娘的手腕。

康廣壽見謝玉嬌思慮如此周全，便放下了心來，伸出手搭在沈姨娘的腕上。

過了一會兒，康廣壽的眉頭一皺——還真是不搭不知道，一搭嚇一跳。康夫人懷有身孕，康廣壽每隔幾天都會替她診脈，如何瞧不出沈姨娘是喜脈呢？謝老爺不過才去了這麼些日子，家裡的小妾就懷了別人的孩子，說出來實在丟謝家的臉。

謝玉嬌瞧康廣壽的臉色變了，心頭一沈，只咬著唇瓣等康廣壽開口。

康廣壽低眉又靜靜探了片刻，發覺脈象沈穩，顯然是有了些日子，不像是才剛懷上的。

這時候沈姨娘幽幽轉醒過來，徐氏忙讓丫鬟遞茶給她。沈姨娘緩緩喝了一口，臉色依舊很差，徐氏忍不住開口問道：「大人，她這到底是什麼問題？」

康廣壽覺得八九不離十，便問道：「本官斗膽問一句，姨奶奶的癸水多久未至了？」

沈姨娘被康廣壽這麼一問，自己也有些懵了。鄉下人家鮮少重視這件事，過去農忙的時候，她還巴不得一年四季都別來才好呢，所以上一次的癸水是什麼時候來的，沈姨娘一時之間還真沒印象。她皺眉想了片刻，才開口道：「好像有三、四個月沒來了。」

康廣壽一聽，馬上肯定了自己方才的診斷。謝老爺不愧是當地的大善人，真是老天開眼，竟然讓他有這個福分，留下了一個遺腹子。

「恭喜謝夫人，這位姨奶奶有了身孕，從在下方才診脈看來，已經有了三個多月了。」

沈姨娘低下頭，瞪著尚且平坦的肚皮，一臉難以置信。她前幾天還說自己胖了，肚子上長了一圈肉，敢情那不是變胖的肉，而是裡頭的肉?!

謝玉嬌跟徐氏被這天大的好消息給震得一時說不出話來，徐氏有些顫抖地問康廣壽道：「康大人……您不是在騙民婦吧？這……真有這麼大的好事？老爺若在天有靈……也能含笑九泉了。」

謝玉嬌其實怕康廣壽弄錯了，可瞧著他一臉胸有成竹的樣子，不好意思再問一次，趕緊安慰徐氏道：「娘，您要是不信，等一會兒劉二管家請的大夫過來，再讓他看看不就知道了？眼下最重要的就是讓姨娘好好養著，若是肚裡真的是個男孩，爹就有後了；若是個女孩，那也無妨，總是謝家的閨女，我也有個親妹妹好互相照應。」

徐氏一個勁兒地點頭，嘴裡叨唸起來。「下個月我一定要去廟裡酬謝神恩，真是老天開眼了。」

謝玉嬌見徐氏高興成這樣，也跟著開心起來，若沈姨娘真的能一舉得男，自己肩上的擔子也能減輕不少。

過了一陣子，劉福根請了大夫過來，那大夫為沈姨娘把了把脈，開口道：「這是喜脈啊！看來是謝老爺的遺腹子，恭喜了。」

徐氏這才算完全信了，忙打發下人給大夫診金和賞銀，謝玉嬌不禁鬆了一口氣，見二老太爺他們幾個還在對面的棚子坐著，忍不住微微抬起下巴，神氣地走了過去，朝眾人福了福身子，笑著道：「各位親戚，我爹雖然去得早，可他生前積德，如今有了好報，方才縣太爺跟大夫都確診了，沈姨娘已經有了三個多月的身孕，我爹有沒有兒子還難說呢！」

謝玉嬌說完，特地又在二老太爺跟前稍稍欠身，繼續道：「二叔公，難為您這一陣子為了我們家嗣子的事到處張羅，改明兒等沈姨娘為我生了小弟弟，我頭一個送紅雞蛋去您家。」

這一群坐著的人當中，也有看不慣二老太爺的，都暗暗笑話他。老惦記著別人家的銀子，如今脖子伸得太長，磕著腦袋了吧！

二老太爺聽了這話，臉上笑得尷尬，嘴裡喃喃道：「確實是……大喜事……大喜事。」

康廣壽遠遠地在棚子外頭看見這一幕，覺得有趣得很，一看天色不早了，便讓隨從去向徐氏告辭，先行回縣衙去了。

縣衙的書房裡，周天昊正在等康廣壽，見他風塵僕僕地回來，開玩笑道：「這是忙完回來了？」

康廣壽見周天昊在裡面，也不進去，只開口道：「我剛從那種地方回來，就不進去了，你在這裡稍微等我一下，我去房裡換一件衣裳。」

周天昊前幾日在金陵附近幾個縣城繞了一圈，打算明日回京城去，這才來跟康廣壽打個招呼。

「窮講究。」周天昊看著康廣壽離去，不屑地說道，接著隨意拿起康廣壽書桌上的文案看了起來。

過沒多久，康廣壽換了一件衣服回到書房，小廝沏了茶上來，他喝了一口茶開口道：「我以為你已經回京城了，怎麼還沒走？」他與周天昊從小玩到大，有兄弟之誼，平常並不講尊卑。

「明日就走了，想起你一個人在這裡『孤苦伶仃』的，過來再看你一眼，怎麼樣？夠義氣吧？」

「好啊，跟你喝兩杯，也好跟你說說我今日遇上的一些奇人奇事。」康廣壽在謝老爺的葬禮上收穫頗豐，先是認識了好些地方上不太露面的鄉紳，又看見謝家一齣好戲——從招婿變成可能有兒子繼承，實在是峰迴路轉，精彩得很。

周天昊聽了覺得很有意思，索性命人在書房備下酒菜，兩人一邊喝酒，一邊聊了起來。

「這年頭敢自己說要招婿的姑娘家不多，偏偏那謝小姐當真跟土地廟的老廟祝說的一樣，是一個嬌滴滴的美人兒呢！只是那眼神一看就透著股精明勁兒，壓根兒猜不透她在想些什麼。明明是個畫裡走出來的仙女，卻伶牙俐齒，說得謝家那些長輩都開不了口，真是厲害啊！」

康廣壽用的這些形容詞雖然算不上褒獎，可瞧著他眼神透露出來的興奮勁兒，分明是十足的讚許，周天昊不太相信地說道：「一個地主家的丫頭片子，能有你說的那麼厲害？」

「我騙你做什麼？再說了，我早已成親，還能看上她不成？不過實話實說而已。」

周天昊見康廣壽說得真切，覺得有點意思，臉上瞬間浮出一股紈袴氣息，笑道：「真有那麼好？那下次我來這裡時，你幫我引介引介？」

康廣壽知道周天昊這不過就是玩笑話，轉頭笑道：「行了，別耍嘴皮子，糧餉的事情，籌措得如何了？」

一提起正事，周天昊立刻收起方才還帶著幾分痞氣的笑容，嚴肅道：「差不多了，好歹扛過今年下半年，等我去前線看了，才知道情況怎麼樣。」

一提起前線，兩人都沈默不語，過了一會兒，康廣壽才舉起酒杯道：「睿王，一路順風。」

周天昊執起酒杯，仰頭把杯中的酒飲盡，眸色越發深沈，他盯著遠方的虛空之處，沈聲道：「希望下次你我把酒言歡之時，便是大雍驅除韃虜之日。」

卻說謝家一行人，原本今日謝老爺下葬，眾人都是徒步而來的，如今沈姨娘肚子裡有了寶貝，徐氏哪裡敢讓她走回去，她慌忙吩咐劉福根去找一輛馬車來，好讓沈姨娘安安穩穩地回家。

謝玉嬌瞧著徐氏那股高興勁兒，知道徐氏與謝老爺情深，一心盼著謝老爺能有個兒子，不希望他絕後。謝玉嬌見劉福根找了馬車來，便讓徐氏跟著沈姨娘一起上車，徐氏見老姨奶奶年紀大了，也喊了她一道坐車。
老姨奶奶心想這一路走回去確實也挺遠的，便欣然上車了。
目送馬車離去後，謝玉嬌站在謝老爺的墳頭旁邊，看著立好的功德碑，忽然有一種自己的生父就埋在這裡的感覺，不自覺紅了眼眶。
這時候陶來喜正安排人在拆路邊的棚子，族裡幾個長輩被請了出來，二老太爺不好意思還在裡頭坐著，帶著他兩個兒子打算回去了。
臨走的時候，他們正好經過謝老爺的墳頭，謝玉嬌看見他們走過來，拿起帕子壓了壓眼角，裝出幾分哭腔道：「爹，您要是在天有靈，可一定要保佑沈姨娘一舉得男，這樣也省得二叔公他們為了我們家的事情操心，女兒跟娘心裡都過意不去呢！」
二老太爺聽了這話，氣得鬍子都翹了起來，他喘著粗氣哼了一聲，兀自腹誹。也是奇了，早沒孩子、晚沒孩子，偏這會兒有了。

第八章 心懷不軌

第二天一早，謝玉嬌命鄭婆子去沈家傳話。其實昨日他們從隱龍山回來時，沈家人早已經聽到一些傳言，還有人已經趕著上沈家拍馬屁了；只是沈家向來老實，他們還沒收到通知，覺得算不得準，便一一把上門的人勸了回去，直到聽鄭婆子說了，沈老爹才皺著眉頭道：「若懷上了，那是她命該如此，謝老爺是個好人，要真的能為他留後，也算是咱們閨女的造化了。」

其實沈家父母都很心疼沈姨娘，捨不得她年紀輕輕的就在謝家守著，原本想過等謝老爺三年的孝過了，問問沈姨娘願不願意出來，誰知道就這麼湊巧，最後一個進門的沈姨娘竟然有了謝老爺的孩子。

鄭婆子覺得納悶，這麼天大的好事，怎麼他們一家人不歡天喜地呢？

「我說沈老弟，夫人開心得不得了，怎麼你們還愁眉苦臉的？我明白你們的意思，姨奶奶如今還年輕，你們捨不得她白白在謝家守著，可當初要不是姨奶奶肯進謝家，你們家怎麼過得了日子呢？雖說老爺去了，可姨奶奶有福分，肚子裡這個不論男女，都是謝家的種，將來姨奶奶也算是有指望了。她嫁過人當小妾，就算出來，也未必能找到什麼好人家，你說是不是這個道理？」

沈姨娘的母親倒是挺高興的，她不過是一個婦道人家，覺得女兒如今算是有指望了，直點頭接過鄭婆子的話道：「鄭嫂子說得是，這是她的福分，夫人跟小姐又都心善，我們沒什麼不高興的。」她一邊說，一邊向鄭婆子使眼色，意思是她那口子臉皮薄，禁不起別人在他耳邊說三道四。

鄭婆子會意，笑著道：「今日小姐讓我過來，就是給你們報個喜訊，如今夫人已經接了姨奶奶到正院去住，又派人去城裡請大夫過來瞧，務必保證姨奶奶這胎萬無一失；小姐還順便讓我問問，你家石虎身子好了沒有？若是好了，請他去謝府走一趟。」

沈老爹微微點了點頭，轉身去房間裡叫沈石虎出來。

沈石虎年輕力壯，身子恢復得也快，在家養了這些日子，早已好得差不多了，既然上次已經應下這件事，便開口道：「鄭大娘，我身子已經好了，今日就跟妳過去一趟吧！」

鄭婆子喜歡他這爽快的性子，點頭應了，她上下打量他一番後說道：「你要跟著我回去，這身衣裳可不行呢！」

天氣漸漸變熱了，一般務農的人在家就穿無袖的短衫，聽鄭婆子這麼說，沈石虎有些不好意思，回去房裡換了一身衣裳。

「我原先有幾件好衣服，出鏢的時候帶出去，都丟在路上了，如今家裡只剩下這件。」沈石虎憨厚道。

鄭婆子一看，雖是一件長袍，卻有個補丁，不過總比方才露胳膊、露腿的好上許多，便笑道：「不打緊，乾淨就好，那咱們就走吧！」

當鄭婆子帶著沈石虎上門的時候，仁安堂的大夫正好在為沈姨娘看診，他把過脈之後笑著開口道：「一定是謝老爺在天有靈，竟能得此遺腹子，請謝夫人放心，姨奶奶的身子骨兒很好，胎兒一切正常；至於昨日姨奶奶暈倒，大約是路上勞累，早上又吃得少一些罷了。我開幾帖安胎藥，好好溫補一下，就沒什麼事了。」

徐氏聽了很是高興，一邊打發張嬤嬤取賞錢，一邊要小廝跟著大夫一起去城裡的藥鋪抓藥。

謝玉嬌這時候正在書房裡頭看帳本，前一陣子她好不容易把田租給弄清楚，如今徐禹行回來，她也要核對一下生意上的帳目。

打發丫鬟去徐氏的房裡問過了沈姨娘的身體狀況，謝玉嬌總算放下心，專心致志地看帳，這時候紫燕進來回話，說鄭婆子把沈姨娘的大哥沈石虎帶了過來。謝玉嬌看見紫燕一張臉紅撲撲，有幾分看見外男的羞怯，心道古代的姑娘大約都是這般怕羞吧！

「妳去沏一壺好茶來。」謝玉嬌心想沈石虎既然以前是押鏢的，應該還算有些見識，不能當他是一般下人使喚，而且鄭婆子說過沈家父子倆頗有骨氣，更不能讓他覺得自己是來吃軟飯、打秋風的，因此除了以禮相待，也要以誠相對。

鄭婆子領了沈石虎進來，在門口道：「小姐，沈姨奶奶的大哥來了。」

這會兒書房裡沒別人，謝玉嬌便道：「鄭嬤嬤，煩勞妳打了簾子請他進來，妳在門外候著，一會兒再領他出去。」

如今鄭婆子對謝玉嬌信服得很，只應了一聲，上前打了簾子，轉身對沈石虎道：「你快進去吧，見了小姐要有禮。」

沈石虎平常在外頭打拚，見的都是粗野漢子，現在要到一個小丫頭手下討飯吃，反倒緊張了幾分，方才又聽見那個聲音竟比樹梢上的百靈鳥叫得還甜，越發侷促，原本想彎著腰進去，奈何後背一僵，竟然一頭撞在簾子上頭。

鄭婆子原本人就矮小，為沈石虎打簾子時還踮著腳尖呢！如今見他一頭撞在簾子上，不禁著急起來，這樣莽莽撞撞的，可別在小姐跟前失禮了才好。

謝玉嬌只聽見「砰」的一聲，抬起頭時看見一個人高馬大、膚色黝黑的大男人站在自己眼前，看起來足足有一百八十公分。

沈石虎感覺到一道視線朝自己射過來，低下頭，看見一個他這輩子都不曾見過的漂亮姑娘坐在書桌後頭，鬢邊簪著一朵梔子花，杏臉桃腮，眼若點漆。那道視線的主人在自己身上一掃而過，嘴角微微噙起一絲笑意。

他沒有因為這一絲笑意而覺得不安，反倒像得到了鼓勵一般，肅然向謝玉嬌拱了拱手，作揖道：「小的沈石虎，給小姐請安。」

謝玉嬌放下手中的毛筆，仔細地看著沈石虎。這品貌比起她前一陣子見過的謝家族中堂兄弟，那勾肩搭背、不事生產的模樣，不知勝過多少，難怪她爹瞧不上那些人，不讓他們插手謝家的生意。

「免禮，你年長我幾歲，我喚你一聲石虎大哥可好？」雖然他妹妹在謝家當姨娘，可按照古代的規矩，並不能算是正經親戚，所以不存在什麼輩分對不對的問題，按照年齡來區分，既簡單又清楚。

「小的不敢，小姐喊我石虎就好了。」沈石虎聽著這嬌滴滴的聲音，心頭卻如千斤重，忍不住有些面紅耳赤。

「那就喊沈大哥好了。」謝玉嬌一錘定音。

這會兒紫燕已經沏好茶，低著頭送了進來，謝玉嬌請沈石虎入座，但沈石虎不肯，謝玉嬌便隨他去，兀自端起一杯茶，開始說正事。

「我不知道你出去了多久，知不知道最近謝家宅的事？如今我們謝家宅有好幾十戶從北邊來的難民，聽說他們帶了一些不好的習氣過來，讓村裡的人有些不高興。我爹當時留他們下來，本就是為了讓他們安頓，大家一起過日子，並沒有說『他們遠來是客，我們要讓著他們』，因此出事後我們也不能一味忍讓。」

沈石虎在家養傷時，自然聽過這些事，更有從小一起在泥地裡打滾長大的兄弟，想著等他身子好了，要一同教訓那群不守規矩的難民呢！這會兒聽謝玉嬌這麼說，他點頭道：「聽說了，不是什麼大事，只是那裡頭有幾戶人家的小子不爭氣，但一直沒讓人抓到把柄，若是逮個正著，肯定要教訓一番。」

謝玉嬌看他不是全然不知事的樣子，笑著道：「既然如此，這件事就交給你了，另外，我爹生前打算捐給邊關打韃子的大軍五千件棉襖，如今正在村口那幾間倉庫裡趕工，前兩日聽說晚上總有人在那裡晃蕩，劉二管家生怕是蟊賊偷棉襖。從今日開始，一併替我看緊那個地方，需要什麼人，你自己使喚，誰要是願意跟著你做，讓他去陶大管家那邊說一聲，今年免他們家一成田租。」

直到沈石虎從書房出來，才覺得如夢初醒，小姐看起來那般嬌滴滴，一隻手就能掐斷的模樣，怎麼辦起事來如此乾淨俐落、說一不二？實在讓人不得不佩服。

他跟著鄭婆子走了幾步，還沒到二門口呢，謝玉嬌房裡的紫燕就追了出來說道：「鄭嬤嬤，小姐說了，留沈大哥在外頭的客廳坐一會兒，要我請沈姨奶奶過來，讓他們兄妹見上一面，說說話。」

沈石虎頓時感動得不得了，若方才他只是佩服謝玉嬌在大事上有頭腦、有決斷力，如今這無微不至的小細節，已經徹底說服他這個人高馬大的粗人，要一門心思為她賣命了。

沈石虎在客廳等了片刻，已有丫鬟過來送茶、送果子，不一會兒沈姨娘就由丫鬟陪著過來了，她見到沈石虎如今好端端地站在自己跟前，忍不住紅了眼眶道：「大哥，你身子全好了嗎？」

小時候沈石虎就疼愛這個妹子，後來家裡實在窮困，靠地裡的收成過不了日子，他才想去外頭闖一番事業，本來覺得好歹能賺個幾十兩銀子回來，讓家裡稍微寬裕一下，誰知道回家時卻聽說他妹子進了謝府當姨娘。

沈石虎那時候傷得重，又得了這樣的消息，認為是自己耽誤了妹子，一下子渾渾噩噩發起熱來，差點連命都丟了。醒過來之後，才知道是謝家請了大夫為他看診，這下子連自己身上也沾了謝家的恩情。

他是個光明磊落的漢子，不想平白承這份情，聽鄭婆子說謝家正好要用人，便抱著報恩的心思，想好好在謝家幹上幾年，等過了謝老爺的孝期後，再把妹子求出去；誰知人算不如天算，妹子的肚子竟有了動靜，如今是不可能出謝家了。

這會兒沈石虎見了沈姨娘，見她一切安好，沈默了一會兒才開口道：「我本想等家裡日子好過一些，再帶妳出去的，如今倒是沒必要了。妳好好養著，謝老爺是我們家的恩人，妳為他生個兒子出來，也算是報恩了。」

沈姨娘雖然對謝老爺沒有男女私情，但還是很敬重他，再加上古代女子都有從一而終的思想，她根本就沒想過要出去，現在有了孩子，自然是更不想了。

「大哥，爹娘還好嗎？弟弟們跟小妹都還好嗎？」沈姨娘一邊說，一邊拉著沈石虎坐下。「夫人聽說你來了，打發下人準備了好些東西要讓你帶回去，都裝在外頭車上了，你一會兒跟著車回去。」

家裡的好日子靠妹子給人當姨娘才得來，沈石虎雖然覺得心裡難受，到底沒過於排斥，只開口道：「家裡還有之前謝家送來的東西呢，不用再帶回去了。」

沈姨娘知道他的心思，低著頭道：「我原本是打算等出了熱孝回家看看的，現在也出不去了，這些東西是夫人賞的，我不好回絕，你就替我帶回去吧！」

沈石虎也知道家裡如今境況不好，他病了一場，田裡這會兒還沒收成，雖說弟弟在謝家宅的義學裡上課，但一家老小總需要吃喝上的開銷，便點了點頭道：「等我為小姐帶出一隊有些本事的家丁，日後有了收入，就不用妳再接濟家裡了。」

沈姨娘聽了，眨眼道：「怎麼？來謝府做事還要收銀子嗎？你這條命是小姐救下的，若不是小姐吩咐人去請城裡的大夫回來，只怕你……」

沈家一向抱著知恩圖報的心思，沈姨娘聽沈石虎這麼說，忍不住開口問道。

說起這個，沈石虎也有些不好意思，他原本不想要銀子，可謝玉嬌說「親兄弟還明算帳呢」，只有他拿了銀子，她才肯放心讓他辦事。沈石虎覺得謝玉嬌說得有道理，就應了下來，月銀是一兩銀子一吊錢。

沈姨娘聽沈石虎說這是謝玉嬌的意思，點點頭道：「這太好了，我在府裡的月銀也是一兩銀子一吊錢，如今你也有，咱們兩人的銀子加起來，爹娘的藥錢就有了指望。」

沈石虎聽了這話，氣憤道：「以後可別再這麼想，妳是謝家的姨娘，怎麼胳膊兒一個勁兒地往娘家彎？別人不知道妳是自願進來的，可妳自己清楚，爹娘不想花賣女兒的銀子，如今妳又有了孩子，行為更要檢點，別讓夫人跟小姐難做人。」

沈姨娘知道沈石虎說得沒錯，不敢吭聲，只點了點頭。兩人又閒聊了片刻，沈姨娘才讓丫鬟送沈石虎出門。

老姨奶奶的院子中，幾個丫鬟剛從前頭進來，正在嚼舌根。

「聽說沈姨奶奶的大哥進府裡了，小姐好像還為他安排了個差事，夫人又賞了好些東西讓他帶回去，這會兒沈姨奶奶可真的是母憑子貴，鹹魚翻身了。」

方姨娘正陪著老姨奶奶在佛堂唸經，院子裡安安靜靜的，這些嘰嘰喳喳的聲音一句不少地傳入她耳中。老姨奶奶也坐不住了，手裡的佛珠越撥越響亮，最後乾脆扯開嗓子喊道：「誰想攀高枝就趁早走人，少在外頭嚼舌根。」

丫鬟們聽見了，一哄而散。在這個家裡誰說的話算數，她們心裡都清楚，也沒人真的把老姨奶奶當個人物看。

方姨娘走到門口看了看，見丫鬟們散得不見人影，罵道：「這群吃裡扒外的，一個個削尖了腦袋想去攀高枝。」

老姨奶奶皺著眉頭，冷冷掃了方姨娘一眼，惡狠狠地說道：「妳有臉說？還不是妳這肚子不爭氣。」

方姨娘聞言，一下子跟洩了氣的皮球一樣，委屈道：「老爺平常就不愛往我那跑，我從哪兒……」

還沒等方姨娘說完，老姨奶奶只皺了皺眉頭，問道：「妳這幾個月來癸水，有哪些人知道？」

方姨娘一時沒弄清老姨奶奶的想法，小聲道：「除了我房裡的春花，就只有小跨院兒負責浣洗的婆子知道了。」

老姨奶奶瞇起眼睛問道：「你們院裡浣洗的婆子叫什麼來著？」

方姨娘想了想，回道：「是長貴他娘。姑母記得嗎？前年她在府裡偷東西，差點被趕出去，姑母還為她說話呢！」

老姨奶奶想起了這麼一號人物，拉著方姨娘，湊到她耳邊，悄悄地說了幾句話。

方姨娘一聽，頓時嚇出一身冷汗來，連忙開口道：「姑母，這可使不得，這事要是露餡，我就別活了。」

老姨奶奶瞅了她一眼，冷笑道：「妳怕什麼，橫豎到時候妳就在我這個院子待著不見人，等到快生的時候，我從外頭給妳抱一個男孩進來。妳想想，沈姨娘肚子裡那個是男是女還不知道呢，我可是保證妳能得個男孩，到時謝家的家財不都是我們的了？」

方姨娘原本還抱著再嫁的心思，被老姨奶奶這麼一灌迷魂湯，到底有些意動，她小心翼翼問道：「小姐那麼厲害，只怕瞞不過她吧？」

老姨奶奶確實吃了熊心豹子膽，前陣子受夠了謝玉嬌的氣，如今好不容易覺得自己腦子靈活，想了這麼個好辦法，哪裡肯放棄，只一個勁兒地慫恿方姨娘道：「就妳這膽子，如何能成大器？放著銀子不要，難不成妳以後要看沈姨娘的臉色過日子？」

方姨娘腦子一昏，應了下來，命丫鬟去小跨院兒請了管浣洗的長貴他娘來，塞了銀子給她，說道：「這事妳千萬別往外頭說，到時候那個男孩的事情也交給妳，等妳幫我們辦好這件事，以後還會有銀子。」

長貴他娘素來就有順手牽羊的習性，如今見了這麼一堆現銀，終究忍不住，牙一咬，答應了。

徐氏和謝玉嬌用晚膳的時候，方姨娘身邊的丫鬟來傳話，說是方姨娘今日身子不舒服，下午吐了兩回，明日想請鎮上的大夫過來瞧瞧。

謝玉嬌聽了這話，隨口道：「怎麼？吐了兩回，難道她也有了不成？」

徐氏聞言，忍不住笑道：「妳以為懷孩子那麼容易，說有就有？大約是吃壞了肚子吧！」

這話說完，徐氏就吩咐站在一旁的張嬤嬤道：「明日一早，妳喊個小廝去鎮上請大夫來為方姨娘看看吧！」

謝玉嬌沒心思管這種事，只說道：「明日張嬤嬤安排一下。」又對在一旁等著的丫鬟道：「明日等方姨娘看過大夫了，記得過來回個話，別讓夫人擔心。」

那丫鬟不過是個傳話的，也不知道方姨娘跟老姨奶奶葫蘆裡賣的是什麼藥，只一個勁兒地點頭稱是。

第二日一早，張嬤嬤就派了小廝去鎮上請大夫過來。他是廣安堂的大夫，也是平常老姨奶奶生病時固定會找的人，謝家人有小毛病時都找他，醫術普通，一張嘴倒是說得天花亂墜。謝玉嬌剛穿越過來的時候他來診過一次脈，幾句話一說，謝玉嬌就覺得他是個不靠譜的江湖郎中。

謝玉嬌用過早膳，剛從徐氏的院子出來，就看見一個丫鬟領著那大夫往西北角的院子去，那邊是老姨奶奶住的地方，方姨娘卻是與柳姨娘、朱姨娘她們一起住在東邊的小跨院兒。

腦子一轉，謝玉嬌讓喜鵲喊住了那丫鬟問話，那丫鬟回道：「方姨奶奶一早就去老姨奶奶的房裡請安了。」

謝玉嬌聽了嗤笑道：「一早就去老姨奶奶的房裡請安，方姨娘真是守規矩得很，怎麼沒看見她到夫人這裡請安呢？」

那丫鬟知道自己說錯了話，只好低聲道：「回小姐，是老姨奶奶喊了方姨奶奶過去的，說是直接把大夫請去她房裡。」

謝玉嬌挑了挑眉，並不多說什麼，那個丫鬟便趕緊告退了。回到了書房，謝玉嬌開始思索起一些事，看了那麼久的帳本，她總算是把謝家目前的財產給摸清楚了。

現有耕地大約有七百公頃，相當於七平方公里的土地，這些還只是田地，並不包括果園、山坡地之類的。

宅子一共六處，除了謝家宅這裡的祖宅之外，在金陵城裡還有五處宅子，如今有四處都租給了北邊來的商賈跟官家，只剩靠著白鷺洲的一處宅子。聽說多年之前皇帝南巡時曾經住過那宅子一次，因此謝家一直沒租出去，現在只讓下人在那邊看著，七、八月間天氣熱的時候，謝老爺會帶著徐氏與謝玉嬌去那邊住一陣子。

另外還有茶莊、布莊、錢莊若干，以及玉石器皿鋪、古董鋪子、金銀首飾鋪子，以及箍桶巷的一條街、能仁里半條巷子，這些都是祖產，但近年來最賺錢的是徐禹行手裡的貿易生意。

徐禹行每年將市面上的茶葉、生絲、雲錦等貨物收購整齊，直接走海運到泉州，然後出海把這些東西賣到外國，換回大量的寶石、瑪瑙、鑽石，還有黃金跟白銀。這些東西在大雍極受歡迎，京城好幾家首飾鋪子現在都找徐禹行進貨，舶來的珠寶已經成為大雍貴族的時尚配件了。

謝玉嬌瞧著那幾十萬兩的進項、出項，心道真的不能小看土豪的實力。不知道的人，還以為謝家不過就是個土財主，哪能知道他們家居然這麼有錢，要是讓那些族裡的長輩知道，眼珠子恐怕都要從眼眶裡瞪出來了。

謝老爺愛做善事，平常會在謝家宅修橋造路，遇上災荒，還會減免田租、開棚施粥，可這些事再積陰德，都得建立在「有錢」的基礎上。

謝玉嬌在弄清楚自家坐擁這麼一大筆財富之後，也覺得有些暈陶陶。前世為了生計忙碌，交完房租只夠吃一個月泡麵的人忽然間發了大財，這實在太夢幻了。謝玉嬌原本覺得謝老爺留了「足夠的」財富給她跟徐氏，卻沒料到數目竟是如此驚人。

她還沒回過神來，外頭丫鬟就挽了簾子進來傳話道：「小姐，夫人那邊派百靈姊姊請小姐去她房裡一趟，說是有事商量呢！」

徐氏知道謝玉嬌忙著處理庶務，並不常來請她，謝玉嬌心想她必定是有事，所以也沒耽擱，立刻就起身了。

謝玉嬌一出門就看見百靈在門口候著，她見謝玉嬌過來，一雙眉皺了起來。

這個微小的變化沒逃過謝玉嬌的眼睛，她加快了腳步走到百靈跟前，百靈正要福身行禮，就被她攔住了。「有什麼事情，夫人會派妳親自來喊我？」

百靈瞧四下無人，湊到謝玉嬌的耳邊道：「小姐，那大夫說方姨奶奶有身孕了。」

謝玉嬌聞言愣了一下，回過神後忍不住笑了起來，臉上帶著幾分不屑道：「她們當生孩子是變魔術嗎？想有就有了？」

百靈沒聽懂謝玉嬌這句話的意思，一味皺著眉頭，小聲道：「夫人這會兒不知道怎麼辦，也不知道那大夫靠不靠得住，想請小姐過去商量對策。」

連徐氏這樣極度希望姨娘們能為謝老爺生出個兒子來的人，都對方姨娘懷孕抱著幾分懷疑的態度，看來方姨娘肚子裡的東西必定不能信。

這麼一想，謝玉嬌就問百靈。「妳相信方姨娘有身孕了嗎？」

百靈一個勁兒地搖頭，皺眉道：「老爺平常很少去方姨奶奶房裡，要是真懷上，必定是……」

為了謝老爺的聲譽，接下來的話百靈說不出口，謝玉嬌被她這麼一點，這才明白過來，徐氏之所以這樣緊張地喊自己過去，原來是為了這個。她不怕方姨娘懷孕是假，只害怕肚子裡那塊肉不是謝老爺的種。身為當家主母，徐氏再糊塗，也不可能不知道自己男人常去哪個小妾的房裡。

謝玉嬌冷冷地掃了百靈一眼，百靈便低下了頭。

「這件事如今有什麼人知道？」

「應該沒什麼人知道，夫人不讓人說，只要奴婢請小姐過去。」

謝玉嬌點了點頭，一邊走一邊擰著帕子想事情。沈姨娘才被確診有了身孕，才過幾天，方姨娘也有了，分明是打對臺來著；再說，沈姨娘以前沒留意癸水的時間，所以不知道自己懷上了，可方姨娘進謝家，為的不就是要為謝老爺生兒子，好分銀子嗎？她怎麼可能跟沈姨娘一樣，懷上幾個月都不知道？豈不是笑話。

想通了這一點，謝玉嬌心中已有了計較。前世這種假懷孕、真奪產的小說跟電視劇看得多了，她這會兒用腳趾頭想一想，都能腦補出後面方姨娘跟老姨奶奶該繼續的劇情；只是這戲要不要演下去，主動權已經不在她們手上。

謝玉嬌忍不住笑了起來，假懷孕的戲碼若能延續到生孩子以後，那絕對是編劇為女配角開的門，不然的話怎麼可能？

她打定了主意，今日就要讓她們現形。

第九章　拆穿詭計

謝府正院裡，徐氏正在與張嬤嬤商量對策，方才聽丫鬟來報信，徐氏就意識到了事情的嚴重性，急忙打發張嬤嬤去帳房支了銀子送給那大夫，要他務必不可外傳這件事。

那大夫今日出門時看過黃曆，說是今日財神坐西，有偏財運，沒想到還挺靈的。他先去老姨奶奶那邊，一下子就得了十兩銀子的賞銀，要他為方姨娘摸個喜脈出來，還特地交代他開一副藥改變方姨娘的身體狀態，若是夫人要其他大夫看診，也得讓方姨娘被診出喜脈。

他雖然醫術算不上高明，偏方之類的倒是懂得多，一下子就悟出其中的道理。聽說前幾日謝家一位姨娘被診出有了身孕，只怕方姨娘也想把肚子弄出點動靜來。

有錢人家陰私的勾當多得很，他並不想管，拿銀子辦事就成了；若老姨奶奶跟方姨娘的計劃得逞了，過不了幾個月謝家又要有好戲看了。他正想得高興呢，沒想到謝家的夫人又打發人來，也給了他十兩銀子，要他不可洩漏這件事。這大夫看看荷包裡的銀子，嘴裡不禁哼起小曲，心道——這事隨妳們怎麼辦，我只要有銀子就成了。

徐氏看見謝玉嬌從垂花門口進來，急忙從椅子上站起來，親自迎了過去，一臉的焦慮。謝玉嬌見了就想笑，也只有徐氏這麼實心思的人，才會以為方姨娘是真的懷上了呢！

「昨日以為方姨娘是鬧肚子，我還跟妳開玩笑來著，沒想到她居然……」徐氏說到這裡，自己先不好意思起來。

方姨娘進門也有兩、三年了，一直沒傳出什麼好消息，她們老爺平常就不怎麼喜歡方姨娘，怎麼可能說有就有了呢？分明就是……

徐氏想到這裡更難過了幾分，她都已經打定主意想讓她們出去尋個好人家了，沒想到轉眼沒守住，這事要是傳出去，謝老爺的名聲就沒了。

謝玉嬌見徐氏著急，自己仍舊不疾不徐，扶著徐氏說道：「娘怎麼急起來了？這事只怕跟您想得不太一樣呢！」

徐氏瞧著謝玉嬌胸有成竹的樣子，情緒漸漸平復下來，低聲問道：「怎麼個不一樣？妳爹平常不怎麼去方姨娘那邊，他人才走，方姨娘就有了，這不是讓人笑話嗎？」

謝玉嬌笑了笑，喊了百靈上前道：「妳打發一個丫鬟過去問問孩子幾個月了，夫人這邊也好開始準備些東西。」

徐氏方才一聽方姨娘有了身孕，頓時嚇得六神無主，壓根兒沒想到問日子，這會兒聽謝玉嬌這麼說，問道：「嬌嬌這是什麼意思？今日才發現有了身子，肯定是剛懷上不久啊！」

「那可不一定呢！」

謝玉嬌微微一笑，又讓丫鬟沏了茶，慢悠悠地喝了起來。

徐氏仍舊不放心，無意識地低頭吹了吹茶盞裡浮起來的茶梗，看見前去問話的丫鬟從垂花門外進來。

「夫人，方姨娘說孩子有三個月了，她之前以為自己癸水不準，所以沒放在心上，昨晚覺得噁心想吐，這才起了疑心，沒想到今日大夫一診治，果然是有了老爺的孩子。」

徐氏只覺得自己當頭一聲驚雷，嚇得手腕一抖，忙把茶盞往茶几上一擺，難以置信道：「她……她說孩子是老爺的？」

謝玉嬌抿著嘴在一旁笑了半天，心想方姨娘跟老姨奶奶還真夠大膽，天大的謊言也敢扯。

徐氏一下子沒了主意，她往謝玉嬌這邊看了一眼，只見謝玉嬌低頭抿了一口茶，接著抬起頭對那丫鬟道：「去把方姨娘請過來，就說夫人要賞她一些東西。」

丫鬟應了一聲，轉身又往垂花門外去了，徐氏皺著眉頭問謝玉嬌。「嬌嬌，妳說方姨娘到底是懷上了還是沒懷上？」

謝玉嬌淡淡一笑，對在一旁站著的張嬤嬤道：「張嬤嬤，麻煩去把為沈姨娘熬的安胎藥端一碗過來。」

老姨奶奶那邊，按照計劃讓丫鬟回了話之後，自然也是有些忐忑，她跟方姨娘兩人還在研究對策，就聽見外頭丫鬟來傳話說徐氏有東西要賞給方姨娘，請她過去。

方姨娘一聽，頓時有些緊張，拉著老姨奶奶的袖子問道：「姑母，怎麼辦，夫人要喊我過去問話了，我該怎麼說呢？小姐這麼厲害，萬一她刁難我怎麼辦？」

老姨奶奶聽了，嘴角露出些許笑容來，小聲道：「妳放心好了，夫人對老爺那是一萬個真心，她這輩子最對不起老爺的事就是沒能為他生個兒子，如今妳肚子裡有了，她還不把妳給捧上天？妳沒聽見那丫鬟說嗎？夫人是要賞妳東西呢！只管放心去，我在這裡等妳。」

方姨娘聽了這話，雖然還是有些擔憂，但稍微放下一些心來，跟著丫鬟往正院那邊去了。

過了片刻，徐氏見丫鬟帶方姨娘慢慢走過來，實在掩不住臉上的愁容，謝玉嬌看不過去，又怕徐氏心軟，打亂了她的計策，便讓百靈送徐氏往裡間去了。

方姨娘進門後，沒看見徐氏，只看到謝玉嬌坐在正廳的靠背椅上，一雙大眼睛往她身上一掃，方姨娘就覺得後背有些濕了。

就在這時，張嬤嬤端了沈姨娘的安胎藥進來，謝玉嬌冷冷道：「方姨娘，這是我賞妳的安胎藥，妳喝了吧，喝了以後，保妳能為我爹生個胖小子出來。」

方姨娘聽了這話，只覺得背脊發涼，心道這哪是什麼安胎藥，分明是一劑落胎藥。她原本只當謝玉嬌就是口齒伶俐而已，沒想到動起手來也太狠心了，別說自己沒懷上，若是真懷上了，豈不是被她這一劑藥下去給打沒了？

想到這裡，方姨娘露出幾分懼怕的神色，可轉念一想，有什麼好怕的呢？她又不是真的懷孕，就算把這落胎藥喝下去了，那又如何？萬一這是謝玉嬌那丫頭拿來嚇唬自己的，她這樣畏畏縮縮，豈不是露餡了？

方姨娘咬緊牙根，從張嬤嬤手中的盤子裡端起一碗黑漆漆的藥汁，皺著眉頭，憋著一股氣喝了下去。

謝玉嬌看著她把藥喝到見了碗底，這才說道：「行了，別在我跟前作戲，這碗藥妳喝不喝都是一個結果。」

方姨娘手一滑，藥碗「啪嚓」一聲，砸在地上。

「小姐這話是什麼意思……婢，婢妾怎麼聽不懂呢？」方姨娘小心翼翼道。

謝玉嬌坐在雕花紅木靠背椅上，背挺得筆直，低頭輕叩著手中的茶盞蓋子，慢慢開口道：「姨娘們一個月的月例是一兩銀子一吊錢，兩年就是二十四兩銀子二十四吊錢，折合算來不過二十六兩銀子多一些，現在我給妳五百兩……」

說到這裡，謝玉嬌抬起頭冷冷地看著方姨娘，繼續道：「離開謝家，過妳想過的日子，原先你們家種的那幾十畝地我們不要了，妳也不用在謝家守著，白白耽誤了這一輩子，妳說成不成？」

方姨娘昨晚被老姨奶奶一碗迷魂湯灌得飄飄然，可畢竟那都是將來的事，哪有謝玉嬌給的這般實際？只是……這會兒要是應得太快，不就擺明她跟老姨奶奶設計誆騙她們？

謝玉嬌看見方姨娘一臉糾結的樣子，轉身對張嬤嬤道：「張嬤嬤，妳去拿對牌，這會兒就去帳房支五百兩銀票過來，只要方姨娘一點頭，銀票馬上給她。」

方姨娘聽到那五百兩銀子一下子就要到手了，比起昨日老姨奶奶跟她描繪的那些天花亂墜的未來，現銀的吸引力，實在不止大了那麼一點點。

想著、想著，方姨娘只覺得全身的血液都沸騰了起來。五百兩銀子，她得在謝家幾十年不吃不喝才能存到，老姨奶奶是半截身子入土的人了，她還年輕呢，不如拿著錢另找出路。想到這裡，方姨娘就跪了下來。

「小姐是明白人，也知道像婢妾這樣膽小不中用，必定做不出這種事來，只求小姐開恩……」方姨娘說到這裡，垂下了頭。

一直躲在裡頭的徐氏聽到這裡才恍然大悟，她撩開簾子走出來說道：「妳沒懷上孩子？沒給老爺戴綠帽子？」

方姨娘聞言，臉一下子脹得通紅，她哪裡想得到徐氏會有這種心思呢？

「夫人明鑑，婢……婢妾再混帳，也不可能做出這種事情，婢妾只是……」方姨娘實在覺得老姨奶奶那些話難以啟齒，越說越小聲，最後就像蚊子哼唧一樣。

謝玉嬌其實早已猜得八九不離十，畢竟現代的電視劇不都這麼演的嗎？

「娘現在還不明白嗎？方姨娘並未懷有身孕，她忽然弄出個懷孕來，只怕是有人以為只要她肚子裡也有塊肉，將來就能跟沈姨娘生下來的孩子比了。」

謝玉嬌看著方姨娘那一臉窘迫的樣子，冷笑道：「我瞧妳也不像是有這種膽量跟心思的人，五百兩銀子，我一分不少地給妳，明日就讓人去妳家喊人把妳給帶回去。」

方姨娘聞言，一顆心稍稍落了下來，還不禁有了幾分得意。如今她不但能出謝家，還可以得到這麼大一筆銀子，也不算虧了；要是真像老姨奶奶說的那樣，弄一個別人家的孩子進來，她不僅得當個現成的娘，還要為他操心，往後只能被困在後宅裡頭了。

「謝小姐恩典，婢……婢妾……婢妾這就去……」

方姨娘本來要說去跟老姨奶奶說一聲的，可話還沒出口，謝玉嬌就先說了。「等等，老姨奶奶那邊，妳不用去了，回自己房裡待著，我親自跟她說。」

命丫鬟送方姨娘回去，謝玉嬌還差人在房門口看著她，不准她去老姨奶奶那邊通風報信。

徐氏見謝玉嬌起身要去老姨奶奶那邊，忍不住開口問道：「嬌嬌，妳都還沒把她們院裡的丫鬟跟婆子盤問一圈，怎麼就知道方姨娘假孕呢？」

謝玉嬌聽徐氏問起，笑著道：「她們要設這個局，首先想到的必定是收買下人，所以問不問那些下人都不要緊，反正是拿人錢財，與人消災。我方才只是用安胎藥試了方姨娘一下，就知道她有孕是假。」

徐氏好奇地問道：「怎麼知道的？我沒瞧明白。」

謝玉嬌眨了眨眼笑道：「方才我故意說要賞方姨娘一碗安胎藥，她一聽就抖得跟篩糠似的，分明是料定我想害她，可是她又怕不喝下去，我不相信她有孕，所以她就喝了。只是她一喝下去，反倒露餡了，因為有哪個當娘的，會眼睜睜地看別人害她的孩子？就是因為她肚子裡沒孩子，所以她才不怕。」

徐氏順著謝玉嬌的思路慢慢想下來，果然茅塞頓開，不禁拍著胸口道：「原來是這個道理，我竟沒想出來，看來這方姨娘還不夠聰明。」

謝玉嬌瞧徐氏那鬆了一口氣的樣子，淺笑道：「娘啊，您就在這裡歇歇，女兒先去老姨奶奶的院子裡走一趟，回來再跟您一起用午膳。」

她一說完，就看見張嬤嬤從帳房支取了五百兩銀票過來，張嬤嬤見方姨娘已經走了，不解地問道：「小姐，老奴取銀票來了，真的要給嗎？」

對於方姨娘那樣沒心沒肺又沒人品的，張嬤嬤覺得給她一文錢都嫌多，還五百兩銀子，也只有小姐才會這麼闊氣。

謝玉嬌穿越過來到現在，也是頭一次看見這麼大面額的銀票，她想了想，開口道：「張嬤嬤先幫我收著，等方家來領人的時候，再拿給他們。一會兒我去外院，託帳房先生寫一份『放妾書』，既然要讓方姨娘走，就得走得乾乾淨淨，免得留下後患。」

徐氏與張嬤嬤見謝玉嬌對這方面的事情也這麼清楚，只能訝然地點了點頭，目送她出正廳。

老姨奶奶那邊，見方姨娘去了那麼久，到底有些不放心，便打發了一個丫鬟去打聽消息，誰知丫鬟還沒走到院門口，就看見謝玉嬌帶著喜鵲往老姨奶奶住的地方去，再這樣下去，兩邊肯定撞個正著。那丫鬟不方便直接拐了彎回去報信，只好停下腳步，看著謝玉嬌往前走，等她們過了夾道轉了個彎，她才偷偷折回去，跟在了後面。

老姨奶奶那邊的丫鬟見謝玉嬌進門，一張俏生生的臉上還帶著幾分冷淡嚴肅，就知道來者不善，端著笑迎上來道：「小姐來了啊，老姨奶奶在佛堂唸經呢，奴婢這就去請她……」

她的話還沒說完，謝玉嬌就開口道：「不必了，老姨奶奶在佛堂更好，有些話正好讓她當菩薩的面說一說，帶路。」

謝玉嬌說著，視線往那丫鬟的臉上一掃，丫鬟只覺得汗毛有些豎起來，低下頭，引著謝玉嬌往佛堂的方向走去。

老姨奶奶這會兒正跪在觀音大士的佛像前頭，嘴裡唸唸有詞，聽見有腳步聲傳來，還以為是方才派出去打探消息的丫鬟回來了，隨口道：「這麼快就回來了？夫人是怎麼說的，方姨娘跟妳一起回來了沒有？」

帶謝玉嬌過來的丫鬟正想開口，卻被謝玉嬌給攔住了，只能看著老姨奶奶的背影著急。

謝玉嬌跨進門檻，緩緩走到一旁放著的靠背椅上坐下來，她捲著手指間的一方絲帕，慢悠悠地道：「方姨娘不會回來了，她拿了我的銀子，明日我就打發人去方家喊人把她接回去。」

老姨奶奶被這突如其來的聲音給嚇了一跳，一轉頭就看見謝玉嬌坐在一旁，外頭明晃晃的日光照在她的臉上，讓老姨奶奶覺得她漂亮得有些刺眼。

「小姐說的這是什麼話，方姨娘有了老爺的孩子，理應在府裡好好養著，怎麼叫方家的人接出去呢？小姐這麼做，如何對得起老爺的在天之靈？」老姨奶奶猛然站了起來，一字一句道。

謝玉嬌聽了這話，半晌沒應她，見老姨奶奶還一個勁兒地盯著自己看，一副不依不撓的樣子，這才笑著道：「老姨奶奶，這裡可是佛堂，您這般睜眼說瞎話，難道就不怕菩薩聽見了怪罪？」

老姨奶奶原本理直氣壯得很，只差上前質問謝玉嬌一番，沒料到她這樣不鹹不淡的幾句話，竟讓自己嚇出一身冷汗來。她吃齋唸佛雖然只是打發時間，可到底迷信得很，她是做過一些壞事，但都只是小奸小惡，總覺得菩薩不會記掛著，如今被謝玉嬌這麼一提點，她還真是嚇了一跳。

「妳……妳胡說什麼，菩……菩薩跟前，妳還這般張狂？」老姨奶奶微微抖著說出這番話。明明自己心虛得不得了，可她畢竟是長輩，絕不能在謝玉嬌面前退縮。

「我哪裡胡說了？菩薩耳聰目明，都看得明白呢！昨晚就是菩薩託夢給我，告訴我方姨娘並未有身孕，不然我怎麼知道老姨奶奶閒著沒事，還拿這事尋我們開心呢？不只我娘白高興一場，我原本也以為自己孤苦伶仃、沒個兄弟姊妹，結果一下子冒出來兩個，還不得好好慶祝慶祝？誰知竟是一場空。」謝玉嬌一邊說一邊站起來，接著閉上眼睛，雙手合十對著觀音大士的佛像拜了拜。

老姨奶奶這下心頭發涼，昨日她可不就是在這佛堂裡頭，跟自己那個姪女商量假孕這件事？難不成真的被菩薩聽到，還託夢給這個丫頭片子？

謝玉嬌偷偷睜開眼睛看了老姨奶奶一眼，見她那張臉一會兒紅、一會兒白，雖然不知道她是真信佛還是假信佛，但這樣嚇唬她應該有用吧！

老姨奶奶心中最後一道防線，被謝玉嬌那幾句話給擊潰了，她心一慌，手指就有些不索利，只能僵硬地撥動著掌中的檀香佛珠。忽然間，那串著佛珠的繩子無預警地斷裂，一百零八顆佛珠頃刻散落一地。

這時候老姨奶奶正在胡思亂想，被佛珠掉落的聲音嚇了好一大跳。有在燒香拜佛的人都知道，佛珠莫名其妙斷了，可是會有禍事發生啊！老姨奶奶心下一驚，忙不迭地要跪下來向菩薩磕頭，可是一個不注意，一腳就踩在散落的佛珠上頭，身子晃了幾下，接著一屁股栽倒在地上。

這事發生在一瞬間，謝玉嬌還沒來得及伸手扶老姨奶奶一把，她已經跌倒在地哀號起來；偏偏丫鬟們都在門外候著，看見老姨奶奶跌倒，根本沒人敢進來扶一把。

謝玉嬌見老姨奶奶滿臉痛苦，想來摔得不輕，她這個年紀難免有個骨質疏鬆之類的毛病，要是摔斷了骨頭可不好辦。謝玉嬌雖然心裡有一點同情老姨奶奶，可一想到這些不過是她咎由自取，便又收回了自己稍微有些鬆懈的表情，只板著臉道：「老姨奶奶，您都是半截身子入土的人了，還想不想好好過日子？」

俗話說得好，不怕神一樣的對手，就怕豬一樣的隊友，老姨奶奶想動這個歪腦筋，也不看找的是什麼人。方姨娘一看就耳根軟又沒膽量，說句實話，這種事情要辦成，可得厲害角色出馬，就老姨奶奶跟方姨娘這智商，完全不成。

老姨奶奶在地上疼得大叫，額上早浮出一層冷汗，根本聽不進謝玉嬌的話。

謝玉嬌瞥了老姨奶奶一眼，本來想讓她再疼一會兒的，又覺得這裡畢竟是佛堂，自己也得積積德，便往門口走了兩步，再轉過頭來對老姨奶奶道：「您自己想一想吧，要不要好好過日子，若是不想過了，謝家有的是土地，隨便找一處把您送去養老也是一樣的。」

老姨奶奶這會兒心中有愧，又覺得這是菩薩顯靈懲罰自己，只能眼眶含淚，半聲也不敢吭。

謝玉嬌走到門口，見二門口都有丫鬟看熱鬧，只抬了抬眼皮，那些丫鬟就嚇得四散。喜鵲探著脖子往佛堂裡看了一眼，規規矩矩地跟在謝玉嬌身後。

走沒幾步，謝玉嬌對著方才領她過來那丫鬟道：「把老姨奶奶扶起來，看有沒有摔傷，好好地在這院子裡養著吧！」

謝玉嬌給了老姨奶奶一些顏色看，心裡也覺得挺痛快的，不過瞧她那副樣子，想必摔得不輕，便接著吩咐道：「一會兒妳跟張嬤嬤說一聲，去鎮上找個專治跌打損傷的大夫來，給她瞧瞧。」

那丫鬟低著頭，趕緊應下。

徐氏在正院裡等著謝玉嬌回來用午膳，張嬤嬤剛布好菜，外面丫鬟就跑進來說道：「小姐回來了。」

如今按照陽曆算，已經是五月，天氣越來越熱，謝玉嬌走了這一段路，額頭上已經沁出一些汗珠，徐氏迎上前來，替她擦了汗，問道：「老姨奶奶那邊怎麼說的，她承認了沒有？」

謝玉嬌憋了半日，此時噗哧一聲笑了出來。「我還沒問呢，她自己倒怕，而且那佛珠不知怎地就斷了，她一腳踩在佛珠上，摔了個大跟頭，我見她可憐，就不問了。」

徐氏聞言倒是有些擔憂。「她這年紀摔一跤，可不是鬧著玩的，張嬤嬤，趕緊去請個大夫來給她瞧瞧。」

謝玉嬌知道徐氏心善，老姨奶奶一大清早給她添了那麼多不愉快，可是一聽她摔著，徐氏就把那些糟心事拋到腦後去了。這不，她才要那丫鬟找張嬤嬤請大夫，徐氏就急著先把這事做了。

「我瞧她摔得不輕，推測好一陣子不能出來作怪了。」謝玉嬌說道。

張嬤嬤一邊應，一邊道：「夫人就是太善良了，請什麼大夫？依我看啊，就讓她在她那院子躺著，不能動了才好呢，省得三天兩頭給您添堵。」

謝玉嬌聽了，故意幫腔道：「張嬤嬤說得是，我也是這麼想的，老姨奶奶這麼不讓人省心，如今好不容易能休息，自然要讓她多躺一些日子，對不對？」

徐氏知道她們不過就是嘴硬心軟，也笑著道：「怪可憐的，年紀都這麼大了，算啦，還是請個大夫吧！」

張嬤嬤只好老大不情願地說道：「您是夫人，我們自然依了您。」

瞧她那副委屈的模樣，徐氏跟謝玉嬌都忍不住笑了。

當天申時末刻的時候，徐禹行從外面回來，順便把在金陵城玩了兩、三天的大偉也給帶回家。

徐禹行聽徐氏說了謝玉嬌今日做的這兩件事，越發覺得謝玉嬌能獨當一面了。謝老爺雖然離世，但謝家未必會衰敗，說不定還能在謝玉嬌的手中再創新局呢！

他見一切都井然有序，這才開口道：「北邊打得挺厲害的，我打算過幾天去一趟京城把蕙如接回來，還有上次去外國帶回來的貨都在手上，正好帶過去出手。」

謝玉嬌坐在一旁默默聽著，徐禹行要去京城走一趟，來回得要一、兩個月的時間，再加上他還要忙生意，只怕得多耽誤一些日子，好在最近她也理清了帳務，知道他那些貨非出不可，打仗的年景說不好，萬一有個風吹草動，那些東西就賣不到好價格了。

「舅舅只管放心去吧，家裡有我呢！」謝玉嬌淺笑道。

「就是瞧著如今嬌嬌越發能幹了，我才敢開這個口。」

徐禹行從來不知道謝玉嬌有這能耐，過去她不過就是會對著自己撒嬌的小姑娘罷了，沒想到一眨眼都這般懂事了。

徐禹行想起自己妻子早逝，只留下一個女兒，也沒放在身邊教養，不知道她如今怎麼樣了，便有些感嘆地說：「等蕙如回來，讓她跟在妳身邊學學，什麼才是大家閨秀該有的樣子。」

「蕙如喜靜，哪裡能跟嬌嬌一樣呢！再說了，嬌嬌是命苦，她爹去得早她才這樣的，蕙如有你這個爹，可不用像嬌嬌這樣吃苦，依我看，你要是有心，再為她找一個繼母，也就足夠了。」

徐氏與徐禹行姊弟情深，每次說起這些，話題十有八九會變成催促他找對象，徐禹行雖然已經見怪不怪，可還是忍不住皺了皺眉頭。

謝玉嬌見了，開口道：「娘放心吧，俗話說千里姻緣一線牽，舅舅現在是還沒遇上好姻緣，等遇上了，只怕不用娘開口，直接就為我帶了個新舅母回來呢！」

徐禹行聽了這話，倒是有些不好意思起來，可始終沒鬆口說要找個續弦。

晚上，老姨奶奶房裡的丫鬟來回話，佛堂那一下讓她摔斷了尾椎骨，大夫說需要臥床休息，大概得養上半年才能好。

徐氏捏著帕子想了片刻，眉梢忍不住透出一絲笑意來，她對謝玉嬌說道：「嬌嬌，老姨奶奶要在床上躺半年，到時候沈姨娘的孩子都落地了。」

謝玉嬌頭一次覺得菩薩還真管用，笑著道：「娘不是說下個月初一要去廟裡酬神謝恩嗎？我跟您一起去。」

第十章　苦命姑母

過了兩日，徐禹行準備好車馬及行李，帶上幾個人，便打算啟程北上，隨行的貨物一件都沒帶在身上，而是請了城裡的鏢局押運。

徐氏親自送徐禹行到村口，她瞧著自己文質彬彬、充滿書生氣息的弟弟，忍不住紅了眼眶道：「我們本是書香世家，如今卻要你做這些。」

徐禹行低頭不語，眼看徐氏又要落下淚來，只好開口勸慰道：「這年頭能活著都不容易了，還講什麼高低貴賤的，我走了，姊姊不必再送。」

送走徐禹行，謝玉嬌還是沒閒著，因為那五千件軍需棉襖的交期就快到了，倉庫也等著放新收割的麥子，不能再占著。劉福根為了這事急得像熱鍋上的螞蟻一樣，每天晚上都要去倉庫清點一下成品的數量。幸好沈石虎派了人在那裡不分晝夜地守著，沒有丟任何東西，只是因為講求做工跟品質，所以速度不如之前預期那般，到交貨時間之前還差一、兩百件。

謝玉嬌抬起頭看著一臉恭敬的劉福根，側首吩咐道：「紫燕，妳先帶妳爹找一間客房休息一下，等睡醒了再研究怎麼做，東西都已經做得差不多了，既然放不下，乾脆放到別處去，總不能讓作物沒地方放。」

雖然她前世功課稱不上最好的，但也知道初夏是梅雨季，到時候會一連下一個多月的雨，若是沒一個乾燥的地方存放作物，東西發霉就賣不出好價格了。

劉福根聽謝玉嬌這麼說，揉了揉布滿血絲的眼睛，一臉無奈地說道：「小姐，陶大管家正討著那幾間倉庫呢，老奴急得幾個晚上沒敢睡覺，您說這該怎麼辦？」

謝玉嬌咬著筆尾想了半刻，開口道：「你先去睡一覺，睡醒了再去衙門跑一趟，就說這五千件棉襖已經快好了，沒地方放，請縣太爺派些人來運走吧！記得一定要把數量點清楚，東西拿走後，請他們簽字畫押。」

「這行得通嗎？」劉福根有些沒底，以前謝老爺替官府辦事，自家都是出錢又出力，怎麼小姐還指使起縣太爺辦事了？萬一縣太爺生氣了，那可怎麼辦？

「怎麼不行？東西是我白送的，愛要不要隨他。你就說，我們馬上要收麥子，倉庫不夠放了，他們縣衙的糧倉這會兒還空著呢，這不是浪費空間嗎？」

劉福根聽得一愣一愣的，這些話他可不敢跟縣太爺講，只是小姐說得似乎也有道理，東西本來就是白送，哪有這樣吃力不討好的？

這麼一想，劉福根點了點頭道：「老奴也不睡了，一會兒再去倉庫瞧瞧究竟還差多少件，這幾天來做棉襖的人不多，有的人家開始收油菜了，人手不夠。」

謝玉嬌聞言，低頭想了想，謝家如今雖然人丁稀少，也有二、三十個丫鬟跟婆子，到四月中旬還有幾天，除去平常做雜務的時間，應該能趕出百來件。

「紫燕，妳打發幾個婆子，跟妳爹一起過去倉庫那邊，運一百件棉襖的料子回來，由咱們府中分擔，等做完了，月底發月錢的時候，另有加成。」

紫燕聽說謝玉嬌要親自做棉襖，一雙眼睜得大大的。小姐長這麼大，還沒摸過幾回針線呢，她小時候學繡花時，總是看得多、學得少，羨慕別人做得好看，可一拿到自己手裡，兩三下就沒了耐心。況且夫人要是看見小姐手指尖上扎了針孔，還得心疼好一陣子，就是謝老爺在的時候，也時常說「咱嬌嬌用不著學這些，橫豎都是有人服侍的大小姐，只管享清福就得了」。

謝玉嬌見紫燕皺著眉頭的樣子，覺得有些奇怪，問道：「怎麼了？喊妳們做針線不樂意了？又不只妳們做，我跟我娘都要幫忙啊！」

紫燕默默搖了搖頭，表面上一副什麼事都沒有的樣子，心裡卻在哀號。小姐還是省省吧，您當真做得來針線活？

謝玉嬌這邊才安排好事情，徐氏那邊就派了人來傳話，說是大姑奶奶來了。大姑奶奶是老姨奶奶的閨女，謝老爺下葬那一天，謝玉嬌遠遠地見過她，只是事情太多，沒能跟她說上話，但徐氏卻跟她聊了幾句。

熱孝期間，親戚間不走動也是正常，但因為老姨奶奶摔了一跤，所以徐氏還是派人帶話去給這位大姑奶奶。

謝玉嬌還沒進正院的大門，就聽見裡頭兩個女人正嘰嘰喳喳地說話，聽起來倒是和睦得很，丫鬟看見謝玉嬌來了，便對徐氏跟大姑奶奶說道：「小姐過來了。」

趁著這個空檔，謝玉嬌細細地看了一眼大姑奶奶——一張鵝蛋臉，眉眼中帶著幾分溫潤，雖然長相有幾分老姨奶奶的樣子，可看上去似乎比老姨奶奶溫婉得多，想來應該是一個從小當丫鬟被使喚長大的，另一個則是自幼當小姐被人侍奉長大的，這差別就在其中了。

「嬌嬌如今越發出落得好了，大哥下葬那天我遠遠看了一眼，已是個大姑娘的模樣了，嫂子雖然沒得個兒子，但嬌嬌可比十個兒子還強些呢！」大姑奶奶說道。

她親切地看著謝玉嬌，眉眼中都含著笑，謝玉嬌走過去，恭恭敬敬地向她福了福身子。

關於大姑奶奶的事，方才在來的路上，謝玉嬌已經向婆子打聽過了。她自幼便養在謝老夫人跟前，聽說小時候也是一身土味，後來徐氏進門，對這個小姑很上心，又是教她打扮、又是教她認字的，兩人關係極好。謝老夫人去了之後，大姑奶奶這才回老姨奶奶那邊住，出了孝之後，老姨奶奶看中一戶姓蔣的人家，跟謝老太爺商量，兩家便過了禮，大姑奶奶就這樣出嫁了。

那戶人家是秣陵縣的地主，雖遠沒有謝家富貴，但也是當地數一數二的鄉紳，因為是嫡出的少爺娶了庶出的小姐，謝老太爺覺得不能讓大姑奶奶丟了面子，因此準備了好大一份嫁妝，又把原本秣陵縣那邊幾塊水田、幾個山頭的果園一起給了對方，這才歡歡喜喜地辦了這場婚事。

聽說大姑奶奶這幾年一連生了兩個閨女，如今在家裡的地位大不如前，那男的不但經常賭博，還不時拈花惹草，只不過因為蔣家欠了謝家一些錢，加上以往對謝老爺有幾分敬畏，所以沒真的鬧出什麼事來。

謝玉嬌前幾日整理帳務的時候，就看見了好幾筆蔣家的借條，心裡越發有數。不知為何，五、六年前開始蔣家的田地收成就不好，朝廷徵糧時拿不出來，是謝老爺幫他們填了這個坑，一年積一年，折合成銀子來算，已經欠下約五千兩。

對謝家來說，這五千兩銀子不算什麼，對蔣家而言，應該也不是天文數字，況且這銀子並非一年欠下的，若是真的有心，就算再艱難，每年也該擠出個幾百兩來還吧？說白了就是欺負謝老爺是個好人，錢又多，便賴著了。

大姑奶奶見謝玉嬌對自己行禮，趕忙伸手將她扶起來，又仔仔細細打量了她一番，開口道：「瞧瞧這模樣，真是好看，我還記得小時候，嫂子剛進門那會兒，我躲在門縫裡偷瞧著，那時候母親還拉著我的手說『這回可給妳大哥找了個城裡媳婦了』，如今一眨眼過了這麼多年，我們都老了。」

她口中的「母親」指的是謝老夫人，即便老姨奶奶是生下她的人，她也只能稱呼她為「姨娘」。

說到這裡，大姑奶奶眼眶紅了起來，徐氏本就是一個感性的人，還沒等大姑奶奶說完，就先哭了起來。「沒想到妳大哥命苦，去得竟這麼早，留下我們孤兒寡母的要怎麼辦呢？」

謝玉嬌一看這光景，急忙上前，拉著徐氏的袖子道：「娘怎麼又哭了，姑母好不容易回來一趟，您倒惹得她落淚了。」說著又轉頭問大姑奶奶道：「兩個表妹怎麼沒跟過來？」

其實謝玉嬌說這話的時候，內心正惱火著。原來是方才大姑奶奶扶她起來的時候，竟被她看見露出袖子外的手臂上有好幾處瘀青……她頓時腦門子一熱，暗罵——什麼狗東西，欠著媳婦娘家的銀子，還敢家暴？

大姑奶奶並沒發現謝玉嬌瞧出了什麼名堂，見謝玉嬌替自己說出那番話，便笑著道：「原本她們兩個也想來，只是最近季節轉換，老大寶珍病了，所以不方便過來。」

徐氏聽了開口道：「天氣是不好，一冷一熱的，都說春捂秋凍，平常還是多穿些好。」

謝玉嬌眨了眨眼，眼看都農曆四月中旬了，還春捂秋凍呢！但想想也罷，瞧著大姑奶奶外頭這件褂子，確實挺厚實的。

大姑奶奶垂著眉，吶吶地點頭，徐氏見她似乎有心事，便開口道：「妳一早過來，可去過了老姨奶奶的院子裡？她這一回也不知怎麼的，摔了一跤，大夫說她年紀大了，只能在床上養著。我為她添了兩個丫鬟，好歹讓她多翻翻身，不然等天氣更熱了，身上生褥瘡可不好。」

大姑奶奶聞言，只微微點了點頭，擠出一絲笑道：「我正打算去呢，只是回來總要先見過嫂子。」

謝玉嬌覺得這話挺受用的，老姨奶奶平常太囂張了，雖說如今得了教訓，卻讓徐氏鬱悶了幾天，沒想到她女兒倒是個明白人。

垂眸想了片刻，謝玉嬌開口道：「姑母，老姨奶奶如今年紀大了，做事情難免有些胡來，之前為了方姨娘進府就鬧過一回了，如今我爹去了，方姨娘也說要出府，可見她當時就不是心甘情願進來的。有些話玉嬌這個做晚輩的不好說出口，姑母若是方便，好歹跟老姨奶奶說一聲，她這個年紀了，我們盡心侍奉她頤養天年，她還圖些啥呢？」

徐氏聽謝玉嬌這麼說，雖然感激，表面上卻還裝作生氣，既然有人唱紅臉，那她就得唱白臉。「嬌嬌，怎麼這樣跟妳姑母說話呢，這些話也是妳一個姑娘家能說出口的？妳才管了幾天家事，怎麼就輕狂起來，簡直不像話。」

謝玉嬌聞言覺得有幾分委屈，臉頰脹得通紅，一雙眸子頓時蓄滿了淚，只抿著唇瓣看著徐氏。

徐氏一下子就心軟，白臉也唱不成了，她一把將謝玉嬌摟在懷裡，一個勁兒地寶貝道：「是娘不好，娘不該這樣說妳，妳都是為了我。」

大姑奶奶看在眼裡，內心通透得很。以前老夫人在的時候，她那個姨娘有個害怕的對象，也拎得清，但老夫人去了後，就拎不清了，單說她為自己找的婆家，大姑奶奶只有暗自飲淚的分。

「嫂子放心，妳們的難處我知道，就算她不聽我的，該說的我也會說，嫂子要是沒有別的事情，我就先過去了。」大姑奶奶說著便起身，對徐氏福了福身子，領著身邊的丫鬟告辭了。

謝玉嬌在徐氏房裡坐了片刻，外頭紫燕進來回話，說是劉福根與幾個婆子已經把倉庫存放的一百件棉襖料子給帶了回來，問她這些東西怎麼安排。

謝玉嬌聞言站起來吩咐道：「直接交給外院管帳房的孔先生，要他把數量清點一下，說待會兒有人會去向他領料子，每人取了多少件棉襖的料子，都讓他記下就成。現在去把府裡會針線女紅的下人都喊到這裡來，我統一吩咐下去。」

紫燕點著頭記住謝玉嬌的話，辦事去了，徐氏不解地問道：「怎麼把棉襖帶到家裡來了？」

謝玉嬌只好把這事情原原本本地對徐氏說了一遍，徐氏聞言只嘆息道：「罷了，只好一起趕一趕，趕在四月中旬之前送走，也算是送佛送上西了。」

大姑奶奶去了老姨奶奶那邊，自然有丫鬟將那天老姨奶奶摔跤的事情說給她聽，不過言語中不敢說謝玉嬌半點不好，只說是老姨奶奶自己不小心摔的。可大姑奶奶心裡清楚，若不是老姨奶奶又生了什麼心思，沒準兒沒有這一場禍事。

說起來大姑奶奶雖然是老姨奶奶親生的，奈何小時候就沒在她跟前養著，到底不像謝玉嬌與徐氏母女這般熱絡，後來謝老夫人去世，大姑奶奶回老姨奶奶身邊的時候都是大姑娘了，自然不可能像小孩子般與人親近。再者，老姨奶奶為大姑奶奶找的婆家，實在讓大姑奶奶有苦難言，所以就對老姨奶奶又埋怨了幾分；即便如此，子女要對父母盡孝道，這個道理大姑奶奶還是懂的，所以仍舊來探望老姨奶奶。

「姨娘也一把年紀了，怎麼到如今還拎不清，謝家哪裡有妳說話的分？如今弄成這個樣子，不過就是讓下人看笑話，只會說姨娘倚老賣老，見老爺去世了，就想插手家裡的事。」大姑奶奶這些年過得不如意，心裡難免有幾分怨氣，她一邊勸老姨奶奶，一邊嘆氣。

老姨奶奶躺在床上，見大姑奶奶來了，起先一個勁兒地哀號，試圖博取同情，沒想到自己的閨女一開口就向著別人，頓時氣得要跳腳，可是才挪了下屁股就疼得受不了，只好側躺著開口道：「那丫頭片子真是壞得可怕，可憐我一把年紀，不是她的對手，她八成又跟妳說什麼渾話了，要妳也來說我幾句，我如今都動彈不得了，還要受她的氣。」

大姑奶奶聽了這話，冷笑道：「天作孽，猶可違；自作孽，不可活。方才我進來的時候，都問明白了，妳跟方姨娘是什麼心思，別當我不知道，若這事真的那麼容易成，那我也弄個兒子來，就不用受這麼多年的氣了。」

說到這裡，大姑奶奶忍不住哭了起來，眼淚跟斷了線的珍珠一樣。「去年他就想要納妾，可他欠大哥錢，大哥要他寫保證書，只要不納妾，他們欠謝家的銀子就不用還了；如今大哥才去了兩個月呢，他家老夫人就又提出納妾的事來，我……我找誰哭去啊！」

老姨奶奶聽了這話，愣了片刻，隨即道：「大戶人家三妻四妾也是常事，妳過門六、七年了，也沒生下個兒子，這能怪誰？」

大姑奶奶原本以為老姨奶奶是她的親娘，總能向著自己一些，誰知道老姨奶奶開口這段話就把她給氣了個半死。

她胸中一股怒火上湧，站起來道：「妳自己做了傷天害理的事情，遭報應摔傷躺著，又能怪誰？若說我天生就命苦，那也是妳害的，妳當我不知道？當初你們方家拿了蔣家的銀子，就連我的嫁妝也想算計。我這些年留了個心眼，沒將那些田契拿出來，結果那姓蔣的就死皮賴臉地來找大哥借銀子，還說我抓著嫁妝不補貼家裡，我若是連嫁妝都抓不住，死期豈不是也近了？」

老姨奶奶被揭了底，說不愧疚是騙人的。當初這門親事確實是方家人介紹的，她弟弟還說，蔣家少爺看起來是個漢子，雖然沒考取功名，可祖上有積蓄，她這女兒嫁過去，必定不會受委屈。老姨奶奶耳根軟，聽人這麼一攛掇便信了，把自己的親閨女給搭了進去。

後來她知道那蔣少爺有些壞習性，可想著嫁出去的女兒潑出去的水，好壞只能自己承受，當時便勸慰大姑奶奶道：「男人多半這樣，等妳生下兒子，他有了後，心也就定了，日子都是這樣熬出來的。」

為了這番話，大姑奶奶忍辱負重，熬過兩年後又懷上了，可這胎一樣是個閨女，這下蔣家人就開始發作了。謝老爺心疼自己妹子，又知道那姓蔣的見錢眼開，就要他寫下保證書，只要他不納妾，欠謝家的銀子就不用還。

謝玉嬌一邊跟徐氏整理棉襖的料子，一邊說道：「聽娘這麼說，那姓蔣的當真不是個東西，就說怎麼欠我們家這麼多銀子沒還，原來是寫了保證書的，只是我沒在爹的書房裡看見那樣東西。」

方才下人們都來過了，謝玉嬌把該安排的事都安排下去，還讓丫鬟去前院替自己領了五件棉襖料子來。徐氏最近閒著，身子也好了些，她想幫忙，謝玉嬌就應了，兩人整理著做棉襖的東西時，就聊起了大姑奶奶的事情。

「我也不知道保證書在哪裡，就是聽妳爹提過這事罷了。妳姑母出閣的時候，老太爺還在呢！這件事我們插不了手，妳爹沒有一母同胞的兄弟姊妹，就她一個妹子，不疼她還能疼誰？只是如今妳爹去了，還不知道蔣家要怎麼作踐她呢！」

謝玉嬌聽到這裡，就明白大姑奶奶手臂上的瘀青是怎麼來的了。

「爺爺就姑母一個閨女，她出嫁的時候不是給足了嫁妝嗎？蔣家也不至於這樣上不了檯面吧？」謝玉嬌畢竟不是古人，有些弄不明白這裡頭的關係，又問了徐氏一句。

徐氏開口道：「妳姑母跟我說過，夫家再好，嫁妝也得儘量留在自己手裡，如今她還沒生一個兒子出來，若是沒了嫁妝，以後不知道誰替他們家生了兒子出來，那妳兩個表妹豈不可憐？」

謝玉嬌聽得一愣一愣的，這麼說大姑奶奶並不糊塗，性子也不錯，若是因為她爹去世了，婆家只當他們謝家沒人，又看不起她來，還真是讓人氣憤。

想了想，謝玉嬌開口吩咐道：「張嬤嬤，妳吩咐人從庫裡選幾疋顏色鮮豔的上好料子，還有舅舅從外國帶回來的小玩意兒，像是毯子、掛件之類，稀奇古怪沒見過的東西，挑幾樣讓姑母帶回去，指明說我是給兩個表妹的。」

如今謝家正守著孝，那些鮮亮的料子她不能穿，不如送了討個人情，至於那些稀奇的玩意兒，別人見都沒見過，能有幾個不眼紅的？也好讓蔣家的人瞅瞅，謝老爺去世了不假，可大姑奶奶還是謝家的人，沒人可以怠慢她。

大姑奶奶在老姨奶奶那邊哭了半宿，聽見外頭丫鬟嘰嘰喳喳在說話，稍稍止住了眼淚，站起來對老姨奶奶道：「我出來也有半日了，孩子還小，我不放心，過兩天再來看姨娘。」

老姨奶奶對大姑奶奶愧疚，一時之間也安靜了幾分，只拉著她的手，還有幾分不捨，這一拉，便露出了大姑奶奶滿布瘀青的手臂。老姨奶奶一看頓時瞪大了眼珠子，扯嗓子問道：「這是怎麼弄的？難道那畜生還打妳不成？」

就算她為人再狠心，親眼看見自己生出來的閨女被別人作踐，護犢之情還是一下子就湧了上來。

「還不是妳張羅的好姻緣？橫豎我這一口氣上不來，死了也就算了。」大姑奶奶抽回了手，自暴自棄地說道。

老姨奶奶聽到這番話，又想起自己這一跤是菩薩的旨意，便覺得大約真的是平常她沒積陰德，如今報應到了女兒身上，不禁紅著眼眶道：「妳這說的什麼話，要死，也是我這個老不死的先死了乾淨。」

大姑奶奶聽老姨奶奶這麼說，終究心軟了幾分道：「妳好歹安分地活著，省得我操妳這一份心。嫂子向來是一個和氣的人，妳如今吃喝不愁，何苦來哉？非要看著我死，妳才高興？」

老姨奶奶聽大姑奶奶這麼說，害怕了幾分，擔憂地看著她道：「妳快回去吧，省得他又尋妳什麼不是，下次記得把兩個丫頭帶過來，別留在家裡，讓妳出門還提心弔膽。」

大姑奶奶見老姨奶奶終於說出些人話，嘆了口氣，點頭道：「妳放心吧，他們不敢把孩子怎麼樣，妳好生將養著，我先去了。」

她正準備要出門呢，外頭丫鬟就進來傳話道：「大姑奶奶，小姐送了好些東西給兩位表小姐，都已經在門外的馬車上堆著了。小姐說，請大姑奶奶去前院吃了午膳再走，若大姑奶奶跟老姨奶奶說完了話，就隨奴婢過去吧！」

老姨奶奶這會兒不由得對謝玉嬌敬佩幾分，她做出那種事，謝玉嬌還能像個沒事的人一樣跟她的閨女交好，這氣度她是比不上的。話雖如此，老姨奶奶到底鬆了口氣，若是因為自己，讓大姑奶奶回娘家遭受冷臉，那才是真的不好看。

「妳去吧，難得她還有這份心思，也不枉她喊妳一聲姑母了。」老姨奶奶說道。

「那我過去了，姨娘好生休養著。說句實在話，妳都是半截身子入土的人了，跟她一個小丫頭置什麼氣呢？就算妳再厲害，也不是什麼正經主子，妳去了，她連半個頭都不用向妳磕，如今這樣優待妳，也不過就是盡她的情分罷了。」大姑奶奶勸道。

這字字句句說得在理，老姨奶奶一時找不出半點反駁的話，兀自嘆了口氣，抬起眉頭想了半天，大約覺得自己也是被豬油蒙了心，怎麼就鑽進這個牛角尖裡去了呢？她微微動了動身子，卻又牽動了屁股後面的傷處，疼得叫了起來。

大姑奶奶見狀搖了搖頭，告退了。

大姑奶奶去了徐氏的正院，見廳裡擺著午膳，謝玉嬌正在一旁拿著剪刀剪角落裡的幾盆盆景，她見大姑奶奶進來了，迎上去說道：「姑母，老姨奶奶好些了沒有？」

大姑奶奶笑著道：「好些了，年紀大了就是這樣，躺一躺就沒事了。」

謝玉嬌見她眼眶紅紅的，心道她身上還帶著傷呢，跟自己的娘見面，一番哭訴也是正常的。說來說去這一切都是重男輕女害的，若是她能生出個兒子，興許蔣家就不會這樣對她了。

正想著，外頭丫鬟就扶著沈姨娘進來了。「小姐，沈姨奶奶來了。」

徐氏聞言便從房裡出來，招呼道：「人來齊了，那就開席吧，只是我如今還是吃素，所以菜色清淡許多，小姑可不要嫌棄我待客不周。」

本就是一頓便飯，大姑奶奶自然不會這麼想，那日她也去了隱龍山，知道沈姨娘懷孕的事情，但看見她一起過來吃飯，還是不由得佩服徐氏的氣度。

用過了午膳，見天色不大好，大姑奶奶便起身告辭，謝玉嬌親自送她到二門口，兩人一邊走一邊聊。

「姨娘年紀大了，難免有倚老賣老、為老不尊的時候，還請嬌嬌多擔待著點。」

「姑母這麼說，我自然明白，就不和姑母說客套話了。爹剛去世，家裡正是忙亂的時候，老姨奶奶不幫忙也就算了，還盡是添亂，我實在看不下去了，這才頂撞了她幾句，至於她摔了這一跤……」謝玉嬌心想，這還真的不是自己的錯呢！

她的話還沒說完，大姑奶奶就開口道：「我明白妳跟妳娘的難處，這件事本就是她不對，如今讓她安靜躺著，省得我操心，也免得妳們不安寧。」

謝玉嬌見她這麼坦白，也放下了心，笑著開口道：「姑母，那下次老姨奶奶要是又犯什麼老毛病，我也不請大夫了，只請您來，還靈驗些。」

大姑奶奶低下頭，臉上露出一絲若有還無的苦笑，不得不點了點頭答應。

第十一章　遊刃有餘

謝家的門庭算是熱鬧，送走了大姑奶奶，又迎來另外一批人，原來是方姨娘娘家的人來了。之前謝玉嬌打發了人過去，把事情的原委跟方家的人說得清清楚楚，又當場讓他們家瞧了瞧五百兩銀票，只發下話，什麼時候去謝家接方姨娘，他們就什麼時候能拿走這五百兩銀票。

謝玉嬌懶得親自過問這件事，讓張嬤嬤拿了銀票，要方家的人在放妾書上簽字畫押之後，就讓他們把方姨娘給領走了。

人領走之後，謝玉嬌就帶著丫鬟，往老姨奶奶住的地方去。

自從老姨奶奶摔傷之後，謝玉嬌還沒來過。院子門口的梔子花開得挺好的，還沒走近就聞得到香味，謝玉嬌帶著喜鵲一走到門口，就看見幾個丫鬟跟婆子正在廊下做棉襖。

喜鵲見沒人迎出來，往裡頭喊了一聲道：「小姐來了。」

眾人聞言，一個個放下手中的針線活出來迎接。謝玉嬌認不全這些人，只認識一個叫雁兒的，是老姨奶奶身邊的丫鬟，便問她道：「老姨奶奶最近身子怎麼樣？好些了沒有？」

雁兒回道：「好些了，只是還不能動彈，大夫說年紀大了，傷著骨頭不容易好。」

當日謝玉嬌在佛堂跟老姨奶奶說的那些話，雁兒在門外聽得一清二楚，如今她認定謝玉嬌是觀音大士庇佑的人，並不敢有半點欺瞞，一五一十地回道。

「今日姑母回來，老姨奶奶高興些了嗎？」謝玉嬌又問。

雁兒聽了，低頭想了想，道：「應該是高興些了，中午大姑奶奶沒在這邊用午膳，但老姨奶奶卻吃得比平常多，還誇廚房做的菜口味好呢！」

謝玉嬌就是隨便問幾句，至於老姨奶奶誇不誇廚房的菜好，跟自己一點關係也沒有，她之所以打算這個時候過來瞧老姨奶奶一眼，也是有自己的想法。

「行了，妳下去吧，我去老姨奶奶的房裡坐一坐。」

雁兒點頭應下，接著便去一旁的小廚房為謝玉嬌沏茶。

謝玉嬌領著喜鵲進了老姨奶奶的房間，這時候剛過午時，老姨奶奶正在歇息，屋裡沒別的人。謝玉嬌走過去，在老姨奶奶床前的一張靠背椅上坐了下來，瞥過老姨奶奶的睡顏，皺了皺眉頭。

上了年紀的老人家，睡覺時常有呼嚕聲，喜鵲聽著覺得怪尷尬的，便問謝玉嬌。「小姐，奴婢把老姨奶奶喊醒得了。」

老人家淺眠，容易驚醒，喜鵲話才剛說完呢，老姨奶奶一睜眼睛，就看見謝玉嬌坐在旁邊，嚇得她以為自己見鬼了，身子驚得動了一下，結果牽動她屁股後頭的傷處，又疼得喊起來。

喜鵲如今膽子越發大了，見老姨奶奶喊痛的樣子，開口道：「老姨奶奶小聲些，仔細嚇著了小姐。」

老姨奶奶疼得老淚縱橫，好不容易緩過來，不禁憤然道：「我嚇著她？她趁人睡覺時坐在床前，倒是把我嚇了一跳。」

謝玉嬌笑容可掬地開口。「平生不做虧心事，不怕夜半鬼敲門，更何況這會兒可是大白天，老姨奶奶怕什麼？難道怕我這個丫頭片子不成？」

老姨奶奶如今對謝玉嬌很是防備，謝玉嬌越是無害的模樣，她越覺得她沒安好心眼。「有什麼話就說吧，不敢煩勞小姐親自來瞧，只怕我這老太婆受不起，要折壽的。」

謝玉嬌也不想浪費時間跟她蘑菇。「老姨奶奶，實話告訴您吧，就在剛才，您娘家的弟媳婦已經帶人領方姨娘走了，他們明知道您摔傷了躺著，也沒說要來瞧您一眼；要是我沒記錯的話，方家如今能過上這樣的日子，少不了您的功勞吧？可這些恩情，竟還不如我扔一張五百兩的銀票出去呢！」

老姨奶奶不知道方姨娘被謝玉嬌派人看管著，只知道方姨娘叛變了，想著以前她每日都要往這院子走上三、五回的，如今竟連人影都瞧不見了。至於她那個弟媳婦，她本來就沒怎麼指望，向來是那副求人的時候熱絡、翻臉就不認人的德行。

聽了這些話，老姨奶奶一味嘆息，又聽謝玉嬌繼續說道：「反倒是姑母，昨日我娘才派人去蔣家報信，她今日就來了，這才是您的親閨女。老姨奶奶一把年紀了，難不成連個親疏也分不清嗎？」

老姨奶奶想到自己閨女手臂上那幾處瘀痕，又心疼起來，臉上浮現了悔恨之色。

謝玉嬌瞧著她躺在那邊不能動的樣子，覺得這麼大年紀的人也怪可憐的，便說道：「其實您都這麼大年紀了，我不明白您還折騰什麼？謝家如今算起來，也就您、我娘，還有我三個主子了，您那麼做，是想拿捏我跟我娘還是怎麼的？」

老姨奶奶低眉想了半天，覺得謝玉嬌講得有點道理，但又很想反駁她，便氣呼呼道：「我……我就是看不慣妳一個姑娘家這麼厲害，我……」

謝玉嬌瞧著她又疼又要開口說話的樣子很是好笑，站了起來，轉身走到門口，又回過頭來看著她道：「老姨奶奶，年紀大了，吃齋唸佛什麼都行，別再折騰了，您這院子裡有菩薩看著，要是再做壞事，改明兒菩薩還得託夢給我呢！」

老姨奶奶一聽這件事，還是覺得很玄，後背的冷汗流了下來。聽說供著的菩薩不能隨便撤下，不然的話是大不敬，如今她躺在床上，老是覺得有什麼盯著她，讓她心神不寧。

謝玉嬌瞧她那嚇破膽的樣子，忍不住在心裡偷樂，帶著喜鵲走了。

忙了一天，謝玉嬌在浴池裡泡了個舒舒服服的澡，回到房間時，就看見丫鬟們正在為棉襖塞棉花。如今天熱了，一天不洗澡，身上就黏膩得很，別人的丫鬟她管不著，但她替自己的丫鬟留了時間，讓她們去洗一洗。

見謝玉嬌洗乾淨了回來，喜鵲跟紫燕放下手中的活計，開口道：「小姐在房裡休息一會兒，奴婢們洗洗就來。」

謝玉嬌是現代穿越過來的，平常就不喜歡她們貼身服侍，之前由著她們照顧了幾回，老覺得彆扭，後來她只讓她們將洗漱的東西準備好，自己進去洗，洗好了也不用她們服侍，自己穿好衣服出來。

在軟榻上靠了一會兒，謝玉嬌看見喜鵲的棉襖還有胸口跟後背沒塞好，便放下手中的菱花鏡，用手抓了一把棉花，往裡面塞。

等喜鵲跟紫燕回來，謝玉嬌已經塞好了兩件棉襖，用針線縫了一個口，等著讓她們「加工」。

喜鵲看見謝玉嬌塞的那件棉襖，忍不住笑道：「小姐這是做枕頭還是做棉襖？塞了好大一團棉花啊，誰要是穿上這件棉襖，不就占了便宜，用了足足兩倍的料子呢！」

謝玉嬌瞧了那棉襖一眼，雖說看起來挺胖的，但也是一壓就扁，反正塞都塞了，難道還特地取出來不成？

「就這樣吧，得了便宜就得了便宜，誰讓他運道好呢！」謝玉嬌聳了聳肩道。

喜鵲和紫燕聽了，都抿著嘴笑起來。小姐厲害的時候會讓人不由自主地發抖，可孩子氣的時候卻是引人發笑，可愛得很呢！

第二天，謝玉嬌一早便起床，喜鵲為她梳了一個桃心髻，中間點綴著一顆大珍珠，後面則串了一串小珍珠。紫燕想讓謝玉嬌從後方瞧一瞧髮型，可找了半日，也沒找到昨日用過的那面菱花鏡。

謝玉嬌側著頭照了照眼前的鏡子，說道：「行了，肯定是隨手放在什麼地方，一時之間記不起來，特地找還不容易找到，過幾日沒準兒就出來了。」

喜鵲跟紫燕兩個人聽了，就隨謝玉嬌的意思不找了，等著它自己跑出來。

劉福根那邊聯繫好了縣衙的倉庫，四千多件的棉襖，足足裝了十幾輛馬車，他在村口點頭哈腰地招呼著來幫忙的人，縣太爺康廣壽深怕這些軍需物資有閃失，也跟著來了。

謝玉嬌聽說康廣壽到場，自然要親自出去迎接他，便乘著四人抬的小轎子，一路來到了村口。

村裡幾個小夥子正幫著清點棉襖數量裝車，遠遠看見謝玉嬌過來，一個個都愣了神，他們盯著謝玉嬌的模樣被站在一旁監工的沈石虎看見了，不禁沈著聲音道：「速度快一點，你們今日沒吃早飯啊？」

小夥子們聽沈石虎叫喚，個個乾笑著低下頭去，可還是時不時往謝玉嬌那邊瞄。

沈石虎走到謝玉嬌身邊，恭恭敬敬行了個禮道：「小姐怎麼親自來了，外頭天氣熱。」

謝玉嬌穿著一件銀白色刻絲葫蘆紋樣的褙子，對襟上繡著纏枝花紋，風一起，衣袂就隨風飄蕩。丫鬟站在一旁，替謝玉嬌打油紙傘，在一群大老粗之間，她這模樣越發讓人覺得秀美如水。

倉庫門口的大空地上，謝玉嬌氣定神閒地看著那些人搬東西。這麼多件棉襖，值不少銀子，這是謝老爺生前做的最後一樁善事，如今謝玉嬌也算替他把這件事給辦成了。

謝玉嬌看了一會兒，這才想起沈石虎方才似乎跟自己說了什麼話，便轉頭問他道：「沈大哥說什麼呢？方才沒聽清楚。」

沈石虎離謝玉嬌大約有半丈遠，他是怕他們幹活的人身上味道不好，熏著了她，沒想到謝玉嬌因此沒聽清楚；可謝玉嬌說沒聽見他說話的時候，那些幹活的小夥子倒是都聽見了，笑他馬屁拍到了馬尾上，小姐沒領情呢！

被這麼一笑，沈石虎不禁朝他們那邊噓了兩聲，才又開口道：「這麼熱的天，小姐往這裡來做什麼，您一來，他們也沒心思幹活了。」

前頭這兩句話還算正常，可後面卻有些不像樣了。喜鵲聽了，抬眼就往那群幹活的小夥子掃過去，果然見到時不時有那麼幾個人往這邊看過來，她就一個瞪眼把那些人的眼神給嚇得縮回去了。

謝玉嬌倒是不覺得有什麼，這些村民說白了就是平常沒見過漂亮姑娘，比起現代那些色膽包天的色狼不知道老實多少，他們這樣偷看幾眼，說不定還會在心裡掙扎跟自責很久呢！

劉福根安置好了康廣壽，來到謝玉嬌跟前道：「小姐也過去涼亭底下，跟縣太爺喝一杯茶吧！」

康廣壽在涼亭裡坐著，方才他看過那些棉襖，除了一開始拿去農家做的那些質量稍微堪憂之外，後面這三千多件大小、厚薄都不錯，看來謝小姐在安排事情這方面，反倒比她爹妥當幾分。

他見謝玉嬌走進涼亭，便站起來向她拱了拱手道：「煩勞謝小姐親自前來，不敢當。」

謝玉嬌笑道：「沒什麼不敢當的，興許這是咱們謝家最後一次能為朝廷效力了。」

她之所以這麼說，其中有些道理。謝家的銀子是謝家的，卻不是謝玉嬌的，謝老爺在世時，他想怎麼花就怎麼花，可如今他去了，若她這姑娘家也那般隨興花錢，族裡那些親戚們可是等著教訓她呢！雖說在還沒確定繼承人之前，謝玉嬌對謝家擁有絕對的管理權，但卻不可能像謝老爺那樣撒銀子做善事了。

康廣壽明白謝玉嬌的處境，也知道最近謝家鬧了些什麼事，只能帶著幾分尷尬的笑，開口道：「無論如何，朝廷都會記得謝老爺的恩德。」

不一會兒，劉福根把棉襖都盤點清楚，跑過來彙報道：「回小姐，目前還差府內那一百來件，其他的都已經清點妥當了。」

謝玉嬌聞言放下茶盞，轉頭對康廣壽道：「康大人，明日幾間倉庫就要堆放今年收的麥子跟油菜了，才急著請您把東西運走，剩下的那一百來件，等我們府裡全都做好了，再讓劉二管家一次給您送過去。」

她看過帳本，深知古代的車馬費不便宜，能坐得起馬車的人，可比現代搭車的人要有錢多了。

康廣壽近來深刻體會到一件事，任憑他以前在京城是多麼吃得開的狀元郎，如今在江寧縣這地界上，也是吃人嘴軟、拿人手短。這一批棉襖朝廷又催得緊，他新官上任，自然要辦好這頭一項差事。

「謝小姐客氣了，等東西都做好，派人來縣衙說一聲，我馬上派馬車過去取。」

謝玉嬌見康廣壽的態度很謙遜，自然也以禮相待。「一百來件的棉襖，讓劉二管家送過去也不值什麼，康大人就不必客氣了。」

兩人客套了一會兒，謝玉嬌才端著茶盞喝起茶來，這時她看見喜鵲那邊也沏了一壺茶，幾個年輕小夥子撩起了衣襟擦臉，正端著茶碗蹲在角落裡喝茶休息呢！

不過沈石虎卻不在那群人當中，他左手抱、右手挾、肩膀上扛著，足足搬了三袋棉襖，從倉庫裡走出來。他渾身的肌肉因為使力，上面的線條清晰可見，手臂也沾上一層薄薄的汗，額頭上的汗水更早已滑到臉頰旁。

幾個小夥子見他這樣搬東西，紛紛叫好，就連康廣壽都忍不住朝他多看了幾眼。

沈石虎搬完了這一趟，去喜鵲那邊領了一碗茶喝，視線一不留神就往謝玉嬌那邊瞟了過去。她一身白裙子略略拖地，沾到地上的灰塵，瞧著沒有方才那樣乾淨。他心想——這些外面的事情，終究不應該讓一個姑娘家出面，想著想著，就對謝玉嬌憐惜了幾分。

過了一會兒，棉襖全被裝上車，康廣壽也要起身告辭了，謝玉嬌站起來說道：「民女就不送康大人了，劉二管家你跟康大人去縣衙走一趟，記得帶棉襖的簽收單據回來，我們好留作存根，年底時對帳用。」

謝玉嬌之前在謝老爺的帳本裡發現不少存根，後面都會寫上批註，例如抵消某某年多少錢糧跟田租之類的，雖然能抵消的部分不過杯水車薪，但謝老爺要交的田租一少，那百姓需要交給謝家的分也就少了，最後得了實惠的人，還是那些辛苦耕種的百姓。

康廣壽知道這些舊例，點頭稱是，接著又默默佩服起謝玉嬌來——這姑娘真是半點虧也不吃啊！

謝玉嬌到家以後，沒回自己的院子，而是先去徐氏那邊，但她卻見到張嬤嬤跟幾個丫鬟正在廊簷下說話，張嬤嬤見謝玉嬌進來，慌忙迎上前來。謝玉嬌覺得奇怪，往常徐氏身邊從來少不了張嬤嬤，可今日她卻待在外頭，不知是為了什麼？

此時張嬤嬤向謝玉嬌使了個眼色，壓低聲音道：「夫人正在房裡難過呢，小姐要不要進去勸一勸？」

這下謝玉嬌更莫名其妙，她這娘親到底在難過些什麼，竟連張嬤嬤都沒能勸住？如今沈姨娘不但有了身孕，謝家的日子也穩定了不少啊？

張嬤嬤瞧謝玉嬌一臉不解，有些不好意思地說：「方才夫人要奴婢請大偉爺過來，說是如今得了空，要他為老爺畫人像。大偉爺過來以後，夫人就問他到底該怎麼畫……」

說到這裡，張嬤嬤嘆了口氣，繼續說道：「大偉爺問夫人，老爺的眼睛是什麼樣子？鼻子又是什麼樣子？還有嘴巴什麼的，每一樣都問得仔仔細細。他一邊問，手裡還一邊拿著一支筆在一塊布上畫來畫去，等他畫好了，給夫人看一看，夫人卻一下子就呆住了，說怎麼跟老爺一點兒都不像呢？」

張嬤嬤說著，臉上露出了愁容。「後來夫人瞧著瞧著，又覺得有點像了，可是想了想，又覺得不像，最後難過地哭了起來，說老爺人才去了兩個月，她怎麼就把老爺的長相給忘了。」

謝玉嬌聽完，愣了片刻，有些不確定地問道：「就為了這個哭的？」

張嬤嬤點頭道：「可不是，就為了這個。」

其實謝玉嬌知道，徐氏這是又想念起謝老爺了。前一陣子家裡忙亂，徐氏顧不得這些；後來沈姨娘有了身孕，徐氏又只顧著高興，如今謝家一切步入正軌，她反而空虛寂寞，開始思念謝老爺了。

謝玉嬌走進房裡，果然看見徐氏拿著那個為謝老爺做好的腰封，眼眶泛紅地坐在椅子上，她見謝玉嬌進來，趕忙擦了擦眼角的淚，強擠出一絲笑容道：「嬌嬌回來啦，外頭怪熱的，快過來坐。」

謝玉嬌應了一聲，走到徐氏身邊開口道：「聽張嬤嬤說，那個大偉爺不會畫畫，連爹的樣子都畫不像，既然這樣，改明兒我們給他一些銀子要他走吧，之後再找一個本地的畫師來，好好替爹畫一幅體面的人像。」

徐氏聽了這話，覺得有些不好意思，臉上微微泛紅道：「他畫得很像，只是我一看見妳爹的樣子，心裡難受罷了。」

其實謝玉嬌很清楚，中世紀歐洲那些畫家畫出來的油畫，已經能以假亂真，大雍的畫師肯定比不上，她只是故意說反話引出徐氏的真心罷了。

謝玉嬌忍不住笑起來，說道：「那咱們就讓他留下，把爹的畫像給畫好，成不？」

徐氏聞言，贊同地點了點頭。

這幅畫足足畫了兩、三個月的光景，沈姨娘的肚子也一天天顯懷。眼看整個夏天都要過去了，老姨奶奶才剛能起身，在自己的房間裡稍微踱幾步。

謝玉嬌穿著一身家常的湖綠色對襟褙子，坐在書房裡把算盤打得噼哩啪啦響，最後在冊子上記下數字，這才抬起頭，對站在自己跟前的劉福根道：「上回舅舅的信上說，一把京城那些生意交代清楚，他就要回來了。我聽說舅舅家外頭的宅子如今也是由你管，他家裡如今還有人嗎？」

上次徐禹行回來時，謝家正忙亂著，所以徐禹行一直住在謝家幫謝玉嬌的忙。謝玉嬌早先聽徐氏說過，徐家在剪子巷那邊有一處宅子，如今也是劉福根代管，便隨口問了一句。

「舅老爺家裡如今只有一對看房子的老夫妻，沒別的人了。小姐以前不管事所以不知道，舅老爺從前多在外跑動，難得回江寧縣一趟，而且表小姐又住在我們府中，所以舅老爺若是回來，也是住在這裡。」

謝玉嬌聞言，點了點頭。這幾天她開始為徐蕙如裝飾房間，她繡樓下面那一層就是徐蕙如過去住的地方，雖然裡面的陳設還在，不過看上去已經不光鮮了，她便差人去城裡買了幾樣徐蕙如喜歡的擺件回來。

送走了劉福根，喜鵲從門口進來道：「小姐，夫人那邊派人傳話，說大姑奶奶過來瞧老姨奶奶了，讓您一會兒早些過去，大家一起用午膳。」

謝玉嬌點點頭，低頭又開始撥算盤，檢查今年交給縣裡的麥子與油菜籽數量。今年春天雨水多，油菜籽沒有往年收成好，交去縣裡之後，謝家宅的倉庫也沒剩下多少。按說這些夠謝家上上下下的人吃用了，但是謝玉嬌知道，往年佃戶為了交租，自家總是沒留什麼油菜籽，等到明年春天的時候，日子難免青黃不接，這時候都是靠謝老爺過年時按人頭分的糧油撐過去的。

她了解得越深，越發現做地主不是件容易的事，尤其像謝老爺這樣的好地主更是難為。小時候謝玉嬌看過要打倒封建主義、打倒地主的革命電影，總覺得地主都是惡人，可如今自己當起了地主婆，才覺得這世上的事當真說不準。

不過無論如何，她代替原本的謝玉嬌在這裡繼續活下去之後，能走的路也就只有這麼一條，必須使盡全力才行。這麼一想，她撥算盤的神情就更專注了。

第十二章　上門聲討

謝玉嬌查好了帳，見時辰不早，便起身往徐氏的正院去。這時候天氣還很熱，一個夏天下來，謝家庫存的窨冰也用得差不多了，白天徐氏自己捨不得讓下人拿出窨冰來用，只有晚上睡覺時才放，所以目前正院的廳門是敞開的，以利通風。不過徐氏卻說，如今沈姨娘懷有身孕，不能熱著，她房裡的窨冰必須不間斷地供應；老姨奶奶目前還是經常躺在床上，要是太熱，身上容易長痱生瘡，同樣不能斷了窨冰。

謝玉嬌就是佩服徐氏這一點，老姨奶奶都這德行了，她還能像孝順普通長輩一樣孝敬她。平時徐氏雖不怎麼去老姨奶奶的院子裡坐，但隔幾天總會派丫鬟過去瞧瞧，又時常打發人去請大姑奶奶回來。

因為謝玉嬌闊氣，所以每次大姑奶奶回一趟謝家，總會搬些好東西回去，蔣家人也就不拘著她回娘家了。大姑奶奶這兩個月回來得勤快，有時候還會帶兩個女兒一起來。

謝玉嬌進去的時候，就看見大姑奶奶正抱著她那三歲大的小女兒，指著沈姨娘凸起的腹部問道：「寶珠，娘問妳，妳說姨娘肚子裡懷的是小弟弟？還是小妹妹？」

這遊戲現代很多人都喜歡玩，都說差不多三歲的小孩子，能看見孕婦肚子裡懷的是男孩還是女孩，以前她公司的同事，但凡有人懷孕，也都喜歡問小孩子這個問題。不過謝玉嬌整理出一個結論，那就是小孩怎麼可能有超能力呢？不過就是先入為主的觀念，大人先問是不是小弟弟，他們就會跟著說是小弟弟了。

果不其然，謝玉嬌聽見小姑娘奶聲奶氣地說：「姨娘一定會生個小弟弟的。」

大夥兒被這回答逗得樂呵呵的，此時寶珠忽然抬起頭，看著把自己抱在懷裡的娘親說道：「娘什麼時候也給寶珠生個小弟弟，這樣爹就不會打娘了。」

大姑奶奶聞言呆住了，眾人原本還在笑鬧，也一下子沈默下來，只聽大姑奶奶開口道：「讓妳爹為妳納個新姨娘生也一樣，寶珠說好不好？」

雖然年紀小，但小姑娘必定見過自己的爹打娘，加上又聽到丫鬟跟婆子的閒話，就算不懂事，也有幾分明白，寶珠只低著頭小聲道：「爹要是有了新姨娘，會不會不喜歡娘跟寶珠還有姊姊了？」

這話題實在沈重，徐氏從大姑奶奶懷中接過孩子，笑著道：「寶珠乖，我讓百靈姊姊帶妳去外頭看看，前兩天我們家那隻黃毛生下了一窩小貓呢！要不要去瞧瞧？」

小孩子一聽這個就來勁了，百靈便抱著她去外院找貓窩。

大姑奶奶一張臉還陰著，徐氏勸慰她道：「實在不行，妳服個軟吧，將來等孩子生了下來，妳好歹是嫡母，她不能拿妳怎麼樣。」

徐氏說這話的時候，沈姨娘自然聽到了，不過她一向溫順，並不覺得有什麼不對。

大姑奶奶的表情凝重，讓謝玉嬌看著也有幾分不忍。雖然納妾這事在古代再平常不過，但徐氏的主動納妾跟大姑奶奶被動納妾肯定不一樣。

徐氏對謝老爺情深義重，今生唯一懊惱的就是沒為謝老爺生出兒子，恨不得別的女人替謝老爺留後，這樣也全了自己的名聲。在這樣恩愛的一對夫妻面前，姨娘再多，也不過就是生育工具而已，半點不會影響他們的夫妻感情。

可大姑奶奶不一樣，她跟姓蔣的原本就沒什麼情分，不過就是父母之命、媒妁之言，若還讓別人登堂入室有了孩子，她除了一個嫡妻的名分，真的是什麼都沒了。

對謝玉嬌來說，這樣的婚姻還不如沒有呢！謝家有的是銀子，就算養大姑奶奶一輩子又怎麼樣？便是大姑奶奶把她兩個女兒一併帶回謝家，也不過就是兩份嫁妝銀子罷了，不是什麼大事。

只是古時候的人，想法跟謝玉嬌天差地別，她就聽過人家說什麼「寧拆十座廟，不毀一門親」，還有「就算是為了孩子著想，也要熬著」之類的。

「娘，姑母如今不過二十四、五歲，正是好生養的年紀，姑父也才二十八、九歲，又不是像爹那樣年近四十歲還沒有兒子，急什麼呢？沒道理自己能生得出來，還要指望別人。」

謝玉嬌這話說得直白，一旁的沈姨娘有些不好意思了，知道她們三個人必定還有幾句私密話要說，便先告退了。

徐氏知道謝玉嬌說得有道理，可她也是關心她這個小姑，便道：「聽寶珠說，他還會打妳？蔣家的老爺跟夫人不管嗎？」

大姑奶奶聞言垂下了眉頭，小聲道：「我公公還好，若是知道了，還會說他兩句，但我婆婆卻只會跟著他一起罵我，說我是隻生不出蛋的雞。」

說到這裡，大姑奶奶忍不住哭了起來，她低下頭擦了擦眼淚道：「要不是看孩子可憐，我情願剃頭做姑子，也省得受這份罪。平常他遇上不順心的事，一喝醉了酒，也不管孩子在不在，進門就要亂來，哪裡像孩子的爹啊！」

謝玉嬌聽了這話，氣得不得了，心一橫道：「我派人去蔣家遞個話，姑母這回就在娘家住幾天，我倒要看看，他來不來接妳回去。」

大姑奶奶念著寶珍還在家裡，一時之間捨不得，便止住了哭聲，咬牙道：「罷了，這是我的命，我在這裡躲得過初一，也躲不過十五的。」

謝玉嬌雖然聽著有氣，卻也清楚古代的女人都是為了男人跟兒女活的，如今大姑奶奶的男人是指望不上了，可她還有一雙女兒，是她的命根子啊……

徐氏陪著大姑奶奶去老姨奶奶的院子沒多久後就先離開了，只留下老姨奶奶跟大姑奶奶母女兩人閒聊。

大姑奶奶看見老姨奶奶房裡放著窨冰，竟然比徐氏那邊還舒坦，忍不住開口道：「我方才從正院那頭過來，裡面沒放窨冰，聽婆子們說，嫂子只有晚上睡覺時才用窨冰，可見嫂子對妳是不一般的好，怕妳在床上躺多了容易長不好的東西，這才一天十二個時辰供著。」

這些話對老姨奶奶其實很受用，可她那張嘴實在不饒人。「她不供著，不怕我跟她鬧去？我會這樣，是誰弄的？還不是她那個寶貝閨女。這件事我想好久了，菩薩怎麼會託夢給她呢？擺明就是誆我的。」

大姑奶奶也聽說老姨奶奶摔跤的原委了，如今從本人口中說出來，不禁覺得好笑幾分。「我倒是覺得嬌嬌說得有道理，妳如今這樣子，還不就是得了報應？」

老姨奶奶一時之間找不出話反駁，留意到大姑奶奶沒什麼精神的樣子，便問道：「姓蔣的還會打妳嗎？怎麼瞧著妳精神不好。」

大姑奶奶聞言，嘆了口氣道：「不知道為什麼，我今年特別苦夏，吃不下東西，人也蔫蔫的，我原本想請個大夫上門看看，又怕家裡人說我做怪，就沒提這事了。」

老姨奶奶在床上躺了這麼長一段日子，好些事情想明白了，覺得自己已經這把年紀，真沒必要窮折騰，如今好歹還有個親閨女能倚靠，便一心一意希望大姑奶奶好好的。「還是請個大夫瞧瞧吧，要是覺得哪裡不方便，正好過幾天我這裡會有大夫過來一趟，到時一併讓他替妳瞧瞧。只要身子好了，再生個兒子，妳就能在蔣家立足了。」

大姑奶奶低著頭不說話，眼底有幾分淚意，想了想，又道：「這是何苦來哉，分明不喜歡他，卻還要想著法子為他生兒子，女人怎麼就這麼命苦呢？」

老姨奶奶也是無話可說，到底當時是她弟弟作的媒，如今真是後悔莫及。

大姑奶奶在老姨奶奶這邊逗留到未時末刻，才依依不捨地離去，謝玉嬌照例又吩咐下人，送了好些新鮮的瓜果、蔬菜，又加了兩疋新杭綢料子，裝了滿滿的一車，往蔣家去了。

傍晚的時候，徐氏、沈姨娘還有謝玉嬌三人在正院用膳。如今夏天日頭長，吃完晚飯天還大亮，謝玉嬌就不急著回房，留在徐氏的房裡陪她說話。

「我今日瞧妳姑母身上又添了幾處新傷，我不好問她，只能時不時派人過去，常讓她回來看看，也好避避。」

謝玉嬌聽了，氣憤地道：「打女人的男人豬狗不如，最近太忙了，等過一陣子，看我不收拾他。」

徐氏一聽有些驚訝。「妳要怎麼收拾他？嬌嬌，別插手這件事，俗話說清官難斷家務事，咱們不好開口。」

謝玉嬌明白徐氏說得有道理，只是遇上這種男人，要是不給他點教訓，大姑奶奶還不得被打死？便是大姑奶奶被姓蔣的給打死了，到時只怕就跟死了隻牲口一樣，討不到公道，說穿了，有的時候還真的要以暴制暴才行。

其實她心裡早已生出一些想法，不過見徐氏這般擔憂，便隨口道：「能有什麼好收拾的，無非就是讓他把欠我們家的錢還一還，給他點顏色看看，總不能讓他以為我們謝家人好欺負，想著我爹死了，就沒有娘家人給姑母撐腰了。」

徐氏知道謝玉嬌性子烈，脾氣也大，聽她這麼說總是有些不放心，又開口勸道：「妳要是真的這麼想就好了，那些銀子要不要回來都無所謂，妳爹在世時就沒指望過，只是巴望他們家能對妳姑母好一些，我們也就放心了。」

謝玉嬌左耳進、右耳出地把徐氏的話給聽完，瞧著天色已經不早，便回自己的繡樓洗漱去了。

第二日一早，謝玉嬌用過早膳，就讓丫鬟去請沈石虎到書房來，既然要給那姓蔣的一點顏色瞧瞧，自然要把他們家祖宗幾代都查個清清楚楚。

她雖然只在這裡生活了不過幾個月，卻發現古代的衙門真的是一點兒用處也沒有；要是在城裡離得近就罷了，在鄉村荒野之地，誰會為了一些「小事」去告官呢？

不過，要是有股勢力制衡，治安自然會改善，自從謝玉嬌讓沈石虎成立了巡衛隊之後，打家劫舍的事少了很多，那些外來的難民更是安分不少。沈石虎立了功，沈家的日子也越過越好，謝玉嬌前幾天還聽見鄭婆子說，已經有好幾個媒婆到沈家說媒去了。

沈家過去雖然窮困，可現在沈石虎有了安穩的差事，沈姨娘肚子裡也有了一塊寶貴的肉，將來的日子必定差不到哪裡去，因此很多人家都對沈石虎起了心思。

沈石虎聽說謝玉嬌找自己，一雙眼睛頓時閃出一絲光芒，高高興興應了一聲，隨丫鬟進去。誰知人還沒走到二門口呢，他就聽見有婆子哭哭啼啼的，不知道在說些什麼。

謝玉嬌人在書房裡，並沒聽見聲響，等沈石虎進來了，她才預備開口說幾句話，張嬤嬤就急急忙忙跑進來喊道：「小姐，不好了，昨日姑老爺打了大姑奶奶，誰知大姑奶奶竟懷有身孕，這下孩子沒了。」

張嬤嬤的話一說完，謝玉嬌就從椅子上跳了起來，她轉頭吩咐沈石虎道：「沈大哥，你現在就出門，把巡衛隊的人叫上一、二十個，我們去蔣家一趟。」

沈石虎聽謝玉嬌這麼說，不禁問道：「小姐要過去做什麼？而且還要一、二十個人？」

謝玉嬌這會兒火冒三丈，聽沈石虎問起，便大聲道：「打架，敢不敢跟著我去？」

沈石虎哪能料到謝玉嬌如此嬌滴滴的姑娘家居然說出這樣的話，他先是嚇了一跳，接著又一臉憨厚地說：「小姐只管帶著小的去，您在一旁看著，要打誰就指過去，小的一定把他打成豬頭給小姐出氣。」

謝玉嬌提著裙子，往外走了幾步，笑道：「好樣的，到時候我說打，你就打。這頭一處……就要打爛了那男人喜歡拈花惹草的子孫根。」

沈石虎一個勁兒地點頭，可聽完這句話約莫覺得有些不對，愣了片刻之後，驚訝地看著謝玉嬌往外頭去了。

謝玉嬌走到門口，停下了腳步，轉身對沈石虎道：「你快去找人，兩盞茶後大門口會合。」

沈石虎回過神，點了點頭。大熱天的，他竟覺得自己的胸口跟後背都發涼了，小姐這手段，可不是一般的厲害啊……

張嬤嬤見謝玉嬌步伐移得快，急急忙忙跟上去道：「夫人說實在不行，就先把大姑奶奶給接回家養著，坐小月子不比尋常，萬一落下病根，將來想再有孩子就難了。」

謝玉嬌的眼神帶著幾分冷漠，聽了這話倒是停了下來，開口道：「接回來就不要再回去了，謝家缺養人的銀子嗎？非要弄成這樣才行？依我看，什麼都不比命來得重要。」

張嬤嬤點頭稱是，還沒走到門口，就聽見正院裡頭傳出哭聲，原來是老姨奶奶知道了消息，讓婆子們把她給抬了過來。

「這下真的要出人命了，好好的怎麼孩子都給打掉了？我昨日還問她，怎麼看起來氣色不好，她卻只說自己苦夏，連個大夫也不敢找……」

徐氏瞧老姨奶奶哭得滿臉老淚，一時之間不知道該怎麼勸慰，只開口道：「我已經讓人去告訴嬌嬌了，看她能不能想出什麼辦法來，這樣下去不成，這種人家便是嫁過去十個，也得折磨死十個。」

正說著，外頭簾子一閃，謝玉嬌一進去就開口道：「還要想什麼辦法？趁著命還在，和離吧！咱們家少養姑母的銀子嗎？依我看，最好把嫁妝也都拿回來，不給蔣家留半點東西才好。」

老姨奶奶一聽，頓時愣住了。她知道謝玉嬌的手段，也明白她說一不二的性子，可心裡到底還是有些猶豫，開口道：「還有兩個孩子呢……她們要是留在蔣家，到底受苦。」

謝玉嬌並不知道大姑奶奶的婚事是老姨奶奶他們家牽線的，若是知道了，只怕又要罵她一頓，如今見她還想著那兩個外孫女，覺得她並沒有泯滅人性，只回道：「我先帶人把她們一起搶回來，到時候再說吧！」

徐氏一聽說謝玉嬌竟是要用搶的，嚇得心臟怦怦跳個不停，趕緊勸道：「嬌嬌，這可是犯法啊，妳千萬不能來硬的。」

謝玉嬌這會兒卻是橫了心，只道：「犯什麼法啊，難道他打妻子就不犯法了？橫豎先把人帶回來，若真是犯法，我們等著他上衙門告去。」她心裡清楚，就憑蔣家欠謝家的那些銀子，他才沒那個狗膽告呢！

老姨奶奶這會兒倒是不勸了，畢竟受苦的是自己閨女，她見謝玉嬌這樣，一時沒忍住，催促道：「那妳快去。」

謝玉嬌一轉頭就看見老姨奶奶屁股半坐在凳子上扭動，一雙眼哭得紅通通的模樣，便故意刺她。「您叫我去，我偏不去。」

徐氏知道謝玉嬌是故意氣老姨奶奶的，瞧她們一老一小吹鬍子瞪眼，覺得好笑，便勸道：「嬌嬌快別這樣，救人要緊。」

謝玉嬌點了點頭，這才開口道：「已經讓沈大哥在門口等著了，就是過來跟妳們說一聲，我這就出門。」

徐氏有些不放心，讓張嬤嬤跟去。「好歹看著她點，別過頭了，她還是個姑娘，名聲要緊。」

張嬤嬤趕緊回道：「夫人放心，奴婢會在一旁勸著。」

謝玉嬌一出門，就看見已經備好五、六輛馬車，沈石虎領著約莫二十個小夥子在一旁候著，看起來個個身強力壯。

沈石虎見謝玉嬌出來，急忙迎上去道：「小姐，兄弟們都等著了。」

謝玉嬌應了一聲，看見他們臉上都帶著期待的表情，彷彿這一次出去能幹一番大事業的樣子，忍不住偷樂起來。其實她喊這麼多人來，不過就是壯一壯聲勢，畢竟去的是別人家的地盤，沒這些人鎮著，她心裡還沒底呢！

從謝家宅到蔣家村大約要半個多時辰的車程，方才來報信的婆子，大約是天沒亮就偷偷跑出來，走了幾個時辰的夜路，才趕到謝家宅報信。謝玉嬌一想到這點就覺得心驚膽顫，《紅樓夢》裡頭，賈迎春不就死得很快嗎？前腳有人才回賈府請大夫，後腳就有人來回話說人已經死了。謝玉嬌微微打了個冷顫，深怕路上忽然冒出個人來，說是要去謝家報喪……

他們進了蔣家村，立刻迎來一眾村民的注目禮，小地方平常要見到馬車都不容易了，更何況是五、六輛馬車？村民們對著車隊指指點點，跟著他們一路往前走。

蔣家門口掛著黑底金字的匾額，張嬤嬤下了馬車，轉身伸手扶著謝玉嬌從車上下來，一群看熱鬧的人見馬車裡鑽出這樣一個嬌美如花的姑娘，紛紛猜測起她的身分。

他們對謝玉嬌的來歷還沒個頭緒，又見她後面幾輛馬車中跳下十幾二十個操著傢伙的年輕小夥子，頓時有些害怕，不由自主往後退了幾步。

謝玉嬌抬起下巴，朝著大門的方向努了努，清脆的聲音在人群中炸開。「砸，給我砸開他們家大門，把我姑母迎回家去。」

圍觀的村民們一聽這話，便猜出了謝玉嬌的身分，她必定是最近被謝家宅以及遠近幾鎮百姓稱讚的謝家小姐。

沈石虎聽謝玉嬌一聲令下，便舉起手中的榔頭，一揮，榔頭就飛了出去，不偏不倚砸在蔣家大門上，弄出一個大窟窿，村民們無不瞠目結舌。

裡面看門的人聽見聲音，嚇了一大跳，顫顫巍巍地把門打開一道縫，看見門外一個姑娘家帶著一群操傢伙的漢子，瞬間飛也似地往二門邊跑邊報信道：「不得了了，謝家帶人來抄家了。」

張嬤嬤沒預料謝玉嬌一開口就是讓人砸門，連忙勸道：「小姐，讓人上去叫個門不好嗎，非要這樣……說出去不好聽。」

謝玉嬌冷笑道：「什麼不好聽，把自己的妻子打得孩子都流掉，就好聽了？我這就進去問問看這算什麼道理，大不了他們報官去啊，我就不信我治不了他。」

沈石虎這時候上前一步把那門縫給踹開，他伸著脖子往內看了一眼，見沒什麼人擋著，這才走到謝玉嬌面前道：「小姐，門開了，您請進去。」

謝玉嬌滿意地點了點頭，提著裙子就往裡面去，才繞過了影壁，就看見謝家的女主人迎了出來。她身穿石青色緙金瓜蝶紋褙子，頭上梳著圓髻，左右都簪著赤金藍寶石的頭面，看起來還真是富貴逼人呢！

雖說謝玉嬌穿越過來不久，可自從謝家出了熱孝之後，不時會有幾個鄉紳夫人來找徐氏聊天。她們跟徐氏交好，是因為徐氏是京城安國公府出來的，見的世面多，凡事跟她聊聊，總有些不同的見解。謝玉嬌見過她們幾回，也沒看見誰穿得這樣富貴，便是大姑奶奶回娘家時特地打扮過，也不比不上她婆婆家常穿戴的。

這麼一想，謝玉嬌心裡就明白了幾分，所謂「窮得沒銀子還了」，就是個托詞而已，分明就是不想還錢。

「喲，這是……」蔣夫人一開始只看見謝玉嬌帶著沈石虎從影壁後面進來，正打算冷嘲熱諷一番，誰知道後面竟一溜煙竄出十幾二十個年輕小夥子。

她的臉頓時僵了幾分，陪笑道：「這……這不是親家小姐嗎？怎麼有空來我們家，也不先說一聲……」

謝玉嬌睨了蔣夫人一眼，見她身邊還站著一個狐媚的姑娘，瞧著有些像丫鬟，卻比丫鬟打扮得出挑一些，便猜出她必定是想著將來要攀高枝的。謝玉嬌冷笑了一聲，轉頭吩咐張嬤嬤道：「把姑母攙出來，我們回家去。」

張嬤嬤一迭聲應了，又看見有個丫鬟躲在角落朝她招手，便跟著她一起過去了。

蔣夫人見謝玉嬌完全沒有要理她的樣子，臉色有些不好看，她一個長輩，親自出來迎接一個晚輩，還被這樣擺臉色，算什麼道理？

她正想開口再理論幾句，謝玉嬌眉梢一挑，竟然生出幾分笑意，看著她說道：「親家夫人，有些事，您作不了主。我只問我姑父，他欠謝家的銀子預備什麼時候還？是不是想著我爹已經不在，這銀子就不用還了？」

聽了這番話，蔣夫人的神色頓時有些繃不住了。他們確實扣著銀子，可樹要皮、人要臉，謝玉嬌居然這樣不給臉，當著這麼多下人的面跟自己討債，她老臉都丟盡了。

謝玉嬌也不跟她理論，見沈石虎寸步不離地跟著自己，開口道：「你跟著我進去，其他人就在這邊等著吧！」

第十三章 出手教訓

蔣家的大廳裡，左右兩排靠背椅擺放得很整齊，只是裡面半個人影也沒有。謝玉嬌在旁邊一張椅子上坐下，見蔣夫人跟著進來，問道：「怎麼，我姑父不在嗎？連親家老爺也不在？我今日是專程來要債的，親家夫人您連一杯茶也不伺候？」

蔣夫人聽了這話，臉上一陣紅、一陣白。方才他們一家幾個人倒真的是在這廳裡商量事情，思索要是謝家問起來，到底怎麼回話才好，誰知道還沒討論出個所以然，謝家的人就打來了。

她見來者不善，就要丈夫跟兒子趕緊到後院躲一躲，心道既然來的是個姑娘家，她總有辦法把人給打發走；豈料這姑娘居然是個閻王脾氣，還打發走？沒直接動手打人已經算客氣了。

蔣夫人聽謝玉嬌這麼說，連忙陪笑，吩咐身邊丫鬟道：「還不快去給親家小姐沏茶？」那丫鬟瞧謝玉嬌長得漂亮，又這麼厲害，存了要看熱鬧的心思，這會兒被蔣夫人一催，只好依依不捨地沏茶去了。

蔣夫人顫顫巍巍地坐下來，瞧著謝玉嬌身邊的沈石虎，不禁有些發怵，正想說話呢，卻被謝玉嬌搶了先。

「沈大哥，看樣子，親家老爺跟我姑父是不想見我了，麻煩你帶著人進去請一請，看見了人，甭管用什麼辦法，只要弄到我跟前來就成。」

蔣夫人聽了這話，嚇得連忙從椅子上站了起來，急道：「不……不用麻煩這位兄弟，我讓丫鬟進去請，妳姑父正在妳姑母房裡照顧著呢！」

話才說完，張嬤嬤和一個丫鬟已經扶著大姑奶奶從房裡出來了，身邊還有一大一小兩個女娃。才隔了一日沒見，大姑奶奶整個人憔悴得不成樣子，額頭上還有一處瘀青，只看一眼，謝玉嬌就心疼得不得了，紅著眼睛起身喊了一聲「姑母」。

大姑奶奶的神情有些呆滯，但是看見謝玉嬌時，臉上依舊看得出感激。

謝玉嬌吩咐道：「張嬤嬤，妳先帶著姑母還有兩個表妹回家，要母親去城裡請個大夫上門瞧瞧，這裡的事情一處理好，我就回去。」

張嬤嬤雖然不放心，又想著謝玉嬌做事一向有理有據，便點了點頭。

聽到這話，蔣夫人連忙道：「你們把寶珍跟寶珠帶走算什麼？她們兩個可是我們蔣家的閨女。」

謝玉嬌杏眼一掃，沈石虎便往蔣夫人跟前靠了兩步。蔣夫人只覺得整個身子被一個龐大的陰影籠罩，不禁往後退了兩步，一時不敢說話。

輕輕吐了口氣，謝玉嬌緩緩說道：「讓兩個表妹去我們家住幾天，難道不行嗎？」

此時丫鬟已經把蔣老爺跟蔣國勝兩人給請了過來，蔣國勝看起來一臉猥瑣，雖然不過

二十八、九歲，卻是被酒色掏空了的模樣，臉頰凹陷，下眼圈泛著烏青。

蔣國勝悠悠走了進來，冷不防看見謝玉嬌站在大廳裡，臉上的肌膚吹彈可破，面如桃花、國色天香。蔣國勝算是在金陵城裡頭見過世面的人，可看見謝玉嬌的模樣，也忍不住在心中讚嘆，當真是個美人胚子，比秦淮河邊的花魁更勝一籌。

沈石虎看見蔣國勝那色迷迷的模樣，眸中噴出了怒火。

謝玉嬌一轉身，就看見蔣國勝那輕浮的眼神，胸中一把火燒了起來，她強自壓抑情緒，冷笑著向蔣老爺跟蔣國勝福了福身子，說道：「給親家老爺、姑父請安了。聽說我姑母身子不好，晚輩想接她跟兩個表妹去我們謝家住幾日，請親家老爺行個方便。」

她聲音清脆，但是表情冷淡，認識她的人都知道，這是處在怒火爆發的邊緣了，可蔣家父子並不知道這些。

蔣老爺見謝家的下人已經扶著大姑奶奶要離開，自然不願意，開口道：「親家小姐說的什麼話，來請人也用不著砸門，這是請人嗎？分明是搶！欺負我們蔣家沒人了是吧？」

謝玉嬌聽蔣老爺這口氣，大約是覺得她身邊只有沈石虎一個，他身後還跟著兩個家丁，要是動起手來未必吃虧，所以膽子就大了。

所謂「先禮後兵」，謝玉嬌方才那一福身，便算是禮了，她這會兒已經沒了耐心，吩咐張嬤嬤道：「張嬤嬤，先帶姑母跟表妹回去。」

張嬤嬤點了點頭，扶著大姑奶奶就要走，蔣老爺一個眼色，他身後兩個家丁就要攔人。

誰知沈石虎的動作更快，還沒等他們伸手，左右開弓，瞬間就將兩人壓制在地。

蔣國勝這時候才把他那一雙髒眸子從謝玉嬌的臉上移開，訝然道：「有……有話好好說，沒……沒必要動拳頭吧！」

謝玉嬌一眼掃過去，顯然蔣國勝看見沈石虎厲害，已經有幾分害怕。她往沈石虎那邊微微點了點頭，沈石虎便放開那兩個家丁，起身站在一旁。

嘴角勾起淺淺一笑，謝玉嬌說道：「姑父說得對，有話好好說，沒必要動拳頭。那我再問一句，讓不讓姑母跟表妹去謝家住幾天？」

蔣國勝見謝玉嬌這一笑，簡直比天上的仙女還漂亮幾分，方才的懼怕頓時少了幾分，有些心猿意馬地說：「讓……讓她們住幾天都成，姪女妳說什麼都好。」

謝玉嬌只覺得胸口一陣噁心，強忍著不適回道：「姑父早這麼說不就得了，白鬧得不和氣。」

蔣國勝臉上帶著笑，慢慢靠上前去，站在離謝玉嬌一尺遠的地方，殷勤地問道：「姪女不喝一口茶再走？」

謝玉嬌看見蔣國勝滿腦門的頭油就發暈，笑容都快繃不住了，勉強回道：「今日就不了，改日再喝也是一樣。」

她一邊走一邊笑，蔣國勝便跟著她一起出了大廳。沈石虎緊跟在後，見謝玉嬌並沒向自己使眼色，覺得納悶，但仍規規矩矩地跟著。

蔣國勝越發來勁，迎到了謝玉嬌跟前，笑道：「姪女一眨眼就這麼大了，當初妳姑母嫁給我的時候，妳還是一個小女娃呢！」

謝玉嬌心中作嘔，卻仍陪笑。「姑父記性可真好啊，我小時候不記得姑父是什麼樣子，如今一見，果真是『人模人樣』呢！」

蔣國勝被稱讚得欣喜若狂，一路送他們到門口，當他看見十幾二十個小夥子都在門口站著，一時不敢靠過去。

謝玉嬌見狀便笑道：「姑父別怕，我一個姑娘家出門，多帶點人壯壯膽子罷了，他們都是繡花枕頭，中看不中用。」

可蔣夫人跟蔣老爺卻還是害怕，並不敢上前，蔣國勝鼓起勇氣往前站，將謝玉嬌送出門，他看見幾輛馬車跟看熱鬧的人，便大聲喊道：「看什麼看？該幹什麼幹什麼去。」

謝玉嬌這會兒人已經到了門外，她看見大姑奶奶跟寶珍、寶珠已經上了馬車，而蔣家那一對老夫妻還在門裡頭，忽然一轉身對沈石虎說道：「沈大哥，關門，打狗。」

沈石虎腦子一轉，立刻上前拎住蔣國勝的衣領，一拳落在他的臉上。另有兩個年輕小夥子衝上去，一人一邊將門上的銅環拉緊，任憑裡面的人再怎麼使力，大門仍舊文風不動。

只聽蔣國勝哀號一聲，人倒在地上，門的另一側則傳來蔣家老夫妻的哭聲。

謝玉嬌冷冷看了蔣國勝一眼，指著他那處說道：「沈大哥，打，那地方給我狠狠踹幾腳，踹爛了才好。」

沈石虎自然知道謝玉嬌說的「那地方」是哪裡，可他很清楚男人打架，就是臉跟子孫根這兩個地方碰不得。先不管大姑奶奶的事，光是蔣國勝那雙賊眼在謝玉嬌臉上游移，他就覺得蔣國勝該打，所以方才一拳就往他臉上招呼；可這會兒謝玉嬌讓他打「那地方」，這……弄不好真得出事啊！

謝玉嬌見沈石虎發愣，一雙杏眼往他臉上一掃，忽然從自己的髮髻上拔了一根白玉簪下來，走上前兩步道：「你不打他，那我就親自動手，看我不戳爛它。」

此時大夥兒都嚇了一跳，不約而同為謝玉嬌讓開了路，像是要看她往那邊戳一樣。沈石虎這下急了，小姐還沒嫁呢，這件事要是讓人給傳出去，話就不好聽了。一想起謝玉嬌的閨譽，沈石虎就覺得自己的名聲算不了什麼，抬起腳來，往蔣國勝的褲襠踹去。

在場看熱鬧的人有男有女，瞅著這一腳下去，大家不約而同痛叫了一聲，還有幾個年輕人反射性地背過了身子，雙手捂著褲襠，好像這一腳就踹在自己那裡一樣。

蔣國勝又慘叫了一聲，紅著眼眶求饒。「好漢……饒了我吧！好漢……」

謝玉嬌猶不解恨，又道：「再來一腳，踹爛了他，看他以後還敢不敢打女人？」

反正已經一腳下去了，沈石虎顧不了別的，第二腳就這樣順著下去。蔣國勝又號叫了一聲，此時他的長袍下滲出了水，竟是被嚇得失禁了。

謝玉嬌皺著眉頭往後退了幾步，厭惡道：「走，咱們回去。」

那些小夥子瞧謝玉嬌昂首挺胸的模樣，分明是盡興而歸，也都跟著高高興興上了馬車，留下在地上不停打滾、被眾人指指點點的蔣國勝揚長而去。

張嬤嬤帶著大姑奶奶跟寶珍、寶珠先走，比謝玉嬌他們早回謝府一盞茶的時間。徐氏早已派人請了大夫在家裡候著，她見大姑奶奶被扶著下馬車時，忍不住鼻子一酸哭了起來。

昨日還好好的人，今日就變成這樣，怎麼不讓人心疼？

老姨奶奶瞧自己閨女這人不人、鬼不鬼的樣子，嘴裡直呼。「那龜孫子怎麼不去死？」

徐氏忙喚了丫鬟跟婆子，要她們將大姑奶奶攙著去老姨奶奶的院子。原本她想另外備院落讓大姑奶奶養身子，可老姨奶奶想就近照顧閨女，便讓徐氏將大姑奶奶安置在自己的院子裡了。

眾人攙扶著大姑奶奶進了房間，待她躺下，徐氏才讓丫鬟去將在外頭候著的大夫給請進來。

老姨奶奶拄著枴杖站在旁邊，有一肚子的話想問，可瞧著大姑奶奶那一雙麻木、了無生機的眸子，一句話也說不出來，只一味捶著自己的胸口道：「作孽啊！作孽啊！」

幾個人圍著大夫，等他把完了脈，徐氏才上前問道：「到底怎麼樣？還能養好不？」

大夫雖然有些為難，卻也實誠。「養是能養好，大姑奶奶畢竟年輕，只是孩子掉了一回，只怕以後要懷上不簡單，若懷上了，要是不仔細養著，還是容易出意外。」

眾人聽了都沈默不語，徐氏心裡也明白，女人生孩子本來就是一件不容易的事，如今有了孩子卻被弄沒了，可不是造孽？

那來向謝家報信的婆子聽了這話，摀住嘴巴嗚咽起來，大姑奶奶卻悶不吭聲，視線直直看著床頂。其實張嬤嬤帶著人去房裡找她的時候，她正強撐著身子，要從五斗櫃裡拿白綾出來，好將自己吊死。

好巧不巧，她身子弱，東西還沒拿出來呢，丫鬟已經帶著人進來了。她原本想，大哥在的時候，謝家總有個為自己做主的人，如今只怕難了；姪女再厲害，也是個姑娘家，很多事情不方便，她還是死了清淨。

大姑奶奶想到這裡，忽然間嚶嚶哭了起來，老姨奶奶坐在床旁邊的杌子上，抓著帕子一個勁兒地擦眼淚。

徐氏心裡難受，便親自送大夫出門，又讓張嬤嬤去帳房支了銀子，派小廝進城抓藥去。

張嬤嬤從帳房出來時，謝玉嬌也回來了，她一進門就問道：「姑母怎麼樣？我方才看見請大夫的馬車了，大夫是怎麼說的？」

見謝玉嬌這般著急，張嬤嬤不禁嘆了口氣，說道：「說是能養好，只是將來要是再懷上孩子，卻不容易留了。」

謝玉嬌一聽，卻是鬆了口氣，至少沒真的鬧出人命。她吩咐跟在自己身邊的喜鵲道：「去帳房支五兩銀子送給沈大哥，說是今日給兄弟們的辛苦費，告訴他們，以後只要在路上見到那個姓蔣的，就給我往死裡打，打死了，我替他們收拾爛攤子去。」

喜鵲聽了這話就發怵，又見謝玉嬌火氣還沒消，順從地點頭道：「小姐，奴婢記住了。」

謝玉嬌笑道：「記住了那就快去，一句都不能少說，改明兒我可要問沈大哥。」

喜鵲吐了吐舌頭，轉身辦事去了。

徐氏聽見謝玉嬌回來，親自迎到垂花門口，見她熱得一頭汗，邊遞上帕子邊開口道：「忙了一早上，也餓了吧？娘這就讓廚房準備飯菜去。」

謝玉嬌接過帕子，擦了擦腦門上的汗，又想起自己方才和蔣國勝靠得那麼近，不禁覺得自己身上髒兮兮的，便道：「不著急，女兒先回繡樓洗個澡，一會兒再過來。」

徐氏知道謝玉嬌有些苦夏，中午這一頓向來吃得少，便說：「那妳洗好也別過來了，我讓廚房做一些清淡的，讓婆子送到繡樓去。」

謝玉嬌回到繡樓，泡了個熱水澡後便覺得有些昏昏欲睡，沒等到婆子把午膳送過來，她就靠在軟榻上睡了起來。

等謝玉嬌睡醒時，已經過了午時，外頭下起了雨。她匆匆用了一些午膳，去了書房，把蔣家欠謝家的銀子點清楚，又把陶來喜喊了過來，讓他去庫房裡找出大姑奶奶出嫁時的嫁妝單子，等事情一項項整理妥當，心裡就有數了。

謝老太爺一輩子總共只得了一子一女，所以大姑奶奶雖然是庶出的，卻寶貝得不得了，為了不讓她落了面子，所以嫁妝非常豐厚。

謝玉嬌看著嫁妝單子，推測田地、山頭、還有果園應該能要回來，至於那些面料、布疋、幾十抬的家具跟古董字畫之類的，也不知道還在不在，另外還有兩個鋪子，按理應該也在，大姑奶奶不至於守不住。

謝玉嬌整理好了這些東西，瞧著天色已經不早，雨也停了，便帶著喜鵲往老姨奶奶的院子去。

剛下過雨，青石板上還滲著水，屋簷上水滴一滴滴往下落，謝玉嬌才走進院子，就聽見老姨奶奶在房裡長吁短嘆。

「作孽啊！如今弄成這樣，這都是我作的孽啊！」老姨奶奶以前再會算計不過，摔了一跤後，倒清醒不少，瞧著自家閨女這樣子，哪有不難過的？

「這一口氣上不來，去了也就罷了。」大姑奶奶依舊直著眼睛看著床頂，既難過又悔恨。要是她快一步，死在蔣家也就罷了，如今回到娘家，反而不好髒了這地方。

「妳要是死了，我怎麼辦？留下兩個孩子又怎麼辦？」老姨奶奶嘆道。

謝玉嬌有些聽不下去，快步走進房，脆聲道：「姑母死什麼，橫豎該那不是人的玩意兒死。放心，我今日幫您收拾了他，他這會兒必定是生不如死。」

大姑奶奶聽了這話，眼神微微透出一線光芒，卻又嘆道：「難為妳為了我跑這一趟，姑娘家矜貴，傳出去總歸不好。」

謝玉嬌才不在乎什麼名聲，總之就是不能讓別人欺負到自己頭上來，也不准別人欺負到謝家人頭上來。

她走到大姑奶奶床前，將手裡的一本冊子放在她床頭的小几上，開口道：「姑母，這裡面是您當初嫁給蔣家時候置辦的嫁妝，所有的項目寫得清清楚楚，另外還有這些年蔣家欠我們家的銀子，一筆筆都有紀錄，借條我也收著。您看看對不對，若是對，明日就讓劉二管家去縣衙向縣太爺打個招呼，過兩天請人去蔣家，問姓蔣的要放妻書。」

大姑奶奶聽謝玉嬌這麼說，黯淡的雙眸又亮了起來。她以前想過生兒子好好過日子，也想過一死百了，唯獨沒想過和離。鄉下地方鬧和離的人太少，有人是鬧了，可最後家裡要和，族裡的叔伯兄弟們再聯合起來勸一勸，最後沒離成，還是上吊死了。

一想到這些，大姑奶奶就覺得還不如現在死了更清靜一些，可看到謝玉嬌這般為自己做主，嘆道：「嬌嬌，東西妳放著吧，我一會兒就看。」

謝玉嬌聽出她的口氣裡有一股無助的哀怨，便開口道：「姑母，和離不是什麼大事，您就當那個畜生被打死，自己守寡就成了；要是狠不下心和離，改明兒我遲早憋不住，要把他料理掉，您忍心我為了您惹上人命官司嗎？」

大姑奶奶一聽，心頭到底是緊了緊。今日她也看見那群男人在蔣家的院子裡站著，聲勢確實浩大得很，鄉下百姓最愛看熱鬧，要是真弄出人命來，那可不得了。

被謝玉嬌這麼一說，大姑奶奶反倒嚇出了幾分膽量來，她心想，就拚上這條命，索性跟蔣家斷了關係，也算這輩子沒白活了。

「既然嬌嬌這麼說，我就聽妳的。」大姑奶奶咬牙道。

謝玉嬌聽了，露出幾分笑來，又見老姨奶奶坐在旁邊一臉愁容，也不知道在想什麼，她唯恐老姨奶奶又出什麼餿主意，便板著臉，冷冷瞥了她一眼道：「您要是敢勸姑母不和離，以後您就跟著姑母一起住蔣家，看看那姓蔣的是個什麼東西。」

老姨奶奶倒真沒這想法，只是她以前壞事做多了，謝玉嬌難免對她不放心，才這樣多嘴。老姨奶奶聞言，氣呼呼道：「丫頭片子，妳又嚇唬誰呢這是。」

謝玉嬌也不理她，起身離去。

隔了一天，大姑奶奶確認過嫁妝內容，命丫鬟送冊子給謝玉嬌，說東西一件不差，但自己只管著田產跟鋪子，其他東西早就被蔣家的人拿走了；還說另外有一塊田地，當初沒算在嫁妝裡頭，卻也是謝家給蔣家的，問謝玉嬌有沒有辦法找得到證據，能一併要回來最好。

謝玉嬌將東西都整理齊全，派人把劉福根給請了過來，將大姑奶奶的事稍稍說了一些。

劉福根皺著眉頭道：「小姐要是不來喊老奴，老奴今日也要來找小姐，聽說蔣家的人去衙門告官了，說小姐唆使下人行凶，因為我們之前已經先跟康大人說過這件事，康大人才把事情先壓下來，今日一早派人傳信，讓老奴過去衙門問話呢！老奴推測這事得跟小姐您通個氣，正打算過來，小姐就先派人來了。」

謝玉嬌聽了這話，不怒反笑，將茶盞蓋子叩得一遍遍響，才抬起頭道：「蔣家的人倒是有狗膽，你今日就按我說的去辦，告蔣家人借錢不還、毆打正妻至小產，如今我們謝家要讓他們家還清債務，簽放妻書，請康大人定奪。」

劉福根聽謝玉嬌把事情分析得頭頭是道，覺得很有贏面，只是他有一點沒跟謝玉嬌說，在這方面謝家也許占不到什麼好處，那就是……那天的打鬥中，有人傷到蔣國勝的子孫根了。現在蔣家人說他們三代單傳，這一代還沒有兒子呢，要是蔣國勝將來真的不行了，那不是絕後了嗎？

謝玉嬌發現劉福根臉上有些尷尬，便開口道：「劉二管家還有什麼為難的事情嗎？說出來我聽聽。」

劉福根覺得謝玉嬌一個嬌滴滴的姑娘家，怎們能讓她聽到這些亂七八糟的事情，便一個勁兒地推託道：「沒什麼別的事，小事、小事。」

謝玉嬌瞧劉福根這是故意隱瞞，便放下茶盞，清了清嗓子道：「劉二管家若是不想說的話，那就不用說了，只是這事若不能辦好，我可是要告訴張嬤嬤，說你如今辦事也不牢靠了。」

劉福根是出了名的妻管嚴，他在張嬤嬤跟前原本就是半個響屁也不敢放的人，聽謝玉嬌這麼說，只得陪笑道：「小姐這說的什麼話呢！老奴哪兒敢瞞著您什麼事，不過……不過就是……」

謝玉嬌見他吞吞吐吐的樣子，也有些不耐煩了。「你快說吧，別拖拖拉拉的。」

劉福根知道謝玉嬌聰明得很，這事只怕瞞不過去，便說道：「蔣家人說蔣大少爺被打得不輕，人家三代單傳，要是這一代沒了後，可不就是絕後了？」

「那是他自找的，姑母腹中的孩子難道不是他的骨肉？是他親手打掉的，既然狠得下心把自己的孩子給打掉，分明就是不想有後；還是說他存了心思要跟別的女人生孩子，唯獨不肯跟自己的正室夫人生育下一代？」

謝玉嬌話說得歹毒，劉福根聽了卻覺得句句在理，只一個勁兒地點頭說是。

抿了口茶，謝玉嬌又繼續說道：「要是真的不行了，那才好呢！憑他那種畜生，還能生出什麼好種來，蔣家要是絕後了，我回頭就跟著我娘拜菩薩酬神去。」

這番話對劉福根很受用，不說別的，他們哪一個不是看著大姑奶奶長大的？雖然這裡是鄉下，可大戶人家的閨女也是捧在掌心養大的，老太爺在世時，從不動大姑奶奶一根手指頭，誰能想到她竟然嫁給這等中山狼，險些連性命也丟了。

「這事就按照小姐吩咐的去辦，一般衙門並不會管這種家務事，康大人應該還是會讓我們私下和解，到時候就看蔣家想怎麼個和解法了。」

謝玉嬌也知道這個道理，開口道：「我們一文錢也不鬆口，放妻書一定得要回來，若他們不依，你再去找康大人，要他把最近安置在我們謝家宅的十戶難民帶走，我們都自顧不暇了，還有閒工夫管別人？」

前一陣子又有難民湧入，謝家作為江寧縣最大的地主，又收留了十幾戶難民。謝玉嬌剛穿越來時的那二、三十戶難民，最後還是由謝家全數收下，只是從別的地主人家那邊得了些安家費當補貼罷了。她其實不想管這些事情，可這都是自家老爹留下來的「光榮傳統」，不能到她這裡就掉了鏈子，只能差沈石虎好好安置那群人。所幸這十幾戶人家來路都很正，還保有原先的籍貫，如今只教他們如何做農活，倒也安頓好了。

聽沈石虎說，如今北邊不安生，韃靼的軍隊已經快打到京城門口了，他們還採取什麼「迂迴戰術」，說能把京城團團圍起來。幸好金陵在南邊，天高皇帝遠的，不用擔心韃子一下子就打過來，如今唯一的隱憂，就是京城守不住。

按照謝玉嬌的推斷，難民陸陸續續還會來，這會兒朝廷尚有餘力安置，萬一自顧不暇，任由眾多難民隨意湧入南方，禍害的還不是這裡的百姓？所以謝玉嬌為謝家宅組織巡衛隊，其實也是未雨綢繆。

劉福根得了謝玉嬌的提點，已經明白這件事該怎麼做，便換了一身乾淨衣裳，往衙門回話去了。

第十四章 權衡輕重

昨日蔣家的人來縣衙告謝家的時候，康廣壽就派了捕快去蔣家村了解情況，知道發生了什麼事之後，康廣壽徹底明白了，在江寧縣這地界上，得罪誰都不打緊，唯獨不能得罪謝家小姐啊！能讓人把自己的姑父打成這樣，也是空前絕後了。

不過康廣壽也覺得蔣國勝活該，作為一個男人，養家餬口是責任，哪有亂花家裡的銀子聚眾豪賭、夜夜花天酒地，回家還打自己妻子的？

只是這些事向來不歸衙門管，一般只要不鬧出人命來，誰都不會搭理這些；如今蔣家既然告了官，康廣壽也不能置之不理，總要明察秋毫才好。

待劉福根來到衙門把話說清楚後，康廣壽才知道謝家小姐非但沒想認罪，還反過來告對方，提上來的證據中還有大夫寫的病案，上面清清楚楚地寫著「毆打致小產」幾個字。

不管那蔣國勝是真的被打殘還是假的被打殘，至少謝家大姑奶奶這份病案是真的，興許等這事情一過，蔣國勝又會開始尋花問柳了。

劉福根見康廣壽皺著眉頭不說話，不知道他在想些什麼，多少有些擔憂，想著小姐方才讓他說的那些話，有點像是在威脅康大人。其實那些難民都已經安頓好，陶大管家也準備幫他們遷戶籍了，怎麼可能讓康大人帶走呢？

想到這裡，劉福根靈機一動，笑著道：「我們小姐說了，北邊不太平，也就江南這個地方還清靜些，以後要是還有難民過來，咱謝家沒別的，就是地多，好歹養活一個是一個，養活一雙是一雙。只是如今為了大姑奶奶這件事，我家小姐思慮過甚，已經瘦了整整一圈。康大人您瞧，我們家老爺去了沒多久，就出了這麼多的糟心事，我是心疼我們家小姐，小小年紀的，不容易啊！」

劉福根平常是再老實不過的人，沒想到是個演技派，兩三下眼眶就紅了起來，繼續道：「就說上回棉襖那件事吧，後來實在趕不及，小姐親自做了好幾件，她從小就是十指不沾陽春水的人，針線都沒拿過幾回，生生做出了滿指尖的傷來。」

其實康廣壽對後來那百來件棉襖的質量，本來還頗有微詞，裡頭的棉花要麼沒塞夠，要麼塞得跟可以做枕頭一樣；如今聽劉福根這麼一說，一下子感動得不知所以，又想起謝玉嬌這樣一個嬌嫩的姑娘家，為了幾件軍需棉襖在燭光下做針線，那畫面光想就讓人動容。

「劉二管家，本官知道你們的難處，案發地點跟事情經過，本官也派人過去了解了，雖然蔣家村那些村民都看見你們謝家宅的人打人，可他們都說打得好。」

康廣壽到這裡將近半年，對這一帶的好地主、惡地主都有一些認識，雖說蔣家平常也按時交稅、交租，可畢竟沒有謝家積極。

劉福根見康廣壽明顯偏向了自己家，暗暗高興，趕忙遞出好幾張借條給康廣壽，說道：「這些都是蔣家欠我們謝家的，往年他們家交不出糧食的時候，都是我們謝家幫忙頂的，最早的借條寫了五、六年了，至今未還一毛。大人您看看，這樣的人家，哪有半點信譽？原先我們小姐念著大姑奶奶嫁過去的情分，並不想追這些債，如今大姑奶奶卻被打成那樣，傷身又傷心；大夫還說，不知道大姑奶奶能不能養好，姓蔣的絕後是他活該，咱們大姑奶奶被他害得好慘啊！」

康廣壽越聽越覺得蔣國勝不是東西，居然還敢惡人先告狀，他也算是見識到了。

這麼一想，康廣壽低下頭，將那些借條整理了一番，計算約有五千兩銀子，喊了外頭的捕快進來道：「你今日就去蔣家村走一趟，告訴他們家，現在謝家反告他們家欠債不還、毆打正室致小產，要他們家先還清債務，上謝家去道歉；至於蔣國勝被打一事，等前頭的事情都解決了，再來處理。」

劉福根聽在耳裡，樂在心中，直呼縣太爺英明。可不就是蔣家欠謝家錢，又毆打大姑奶奶在先嗎？至於謝家宅的人打蔣國勝的事，當然得往後靠一靠了。

康廣壽想起劉福根說謝玉嬌這幾日瘦了一圈，到底有幾分憐惜，只是他是有家室的人，並不好開口，便笑著道：「劉二管家代本官問謝小姐好，請她要保重身子。」

劉福根點了點頭，開開心心地離開衙門，回謝家去了。

謝玉嬌在家裡等劉福根的消息，內心多少有點擔憂。古代是父權社會，謝老爺沒有兒子，大夥兒想到的不是讓她謝玉嬌招上門女婿繼承家產，而是拚命想為謝家找一個嗣子，好繼承家業。在古人眼中，親生的閨女，還不如五服裡隨便一個男孩子來得親，這就是重男輕女的思想。

就在這時候，紫燕來回話，說是徐氏請她過去，謝玉嬌便往正院那邊去了。

徐氏見她進來，忙迎了上去，笑道：「方才門房送了妳舅舅的信來，見妳不在書房，就直接送了過來。妳舅舅說他寄信的那日就動身了，只怕這會兒已經在半路上了，我算著不過十天半個月，他就到家了。」

謝玉嬌見徐氏高興，接了信過來看，她這幾個月已經可以把正體字認出七、八成了，雖然一開始吃了不少苦頭，但如今看信跟看帳本完全不是問題。讀完信，謝玉嬌低頭想了片刻，才道：「只怕北邊不安生了。」

徐氏忙問：「怎麼不安生了？」

「舅舅讓我為蕙如表妹的外祖家在城裡尋個宅子，還點名要四進的，我上回聽舅舅說，表妹外祖家總共就三房人，卻要住四進的宅子，那豈不是全家人都要過來？」

世道不安生，北邊打得厲害，雖然大家還沒有南遷的意識，可謝玉嬌念過歷史，打不過就往南邊跑的朝代不止一、兩個，買下這麼大的宅子要幾千兩銀子，若不是要南遷，誰願意把這麼大筆銀子打水漂兒？

想到這裡，謝玉嬌又生出一個賺錢的法子來。如今外頭不安全，她只有一個舅舅，千萬不能折在外面，為保平安，不能去北邊，但是不去北邊，外國進來的貨也賣不掉，如此一來，這生意得稍微歇一歇了。

不過既然有人想在金陵購置房產，那這一、兩年內，金陵的房價勢必會大漲，謝玉嬌動起炒地皮的念頭，只是這事還得等徐禹行回來了再好好討論，這幾天她就先讓劉福根去城裡探探房價的底吧！

下午的時候，劉福根從衙門回來，將康廣壽的話原原本本轉告給謝玉嬌。謝玉嬌還挺高興的，心道知識分子就是不一樣，做事情還是講道理的。

劉福根瞧謝玉嬌高興，也覺得自己這差事做得不錯，便笑著道：「老奴從衙門出來時，聽說康大人的夫人要生了，小姐不如備一些禮送過去如何？」

謝玉嬌聽過康廣壽的妻子快要生了，只是這會兒事情還沒辦成呢，要是先送禮，難免會讓人說謝家行賄。謝玉嬌想了想，開口道：「等這件事辦妥，康夫人也生產了，到時候滿月我們再多送點禮，這會兒還是先別送了，別讓康大人難做。」

劉福根覺得謝玉嬌說得有道理，點頭應了，謝玉嬌又把幫徐禹行找宅子的事交給他，開口道：「你多找幾個這樣的大宅子，先比比價格，還有兩進、三進的院子也各找幾個，最好打聽看看沿路有商鋪的街道，有沒有要整條街出售的。」

謝家如今的商鋪都由劉福根管理，有三、四十間，以前謝老爺常說他手下這些商鋪都是小本生意，就算開了上百來間，也不如徐禹行跑一趟外國賺得多。不過這些是祖產，自然不可能變賣，只是謝老爺從來沒在這上頭花過心思，這些年劉福根也覺得那些鋪子賺不了幾個銀子，如今都交給那些掌櫃，他平常去的次數也少，只有逢年過節收租才會全都跑一遍。

劉福根瞧謝玉嬌這架勢，像是重視起自己，高興地說道：「小姐總算想起老奴來了，箍桶巷那一帶不就全是咱們家的？如今每年店租也有上千兩銀子，雖然比不上舅老爺做的大生意，可也是一項營生啊！」

謝玉嬌點了點頭道：「你說得對，這也是一項營生，況且這兩年北邊不安生，我不敢再讓舅舅往外跑了，不如就在家裡待著，只要能躲過這幾年，生意是做不完的。」

劉福根一個勁兒地點頭，又道：「小姐如果有意思，我最近倒是聽說有一處極好的鋪子，何家要賣呢！」

謝玉嬌聞言，眼珠子眨了眨，問道：「何家？是上回爹下葬設路祭棚的那個何家嗎？」

「可不是，江寧縣還有幾個何家呢？我聽說最近何老爺想做筆大買賣，錢不湊手，所以想把貢院西街那一條鋪子都給賣了，只是開價有些高，目前還沒賣出去。」

謝玉嬌抬起眉毛想了想，貢院西街這路名聽著還挺熟的，不就是現代的夫子廟一帶？這個地方在古代，算是鬧區，她頓時有了想法，便對劉福根道：「你看看能不能想出什麼法子，把這一條街的鋪子都拿下來？」

劉福根早先雖然沒打算買，但也跟著人去瞧過，只是當時沒亮出身分，對方瞧著他這寒酸模樣，還以為他就是去看熱鬧的而已，如今有了謝玉嬌這番話，他可是敢大大方方去探聽了。

心頭一喜，劉福根自是二話不說地應下來了。

蔣國勝自從那天被謝玉嬌帶的人教訓了一頓以後，一直不服氣，在床上哼哼唧唧了兩日，還是嚥不下這口氣。蔣老爺不想鬧開，沒採取任何行動，然而蔣夫人卻一個勁兒地為自己的兒子嚎天喊地，不願退讓。

其實這些家務事哪裡用得著報官，平常都是私下和解。以前謝老爺在的時候，沒少發生這種事，最後都是各自讓步，蔣家就是靠著這個一次次向謝家訛銀子；可謝老爺去了以後，冒出一個謝玉嬌，她竟然不按常理出牌，先找人來把蔣國勝打了一頓。蔣夫人覺得這件事報官沒準兒有贏面，就悄悄喊了下人去衙門。

誰知道報官隔天晌午，衙門裡頭就來人，說謝家也報了官，告他們家欠債不還、毆打正室致小產，還要求他們簽放妻書。

毆打正室致小產的事，蔣家還能推說是大姑奶奶自己跌倒，可舉債不還卻有證據，捕快開口道：「咱們縣太爺可是瞧過謝家送來的借條，要是還不出來的話，你們這些家產都要變賣，要是變賣了還是還不清，有十年、八年的牢飯等著你們呢！縣太爺說了，事情要看發生的先後順序，如今只能先把欠錢一案了結了，再談後面的事。」

蔣老爺一聽，這可不得了了，自家雖然有幾個銀子，但是這些年來他那兒子大小事樁樁不精，吃喝嫖賭卻樣樣行，整個家都要變成空殼了，哪能一下子就拿出這麼多現銀來？少不得要變賣土地跟家產了。

送走了捕快以後，蔣老爺一邊斥責去報官的蔣夫人，一邊說道：「看看妳，把事情鬧這麼大，依我看兒子那一頓打認了也就算了，如今倒好，謝家來要債了。」

蔣夫人依舊沒弄清楚狀況，皺著眉頭道：「兒子被打得差點生不出孫子來，你還在這裡說風涼話？依我看，我們就還了這些銀子，絕不能受這份氣。」

蔣老爺一聽頓時火冒三丈，指著蔣夫人的鼻子罵道：「妳懂個屁，五千兩銀子，不變賣土地，怎麼夠還？」

蔣夫人只知道自己家欠謝家錢，卻不曉得竟然欠下這麼多銀子，她被蔣老爺一罵，頓時愣住了，小聲道：「那……那依你看，兒子這公道是討不回來了？」

「還討什麼公道？趕緊讓兒子起來，去謝家負荊請罪，要是能把兒媳婦接回來再好不過，要是真的鬧得要和離，兒媳婦那些嫁妝也保不住了。」

蔣夫人聽了這番話，才如夢初醒。這些年她那兒媳婦雖然不肯把田產交出來，至少會貼補家裡一些銀子，她一聽說這個進項也要沒了，頓時著急起來。「那……那咱們兒子白白被打一頓就算了……還得去給人賠不是？」

蔣老爺臉色鐵青，怒道：「打就打，可他非要下這樣的重手，把孩子給折騰沒了，又能怪誰？」

蔣夫人一聽，只覺得後背涼颼颼的。雖然兒子打兒媳婦時蔣老爺會說幾句話，但年輕時她也沒少挨他的打，如今她好不容易舒坦點了，看見兒子打兒媳婦時，反倒恨不得自己年輕時候受過的苦，都讓兒媳婦再受一遍才好呢！

那廂蔣夫人還在猶豫，這廂蔣老爺已經思考起更深層的問題。他很清楚康廣壽的立場，謝家是這一帶最大的地主，肯定已經先打點好那邊了，這也是為什麼他一開始就不想報官的原因。如今官府的人既然這麼說，必定是康廣壽的意思，胳膊擰不過大腿，只能去謝家賠罪，好歹先把面前的這一關給過了。

蔣國勝一聽要他去謝家賠罪，頭搖得跟波浪鼓一樣，帶著哭腔道：「我在自己家門口差點被打死，你們還要我去他們家賠罪？還是趁早把棺材板給我安置好得了。」

蔣夫人勸慰道：「這能怨誰，還不是你自己下的重手？不然的話，說不定我就要有孫子了。」

蔣國勝聽了這話卻絲毫沒有悔改，冷笑道：「她一個大人，懷了孩子還能不知道？我瞧她就是故意不說，引我動粗，好沒了孩子跟我和離，我偏不信邪，就不簽放妻書，看她怎麼辦。」

「你還有力氣拗？不簽放妻書，咱們家就要敗了，欠謝家的五千兩銀子，如今他們來要債了。」蔣夫人說道。

「丈人生前說過，只要我不納妾，就不用還那些銀子，我還寫了保證書，怎麼能說話不算話呢？」蔣國勝一臉憤慨地說。

蔣夫人聽了，眼睛一亮，急忙問道：「那保證書呢？在哪裡？快拿出來瞧瞧。」

蔣國勝被問住了，咕噥著說：「我要那東西幹麼，是他強迫我簽的，當然是放在謝家。」

蔣夫人瞇著眼想了半天，蹙眉道：「不然這樣，咱們先假意去謝家道個歉，最好能騙回你媳婦，之後讓她去要回保證書。五千兩銀子可不是小數目，你要是想好好過日子，還是先服個軟吧！」

這番話聽著有道理，蔣國勝便忍著疼痛點了點頭。反正他臉上有傷，下面那玩意兒也暫時不中用，大夫說至少得休息一、兩個月，如今他沒法子出去花天酒地，只能答應了。

自從把那些證據交給康廣壽，謝玉嬌就沒再為這件事心煩了，反正現在大姑奶奶跟兩個女兒都在謝家，謝家有得是時間跟他們耗，所以謝玉嬌這兩天閒著沒事的時候，就跟丫鬟們一起為徐蕙如裝飾房間。

徐氏心疼大姑奶奶那兩個閨女，讓她們都住在自己的正房裡頭，平常一人由一個丫鬟帶著，日子不知道比在蔣家舒坦多少，連身體一直不好的寶珍，一張小臉蛋也圓了起來。

她一邊為寶珍梳頭，一邊道：「妳們表姊小時候，也都是舅母幫她梳的頭，小姑娘要打扮得漂亮，才惹人喜歡。」

寶珍看著鏡子裡自己紮著雙髻的樣子，眨了眨大眼睛。謝玉嬌從外頭進來聽見了，說道：「娘有了兩個表妹就把女兒忘了，等蕙如表妹也回來，我恐怕要被拋到九霄雲外去嘍。」

徐氏知道謝玉嬌故意說這話撒嬌，笑道：「罷了，等為寶珍梳好了頭，我也替妳梳。」

謝玉嬌聽了，從徐氏身後抱住她，在她臉頰上蹭了蹭道：「我這頭是喜鵲才梳好的，拆了多可惜？改明兒起早了，再來讓娘梳頭。」

徐氏伸手摸了摸謝玉嬌的臉頰，蹙眉道：「這一陣子怎麼又瘦了，是不是廚房的菜不合胃口？」

謝玉嬌最近是瘦了那麼一點點，不過據謝玉嬌自己的觀察，是因為夏天吃得少，而且最近又在長個子，她夏初新做的幾件衣服，如今穿起來已經短了一截，姑娘家一長個子，人自然顯得瘦了。

「眼下天還熱，吃不下什麼東西，等冬天來了，有我養胖的時候呢，娘著急什麼？」

徐氏聽她這麼說，便放心了幾分，就在此時，張嬤嬤從外頭進來，臉上還帶著幾分焦急。「夫人、小姐，蔣家的人來了。」

這兩天衙門並沒人來傳話，想來蔣家沒給衙門什麼準話，可他們今天忽然跑到謝家來，多少讓謝玉嬌有些疑惑，便開口問道：「都來了些什麼人？」

「親家夫人跟姑爺一起來的，並沒帶多少家丁。」張嬤嬤回道。

謝玉嬌心想，既然自己送上門，就沒那麼容易讓你們出去了，不如今日就把這事給了結，好過夜長夢多。

「張嬤嬤，請他們在前院的客廳等著。喜鵲，妳去帳房，請帳房先生以蔣國勝的名義寫一份放妻書。」

這些事情在把方姨娘送走的時候就做過，喜鵲如今也明白了，只點頭稱是。

張嬤嬤見謝玉嬌這樣安排，顯然是打算今天就把事情給辦好，便點了點頭，去外面請人進來。

謝玉嬌又喊了紫燕道：「妳去找沈大哥，讓他也到前院客廳來，有他在旁邊，我好歹能壯個膽。」

紫燕聽了這話，噗哧笑了一聲便去找人了，徐氏有些擔憂地說道：「不然我跟妳一起去前頭，跟他們理論理論？」

謝玉嬌搖了搖頭道：「娘還是別去了，您見了那些人，只怕半句話還沒說完，就被一陣搶白，鬧得自己上火。」

徐氏聽謝玉嬌這麼說也覺得有道理，她確實不是能跟他們理論的人，瞧著大姑奶奶身上那些傷，她沒少掉過眼淚，萬一兩方起了口角，只怕自己不是對手。

謝玉嬌想了想，又說道：「娘不如去老姨奶奶房裡，把老姨奶奶請來。」

徐氏腦子一轉，頓時明白了。雖說老姨奶奶前一陣子也在家裡胡鬧，可自從摔傷之後，對謝玉嬌跟徐氏的態度就比之前好了很多。尤其是這幾日大姑奶奶在家養身子，仁安堂的大夫時不時過來請脈，老姨奶奶雖然面上沒說，可到底感激了幾分。

徐氏去老姨奶奶院子裡的時候，老姨奶奶正在跟大姑奶奶閒聊，她見徐氏來了，臉上堆著笑道：「妳怎麼又來了，眼看都要用午膳了，這時候天氣熱。」

謝過老姨奶奶的關心，徐氏坐了下來，她先看了看大姑奶奶的氣色，跟她說了幾句，這才開口道：「蔣家人來了，嬌嬌請他們在前院客廳裡坐著，小姑這件事，只怕今日就有定論。」

老姨奶奶聞言，還沒等徐氏開口讓她過去呢，她就拄著枴杖自己站了起來，吩咐一旁的丫鬟。「快帶我去，看我不打死那畜生。」

其實老姨奶奶的傷處還沒好全，動作大一點就疼得齜牙咧嘴，可她全然不顧這些，只一個勁兒地說道：「我今天不打死他，我就不是妳老娘。」

大姑奶奶躺在床上阻攔不及，可徐氏就是等著她去為謝玉嬌幫腔，便勸住了大姑奶奶。

「妳放心，有嬌嬌在呢，出不了事的，就讓老姨奶奶過去瞧瞧吧！」

第十五章　二度受創

謝玉嬌這時候已經整理好心情，站在通往前院的門口等著老姨奶奶，不久就看見兩個丫鬟扶著她往這邊來，看她那一瘸一拐還拚命往前走的樣子，還算有為人母的模樣。謝玉嬌見老姨奶奶快到了，低頭理了理裙子，走進前院，從後角門口直接入廳，一眼就看見蔣國勝跟蔣夫人坐在一旁的靠背椅上。

他們兩個人是說好來道歉的，所以見謝玉嬌出來，臉上還掛著笑，謝玉嬌看見沈石虎已經在門口站著，也有了點底氣，直接開口道：「既然今日姑父跟親家夫人過來，索性把事情給辦了。俗話說清官難斷家務事，我想康大人也未必願意看著我們這樣鬧下去，你們說是不是？」

蔣國勝聞言，賊笑道：「姪女，妳說得對，所以今日我不就向妳姑母道歉來了？咱們夫妻有什麼話可以回去慢慢商量，結果鬧到了官府，弄得兩家人都沒臉。」

謝玉嬌轉身落坐，端起茶几上的茶盞，抬眸瞪了蔣國勝一眼，冷道：「說得好像是我們胡鬧一樣，不是親家先去官府告的嗎？說您不行了、絕後了，這才鬧起來的。」

蔣國勝哪裡遇過謝玉嬌這樣的姑娘，說起這些一般羞於啟齒的話，竟一點兒也不害臊，臉色頓時有些不好看，強笑道：「姪女快別這麼說，不過那兩下……確實夠我受的了。」

謝玉嬌聽了，不斷在心裡冷笑，此時老姨奶奶也入廳坐了下來，蔣夫人認出了老姨奶奶，笑著道：「這不是親家姨奶奶嗎？您老快幫著勸勸，夫妻床頭吵床尾和的，沒什麼大事，以前又不是沒鬧過，何必真的撕破臉，到頭來可憐的還不是兩個孩子嗎？」

謝玉嬌一聽這話，就知道蔣夫人又要拿寶珍跟寶珠當藉口，開始打老姨奶奶的軟肋，便冷笑道：「少在這裡給我扯東扯西，孩子在我們謝家，也比在你們蔣家好上一萬倍，橫豎將來不過就是兩份嫁妝，謝家還出得起，不會幹那種賣兒賣女的營生。」

老姨奶奶想起當時聽了她弟弟的鬼話，害得如今她閨女受這些苦，一腔怨氣滿出了胸口，她敲著枴杖站起來憤然道：「妳還好意思喊我親家姨奶奶？當初哄著我把閨女嫁到你們家的時候，妳是怎麼說的？如今又是怎麼對她的？妳這豺狼似的婆婆，我當初真是瞎了眼，遇上你們這樣沒人性、損陰德的人家，活該妳兒子絕後。我告訴妳，現在想和解，晚了，今天不簽了放妻書，你們就別想走！」

相對於謝玉嬌，老姨奶奶在整人上還欠缺一些火候，可罵起人來也是實力派，這番話連珠炮似地說出來，把蔣夫人給說得一愣一愣的。其實她原本不想認錯，無奈揹著那麼多債，不得不低頭，如今被老姨奶奶這麼一罵，火氣頓時上來了，忍不住回道：「您閨女進門這六、七年，生不出一個兒子來，能怪誰？我兒子守著她一個人過了這麼多年，連個孫子都沒有，我們委屈都來不及了，您還好意思說我？想和離是吧？除非答應一件事，把那些債都清了，我們就簽了放妻書走人。」

蔣夫人心想，反正要撕破臉，要是能徹底賴掉那些債務，折的不過是一個兒媳婦，往後再找一個也成。

謝玉嬌聽了這話，拿起桌上的茶盞往地下一砸，開口道：「別忘了如今是在誰家的地盤上，在謝家有你們撒野的分嗎？」

蔣夫人嚇了一跳，隱隱覺得有些害怕，又想起今日他們是來講和的，還是壓下了氣焰，小聲道：「親家小姐別生氣，事情還沒到和離那一步，是我剛才一時昏了頭。妳瞧妳姑母，雖然沒為我們蔣家生下兒子，好歹生了兩個閨女，沒功勞也有苦勞，如今我們帶她回去養好身子，以後有的是機會呢！」

謝玉嬌心中暗笑，開口道：「這麼說，我姑父還能生？上回打得還不夠狠嘍？那你們報官時說什麼打壞了、絕後了，豈不都是假話？造謠報官，只怕罪名也不小呢！」說完便吩咐道：「張嬤嬤，請劉二管家過來一趟，我要讓他去縣衙問康大人，蔣家造謠報官，是個什麼罪？」

蔣夫人見自己說溜了嘴，趕緊朝蔣國勝使了個眼色，蔣國勝會意，急忙哼唧道：「姪女，這可不是假話，確……確實不行了。」

謝玉嬌見狀說道：「您都不行了，還不肯和離，想讓我姑母跟您回去守活寡嗎？」

此話一出，蔣國勝頓時臉上一陣紅、一陣白。其實謝玉嬌知道，沈石虎並不是下手沒準頭的人，那兩腳雖然使了力氣，未必就真的能讓蔣國勝殘了，只是此時她猶不解氣，忽然站起來，頭也不回地往客廳外頭去。蔣家母子面面相覷，不知所以，老姨奶奶卻清楚謝玉嬌應該是有什麼打算，便靜靜在原地候著。

紫燕一路跟著謝玉嬌出去，到二門口時才問道：「小姐走得這麼急，是做什麼呢？」

原來是謝玉嬌忽然想起一樣東西，是前幾日在謝老爺的書房看見的，她一時好奇，拿出來問陶來喜，陶來喜一見那東西，耳根整個發紅，又不敢不據實以告，小心翼翼道：「這……這是舅老爺從外國帶回來的新鮮玩意兒，說是……說是吃上一顆，能讓人金槍不倒。」

其實這東西謝老爺自己沒用過，卻給過年過半百的陶來喜，陶來喜偷偷吃了，真叫一個馬力十足，頓時感覺自己年輕了二十歲。

謝玉嬌見他臉紅成這樣，知道他必定試過，藥也靈驗得很，只是如今謝老爺去了，這藥也沒了主人，她便覺得不如找個時候賞給兩個管家得了。

如今還沒給出去，謝玉嬌便想用來試一試蔣國勝，他要是還能「起得來」，不就說明上回那頓打壓根兒沒什麼嗎？

謝玉嬌進了書房，打開那小瓷瓶，從裡面拿了兩顆藥丸出來，對紫燕說道：「一會兒進廳裡換茶時，把這兩顆藥丸丟到姓蔣的茶盞裡。」

紫燕聽謝玉嬌這麼說，隱隱有些擔憂。「小姐，這是毒藥嗎？」

「亂想什麼？我爹的書房裡怎麼會有毒藥呢？」謝玉嬌敲了一下紫燕的腦袋，吩咐她快去沏茶。

見謝玉嬌忽然離座，蔣夫人一時沒弄清楚是什麼狀況，瞧著老姨奶奶那虎視眈眈的模樣，不禁心煩氣躁，外頭沈石虎又跟門神似地站著，到底讓她有些害怕。她端起茶盞來想喝口茶喘喘氣，但時間長了，好茶也變得又涼又澀。

就在這個時候，紫燕剛好端著茶盞進來，送到蔣夫人與蔣國勝跟前，笑著道：「親家夫人喝吧！」

蔣夫人端起茶盞就喝，紫燕把另一盞茶送到蔣國勝面前。

蔣國勝是個大色狼，只要是女人，他都能動幾分歪心思，如今瞧著俏生生的丫鬟為自己奉茶，又得瑟起來，他一邊接茶盞，一邊想摸紫燕的手，紫燕嚇了一跳，趕緊先一步鬆開茶盞，把茶遞到他手裡，小聲道：「姑老爺請用茶吧！」

蔣國勝從進來到現在，也就這會兒心裡覺得爽快些，打開茶盞，一口氣喝完一盞茶。

紫燕瞧著蔣國勝將滿滿一盞茶喝得見底了，這才拎著茶盤往外頭去，走到二門口時，見謝玉嬌在那邊等著，忍不住驚魂未定地說道：「小姐，嚇死奴婢了，您摸摸奴婢的掌心，都出冷汗了。」

謝玉嬌開玩笑道：「我瞧妳手也沒抖，膽子挺大的啊？」

紫燕搖搖頭回道：「奴婢這是嚇得不敢抖了。」

謝玉嬌道：「這樣才好，以後這種事就全交給妳了。」

紫燕嘴巴張得老大，連連擺手道：「下回還是喊喜鵲姊姊吧，她膽子大。」

謝玉嬌見紫燕還有些害怕，便讓她回去房裡待著，自己又從後面角門走了進去，見張嬤嬤還在大廳裡站著，開口道：「張嬤嬤，吩咐妳去喊劉二管家，怎麼還沒去？難道我喊不動妳了嗎？」

張嬤嬤方才看見謝玉嬌出門，不知道她葫蘆裡賣的什麼藥，哪裡敢走，這會兒見她回來，才笑著道：「奴婢這就去。」

蔣夫人見謝玉嬌還是要派人去縣衙，急忙說道：「親家小姐，我們真的是為了求和才來的，妳這樣做太傷和氣，瞧我外頭馬車都備好了，是要接了兒媳婦回去好好養身子呢！」

「您想講和就講和？作您的春秋大夢去吧！」謝玉嬌丟出一句話，緊接著就聽見老姨奶奶在後頭附和道：「作妳的春秋大夢！」

這時候喜鵲從帳房回來了，她將那份放妻書遞給謝玉嬌，說道：「小姐，您瞧瞧，這樣寫成不成？孔先生說要是有什麼地方要改，只管說去。」

謝玉嬌看過之後，覺得沒什麼要改的，反正只要能讓大姑奶奶名正言順離開蔣家就行了。她將放妻書放在茶几上一拍，開口道：「今日簽了這放妻書，就讓你們走，不簽，你們就別想走了。」

蔣夫人哪裡知道謝玉嬌是個橫著來的人，這下子也被逼急了，開口道：「你們上門打人那筆帳還沒算清楚呢！我今日就死在你們謝家，看你們以後還能有什麼好名聲。」

說著，她不顧廳裡站著一群人，站了起來，一屁股往地上坐，大聲哭起來。

蔣夫人這邊演得如火如荼，那邊蔣國勝忽然倒下了身子，雙手捂著褲襠喊疼。夏天穿戴本就輕薄，謝玉嬌眼尖，一下子就見蔣國勝下身支起了小帳篷，這麼看來，上回沈石虎那兩腳還不算厲害，不過就是外傷而已。

眾人見蔣夫人撒潑，正覺得鬱悶，忽見蔣國勝躺在地上打滾，視線紛紛被吸引了過去。蔣國勝那地方確實傷著了，不說每天早上都疼痛難當，只要一動那種念頭，便疼得要死要活，大夫也說要等傷養好了才行；如今謝玉嬌這一劑猛藥下去，燒得他心急火燎，控制不住地硬了起來。

那地方本就脆弱，如今更處在非常狀況，這會兒硬成這樣，真是做什麼都不對，只能一個勁兒地在地上打滾。

蔣夫人看見這光景，也演不下去了，跪在自己兒子跟前道：「兒子，你這是怎麼了？可別嚇唬娘啊！」

蔣國勝紅著臉，眸子充血，說話都含糊起來，只不斷喊道：「疼……疼死我……要死了。」

此時蔣夫人急得站起來，往謝玉嬌那邊撲了過去。「妳到底把我兒子怎樣了？我跟妳拚了。」

謝玉嬌慌忙往後退了兩步，沈石虎見狀，進來擋在蔣夫人跟前，活像一堵牆，最後她實在沒法子，只能哭著道：「妳想怎樣？說句話啊！」

一聽她這麼說，謝玉嬌大大方方地從沈石虎身後走出來，指著放妻書道：「讓您兒子簽了放妻書，我馬上讓他舒坦。」

蔣國勝疼得死去活來，這會兒聽說有辦法讓自己舒坦，便什麼都不管了，哭著道：「簽……我簽……」

老姨奶奶一見這情況，身上的傷瞬間跟全好了一樣，居然索利地站起來，拿起放妻書往地上一擺，接著俐落地蹲下，抓住蔣國勝的手往印泥裡按，簡直是活脫脫的逼供。

蔣國勝一把鼻涕、一把淚地在放妻書上按了手印，又抖著寫上自己的名字，謝玉嬌才在沈石虎的耳邊吩咐了兩句。沈石虎會意，點了點頭從前頭出去了。

謝玉嬌收起了放妻書，看著還在地上打滾的蔣國勝，他這會兒難過得很，胡亂揮舞著手，謝玉嬌躲了幾步，眼瞅著自己的裙角就要被蔣國勝給抓到，正打算一腳將他那爪子踩爛時，忽然聽見沈石虎在門口道：「小姐讓開些，小的來。」

他一喊，謝玉嬌連忙躲到椅子後面，只見沈石虎一手拎著一個水桶走進來，嘩啦一聲，兩桶水直接倒在蔣國勝身上。蔣國勝原本渾身躁熱，忽然被冷水一澆，整個人頓時愣住，嘴裡咕噥了兩句，便兩眼一翻，昏了過去。一旁的蔣夫人親眼見到這一幕，也跟著暈倒。

此時謝玉嬌一顆心才算是落了地，吩咐道：「把蔣夫人跟蔣少爺送出去吧，咱們家可攀不起這樣的親戚。」

老姨奶奶瞅著那簽字畫押的放妻書，樂不可支，趕緊站起來要去向大姑奶奶報喜，誰知她動作太過猛烈，又扭了一下，不禁痛叫起來。

謝玉嬌瞧著她那副模樣，笑著道：「老姨奶奶方才不是挺索利的，怎麼現在又扭著了？」

老姨奶奶這會兒心情極好，對謝玉嬌一百個嘆服，只道：「年紀大嘍……年紀大嘍……我先走了。」

沈石虎拖著蔣國勝出去，幾個婆子也架著蔣夫人到了門口，就這樣把他們兩人給扔回了馬車上。

丫鬟們正在客廳裡頭打掃方才的「戰場」，而謝玉嬌雖然膽子大，可經歷了剛才那番爭執，多少還是有些恍神，只端著一盞茶，愣怔地坐在椅子上發呆。沈石虎走到門口，看到她這副模樣，一時之間不知道該怎麼辦。

上回謝玉嬌要他狠狠地打，但他還是手下留情，不是怕蔣家人找上自己，只是怕將來這事若是傳了出去，恐有損謝玉嬌的名聲。可如今瞧著，謝玉嬌的手段實在厲害，他那天有意放蔣國勝一馬，今日卻讓他吃了更多苦頭。

謝玉嬌眼尾瞄見沈石虎到了門口，放下茶盞，抬起頭問道：「沈大哥沒有什麼話想對我說嗎？」

沈石虎低下頭，覺得有些不好意思，原本謝玉嬌請自己收拾這人渣，到頭來還要謝玉嬌親自出馬，這就是自己辦事不力了。

「也……也沒什麼。」沈石虎雖然覺得對不住謝玉嬌，可沒想到謝玉嬌居然能想出這種辦法來制伏蔣國勝，他一個大男人見著都覺得後背發涼，不禁對謝玉嬌又敬又畏。

謝玉嬌知道這種絕人子孫的事損陰德，所以她沒怪罪沈石虎的意思，低頭道：「沈大哥不用說我也明白，傷人原本就不是好事，我確實不該強人所難，以後這事就不提了。」

沈石虎聽了這話，以為謝玉嬌是對自己失望了，內心湧起一股悔恨，只知道要是他之前一拳了結那個姓蔣的，還能讓謝玉嬌暢快些，便開口道：「小姐這麼說，小的怎麼敢當呢？小的一拳解決那個人簡單，只是若連累小姐名聲，小的擔當不起。」

這話一出口，謝玉嬌就明白了。當日在蔣家門口打人的是沈石虎，可喊打喊殺的畢竟是自己，將來若蔣國勝真的有什麼三長兩短，必定是她要揹這個黑鍋。她內心湧起幾分感動，但更多的卻是無奈。

謝玉嬌嘆了口氣，隨即端起茶盞，淡淡抿了一口，抬眸道：「這事不管外頭傳成什麼樣子，我都不計較，就算因為這件事，我一輩子都得待在家當老姑娘也沒什麼不好，橫豎落個清靜，還能孝順母親，看護將來沈姨娘生下來的弟妹。」

沈石虎一個漢子，聽見謝玉嬌這番話也愣了片刻，隨即又覺得自己到底對不起謝玉嬌，便半跪在地上，沈聲道：「小姐若是一輩子不嫁，小的就在小姐身邊服侍、保護您一輩子。」

謝玉嬌見他一本正經的樣子，有些於心不忍，淺笑著道：「你快起來吧！聽鄭婆子說，最近不少媒婆上你們家說親呢，你要是看上了誰家的姑娘，儘管娶回家，我這是讓你在謝家工作，可不是來賣身的。」

沈石虎聽了這話，眸光一暗，臉上未有喜色，起身時忍不住偷偷瞧了謝玉嬌一眼，點頭稱是。

老姨奶奶得了放妻書，拄著枴杖一瘸一拐地去向大姑奶奶報信，後面跟著的雁兒急忙上前將她扶穩，說道：「老姨奶奶，您慢點，仔細身上的傷啊！」

話雖如此，老姨奶奶這會兒哪裡顧得上自己的傷，只一個勁兒地往前衝，走兩步嘴裡還忍不住嘆一聲，讓後頭的丫鬟們不禁邊走邊偷笑。

徐氏內心擔憂，早就在二門口候著，見老姨奶奶先回來了，手裡還拿著兩張紙揮啊揮的，就知道這事成了，一顆心才落回了胸口。

丫鬟們扶著老姨奶奶跨過門檻，與徐氏一起進了大姑奶奶休養的廂房，老姨奶奶在大姑奶奶床前放著的繡墩上坐了下來，將手裡的放妻書遞過去道：「瞧瞧，這事辦成了，有嬌嬌在，沒辦不成的事。」

徐氏聽老姨奶奶平常都是喊謝玉嬌「丫頭片子」，如今跟著喊起了「嬌嬌」，也覺得很高興，在一旁的椅子上坐了下來，問道：「外頭還順利不？沒動起手來吧？」

老姨奶奶這會兒正得意，笑著道：「那還用說，也不看看這裡是誰家，有他們動手的地方嗎？嘴都不讓他們動一下。」

徐氏聽了這話，放寬了心，只見大姑奶奶捧著放妻書，兩行熱淚忍不住奪眶而出。「我作夢也沒想到，還能活著離開蔣家。」大姑奶奶鼻子發酸，眼淚一時止不住，急忙拿帕子壓了壓。

老姨奶奶見了，勸道：「快別哭，如今一切都好了，只管好好養身子，妳這會兒還在坐小月子，動不動就落淚怎麼行呢？」

幾個人正在說話，外頭丫鬟稟道：「小姐來了。」

徐氏急忙起身相迎，謝玉嬌笑咪咪地走進來，額頭還滲著點點汗珠。徐氏拉著她在一旁靠背椅上坐下，端了茶盞給她。「妳是想了什麼辦法，才讓那個姓蔣的簽了放妻書的？」

謝玉嬌臉頰本就熱得發紅，聽徐氏這麼一問，就更紅了，徐氏要是知道她想出那種損陰德的辦法，只怕不愁死也要嚇死了。謝玉嬌這會兒到底有些不好意思，只睜著一雙大眼睛，往老姨奶奶那邊遞了個眼色。

老姨奶奶瞧著謝玉嬌一臉窘迫的樣子，也知道方才那事難以啟齒，她還是個姑娘家呢，這種事如何說得出口？

「她一個丫頭片子能想出什麼辦法來？還不是那個狗東西自己覺得理虧，所以就簽了，也沒費什麼唇舌。」老姨奶奶說道。

謝玉嬌連連點頭道：「就是就是，他敢在謝家發狠，我就打得他滿地找牙。」

徐氏聽見打啊、殺啊的，到底有些害怕，不過如今這事既然已經解決，她也不去計較了。「眼看都晌午了，我們回去一起準備用午膳吧！」

這時候張嬤嬤從外頭進來，見眾人都在這裡，說道：「小姐，劉二管家來了。」

謝玉嬌原本只是想嚇唬一下蔣國勝，才說出那番話，不過這會兒倒真有事要交代劉福根，便道：「讓他在書房等一會兒，我馬上過去。」

她話說完，看見大姑奶奶還抱著放妻書落淚，不禁勸道：「姑母快別難過了，如今也算脫離苦海，將來還有好日子過呢！」

大姑奶奶一聽，擦了擦眼淚，將放妻書摺好，對謝玉嬌說道：「這東西，嬌嬌替我收著吧。」

謝玉嬌點頭接過，繼續道：「雖說放妻書到手了，可您那些嫁妝還在他們家，這事得請縣太爺做主，把舊帳清一清才好。」

大姑奶奶這會兒也不傷心了，有放妻書在手，她便理直氣壯了幾分，點頭道：「一分錢也不留給蔣家才好呢！只是……又要煩勞嬌嬌妳了。」

謝玉嬌粲然一笑，回道：「我們是一家人，說什麼兩家話呢！」

老姨奶奶聽了這話，內心頓覺羞愧得很，坐在一旁偷偷嘆了口氣。

到了書房，劉福根正在外頭等著，他見謝玉嬌過來，弓起身子，把背壓得更低了。

兩人進了書房，各自落坐後，謝玉嬌才說道：「蔣家的放妻書已經到手了，還要煩勞劉二管家去康大人那邊說一聲，謝謝他這次幫忙。另外，其實我們並不缺那五千兩銀子，要是縣衙能把這件事給解決妥當，咱們就捐了那五千兩銀子吧！」

謝玉嬌之前私底下計算過，大姑奶奶的嫁妝，從田地、鋪子到古董，加起來約有三千兩銀子，有沒有那五千兩銀子，其實差不到哪裡去。況且這五千兩銀子原本就是糧食折的，想讓蔣家還現銀只怕不容易，到時沒準兒還是得用糧食抵扣，但謝家沒那麼大的地方能存放五千兩銀子的糧食，要是康廣壽能幫謝家把這件事辦妥了，這區區五千兩銀子的糧食，確實算不上什麼。

如今北邊打得厲害，一粒米都恨不得分成兩半吃，白白得到那麼多糧食，康廣壽不動心才怪呢！

劉福根覺得這是個好辦法，謝老爺在的時候，蔣家欠的銀子就從流水帳中扣掉了，不影響年下的總帳，只是還有些不捨。「小姐倒是闊氣，說捐就捐了。」

謝玉嬌噘起嘴想了想，說道：「捐了也比白給蔣家強，除非康大人不要，要我們費心思去要錢，我也懶了。」

她是眼裡容不得一粒沙的性子，最近處理大姑奶奶的糟心事，已經覺得有些心煩，只想快點解決這事情，好鬆一口氣。

「那老奴就照辦了，小姐在家等老奴回話吧！」

說完話，劉福根才剛走到門口，又被謝玉嬌叫了回去。「過幾日去蔣家清點嫁妝時，你讓縣衙派幾個人過來，省得到時候又動起手腳，說不清楚。」

劉福根連連點頭，一一記下，這才往縣衙那邊去了。

這件事果然不出謝玉嬌所料，康廣壽聽了這個提議，當真心動得很，劉福根把上次給康廣壽看過的借條全數奉上，憨笑道：「咱們小姐說了，要債的事，我們家天生不在行，可是這些糧食跟銀子，她不想便宜了蔣家人。橫豎如今朝中艱難，北邊又打得厲害，乾脆捐給朝廷，也算我們謝家盡了點心。」

康廣壽知道謝玉嬌這招是賣個人情，又不讓蔣家痛快，有官府插手，蔣家也翻不出什麼浪來。如今放妻書也簽出去了，蔣家若是日後不認帳，謝家只有告官這條路，反正都要煩勞官府出手，現在給了這麼大的甜頭，以後透過官府辦事也會方便很多。

心裡有了想法，康廣壽便微笑著說道：「好說、好說，本官自當盡力。」

劉福根見康廣壽答應得挺爽快的，越發高興，又開口道：「過幾日還要去蔣家清點大姑奶奶的嫁妝，到時還請康大人撥兩個捕快鎮鎮場子才好，您也知道我們家如今實在沒什麼人。」

康廣壽知道謝玉嬌必定是擔心蔣家鬧事，所以想請縣衙的人幫忙，便應道：「你們只管來說一聲，本官自當派幾個捕快協助你們清點嫁妝，順便把這債務一併清點清點。」

劉福根得了準話，開開心心回去向謝玉嬌回話，謝玉嬌見事情差不多都辦妥了，自是心情愉快，晚飯也多吃了幾口，最後洗了個舒舒服服的熱水澡，早早入睡了。

第十六章　積攢房產

接下去幾日，下了兩場雨，漸漸有了秋意，都說一場秋雨一場寒，雖然原主的身子瘦弱，可謝玉嬌到古代以來卻還沒病過，誰知這一回沒躲過，受了風寒，病倒了。

徐氏急得團團轉，恨不得每日在她跟前親自照顧。謝玉嬌知道自己不過就是尋常感冒而已，無奈在古代沒有西藥，她性子又急，一病就上了火，在床上燒得起不了身，連灌了幾碗藥都不見好。

「娘回去休息吧，女兒睡一覺，發個汗就好了。」謝玉嬌看著徐氏愁容滿面，在床上有氣無力地說。

「我走了更不放心，看著妳燒退了我才安心。」徐氏不肯走，坐在床沿，伸手摸了摸謝玉嬌的額頭，眉宇緊鎖。

謝玉嬌只覺得無奈，她才閉上眼睛沒兩分鐘，徐氏的手又摸上來了，教她如何睡得著呢？

「娘這樣，我更睡不著了，大夫也說睡覺才能養身，您好歹讓我睡得安穩些。」

徐氏擔憂，又怕謝玉嬌心煩，便開口道：「那我去外頭坐著，有什麼不舒服的，只管喊一聲。」

謝玉嬌這下終於睡了一個安穩的覺，下午時才醒過來，只覺得渾身輕飄飄的。丫鬟見她醒了，忙備茶讓她漱了漱口。徐氏剛好從外頭進來，見她臉色還是蒼白，不禁心疼地問道：「好些了沒有？」

謝玉嬌點點頭，覺得肚子有些餓，道：「這會兒想喝一點粥，稀一些的好。」

聞言，徐氏笑道：「就知道妳醒了會餓，樓下廚房裡正熬著呢！」

徐氏剛遣了丫鬟去取粥來，就聽見樓梯上腳步聲飛快而來，只見張嬤嬤跑進來說道：「方才沈護院從外頭回來，說是在村口看見舅老爺的馬車，眼下就要到門口了。」

聽到張嬤嬤這麼說，徐氏笑著從凳子上站起來，只是一想到謝玉嬌病著，她又捨不得走開，正想吩咐張嬤嬤去迎接呢，謝玉嬌就先啞著嗓子開口道：「娘快去迎舅舅吧，我正好要喝粥，您看著也沒用。還有，表妹一定也跟著回來了，娘不想表妹嗎？都兩年沒見了。」

「怎麼不想呢？晚上作夢都能夢見妳們小時候一起玩的模樣呢！」徐氏說著，眼眶又紅了，她見謝玉嬌精神好了一些，便開口道：「那行吧，我先出去迎接妳舅舅，一會兒再來看妳。」

謝玉嬌點了點頭，目送徐氏出去。喜鵲上前為她披了一件外衣，將清粥小菜放在小几上，擱到謝玉嬌面前。謝玉嬌病中虛弱，感覺自己的臉頰睡得有些腫了，忍不住伸手揉了揉，才動起筷子。

徐氏從謝玉嬌的繡樓出來，迎到了大門口，徐禹行已經下了馬車，正在跟門口的小廝打招呼，他看見徐氏親自出來了，急忙上前道：「姊姊怎麼親自出來了，我們這就進去。」

這時候，後面的馬車上下來了一個弱柳扶風似的姑娘，她抬起頭看了徐氏一眼，盈盈拜道：「姪女給姑母請安了。」

徐氏不禁感嘆道：「才兩年沒見，蕙如居然已經出落成大姑娘，我都快認不得了。」

說起來，徐禹行的岳家在京城雖然不是什麼最富貴的人家，可京城裡頭的教養畢竟跟鄉下不一樣，謝玉嬌能有這樣的氣質跟品性，是因為徐氏出身自安國公府，如今徐蕙如去了兩年京城，回來就跟以前不一樣了。

徐禹行見謝玉嬌並沒有出來迎接，有些好奇地問道：「怎麼，嬌嬌不在家嗎？」

徐氏聞言，蹙眉嘆了口氣道：「你不在的這些日子，家裡又發生了不少事，嬌嬌也病倒了。」

「這兩日入秋處寒，是容易生病些，請大夫瞧過了沒有？」徐禹行倒是不太驚訝，畢竟謝玉嬌身子並不強健，目前家裡的事情大多得經過她，天氣又稍稍轉涼，沒累得生病才奇怪呢！

「瞧過了，說是靜養一陣子，服幾帖藥就好。」徐氏一邊跟徐禹行聊，一邊拉著徐蕙如的手往裡頭走，道：「妳表姊親自為妳收拾了房間，也不知道妳喜歡不喜歡，我瞧著倒是挺好看的，如今家裡守孝，用不得鮮豔的顏色，妳可不要嫌棄。」

徐蕙如忙道：「姪女怎麼敢呢！能在姑母家住，一切都好。」

徐氏聽了這話，也知道徐蕙如這兩年住在她外祖家，親生母親又不在了，那邊的下人總有怠慢的，讓她變得小心翼翼了，如今到了這裡，斷不能再讓她委屈半分。

「妳就安心住著吧，這回說什麼也不再讓妳爹把妳送走了，一直住到妳出閣才好呢！」

徐蕙如聞言，臉頰脹得通紅，低下頭不說話。

眾人在正院裡歇了一會兒腳，徐氏又對徐禹行將這兩、三個月來的事稍微說了一些，雖然都解決了，但她的臉上依舊帶著幾分愁容。徐禹行聽了，眉宇中卻滿是喜色，稱讚謝玉嬌做得好，對付那樣的惡人，本來就需要使一些手段。徐氏聽徐禹行一味說好，也不敢數落謝玉嬌的不是。

又過了片刻，婆子們進來回話，說是表小姐的行李都已經搬去了繡樓，該怎麼放置，還要請表小姐身邊的丫鬟過去瞧瞧。徐氏親自送徐蕙如去繡樓，而徐禹行也想探探謝玉嬌的病，便跟著一起過去了。

這時候謝玉嬌已經吃過粥，起身稍微擦了把臉，雖然臉色瞧著還有些黯淡，但已經比昨日看上去好一些。她拿著一本書打算看看，才剛翻開書頁，樓下的喜鵲便衝著樓上喊道：「小姐，舅老爺跟表小姐來了。」

謝玉嬌這會兒素面朝天，還真是有些怕見人，雖然徐禹行是長輩，沒什麼好擔心的，可是一想到要見從京城回來的表妹，要是不打扮打扮，可不就被她給比下去了？

這麼一想，謝玉嬌便放下書本，走到梳妝檯前，拿起眉石，稍稍畫了畫眉毛，又在臉頰上撲了一些粉，瞧著氣色一下子就好了不少。

徐氏領著徐蕙如跟徐禹行進了繡樓的大廳，他們人還沒坐穩呢，就看見謝玉嬌穿著一身家常白色的對襟繡花褙子，嫋嫋婷婷地從樓上下來了。

徐氏見謝玉嬌已經能起身，頓時鬆了一口氣，起身道：「好好的妳怎麼下床了，瞧這腳步還虛著呢！」

謝玉嬌覺得腳下是有些飄，可還是忍不住對徐氏噘了噘嘴撒嬌，接著她轉頭看見徐氏身旁站了一個比自己小一、兩歲的姑娘，那身形只怕比林黛玉妹妹結實不了多少。

「表姊。」謝玉嬌還沒開口，徐蕙如倒是先叫人了，瞧著眼眶紅紅的，想來兩人原先的感情真是好得不一般。

前世謝玉嬌的舅舅可沒為她生個這般俏生生的表妹，如今她看見徐蕙如跟小白兔一樣乖巧可愛，頓覺喜歡得很。「表妹都快長得比我高啦，可真是愁死我了。」

這段話頓時逗笑了眾人，徐禹行瞧謝玉嬌臉色不是太好，便開口道：「妳表姊正病著呢，送她上去休息吧！」

徐蕙如應了一聲，扶著謝玉嬌準備上樓，又吩咐自己身後兩個丫鬟道：「一會兒把送給表姊的東西拿上來。」

兩個丫鬟連連稱是，目送徐蕙如跟謝玉嬌上了樓，便去房間裡替徐蕙如整理行李。

見她們都沒了人影，徐禹行才笑著說道：「我方才見姊姊那般憂愁，還以為嬌嬌病得不輕，如今瞧著倒是沒什麼，姊姊也太過擔憂了，換季時誰沒個頭疼腦熱的？」

徐氏聽徐禹行這麼說，不敢再對他隱瞞，瞧著如今大廳裡並沒閒雜人等，這才開口道：「你不知道，嬌嬌最近做了些上不了檯面的事情，外頭還不知道要傳出什麼不好聽的，我如何能不擔心呢？」

就算那日老姨奶奶有意隱瞞，徐氏最後還是知道謝玉嬌用了什麼辦法。她將謝玉嬌從蔣家那裡弄到放妻書的細節說了一遍，徐禹行一開始聽得一愣一愣，待徐氏說到了「下藥」，他才恍然大悟。

那藥……不就是自己從外國不遠萬里帶回來，想讓謝老爺跟徐氏再接再厲，生個兒子用的嗎？當時他送給謝老爺的時候，還被謝老爺教訓了一頓，沒想到那東西居然在關鍵時刻，起了這樣的作用。

徐禹行一邊感嘆，一邊也佩服謝玉嬌，他這外甥女真是從來沒讓他失望過，既有膽量又有手腕，也算是老天給風雨飄搖的謝家一份大禮吧……

過了三、五日，謝玉嬌的身子完全好了，她神采奕奕地請了兩位管家還有徐禹行，一起在書房商量事情。

陶來喜這邊沒什麼大事，只是再過幾日，又到了秋收的日子，陶來喜只巴望這幾日雨水少點，好讓稻子長得飽一些，收成也比較好。他最近在外來回跑，人都曬黑了一圈，但精神倒是不錯，說如今有了巡衛隊，那些難民也不敢橫行，謝家宅已經沒再發生偷雞摸狗的事，真是讓他鬆了一大口氣。

劉福根這邊，跟縣衙約好了日子，也給蔣家送了信，說好時間一到要去把嫁妝拿回來。那些地契、店契，都是大姑奶奶自己藏著的，只怕蔣家人一時翻不出來，到時可以從這邊帶那個來謝家報信的婆子去取回來，只是那些古董、字畫、家具什麼的，應該是搬不走了。不過那些東西數量也有限，就算被蔣家扣下，到底虧不了多少，只是白白葬送了大姑奶奶這麼多年的青春罷了。

「這件事你交代沈大哥去辦吧，這幾天你就跟舅舅一起去城裡，好好看看宅子是正經。」

劉福根一聽這話，點頭道：「回小姐，宅子看得差不多了，有一、兩間較好的，只是價格不便宜，還有貢院西街那條鋪子，老奴也託人去何家問了，如今還沒給答覆。」

原本劉福根想親自去打聽貢院西街那邊的事，但後來事情一多，實在走不開，只能請人幫忙了。

徐禹行一聽，忙問道：「到底是個什麼價格，先說來聽聽。」

這些宅子原本就是徐禹行拜託謝玉嬌為他岳家找的，因此他格外關心行情。

劉福根答道：「三條巷那邊的四進宅院，要三千兩銀子；烏龜里附近的三進宅院，也要兩千兩；其他兩進的宅院稍微便宜點，只是地方有點偏，都到城北那頭了，靠著江邊風大，有錢人家不住哪兒。」

徐禹行點了點頭，開口道：「那間四進宅院，明日我跟你去瞧一瞧，若是可以的話，就早些訂下來，我這邊有現銀。」

原來徐禹行這次從北邊回來，聽得最多的就是朝廷要南遷的事，雖然這種事百姓一無所知，可是京城裡但凡有些能力、想自保的人，都關心著呢！

徐禹行的岳家雖然只是兵部一個堂官，不過這些消息倒是靈通得很，早早就拜託徐禹行，替他們在金陵找個落腳的地方。

「雖說朝廷還沒下明旨，可陸陸續續往南邊轉移資產的官家跟商戶已經不少，再加上這幾次我們大雍都沒打勝仗，前頭又死了個將軍，軍心不穩，只怕還要繼續敗呢！」徐禹行解釋道。

謝玉嬌聽了這番話，倒是心疼起那五千件棉襖跟五千兩銀子了，要是大雍一敗塗地，謝家這投資算是打水漂兒了。

「北邊要是守不住，會不會打到南邊來？」陶來喜一輩子過慣了安穩日子，實在擔憂得很，謝家宅最新收留的十幾戶難民才安頓好，要是又湧一批人進來，豈不是讓他頭大？

「倒是不大可能打到南邊，畢竟距離這麼遠，就算要打過來，也不知道是何年何月的事，只是如今世道不好，這次我帶去北邊的東西，就沒能全出了。」徐禹行擔憂地說道。

謝玉嬌心裡早已經有了想法，世道不好、生意難做不打緊，謝家還有這麼多土地，日子總能過下去的，倒不如把那些陳年舊帳都收了，多置辦幾間宅子，等北邊真的守不住了，大夥兒一股腦兒地往這邊來，那金陵的房價不就水漲船高了？

「舅舅不必擔心，您之前寫信回來時，我就已經動了心思，既然生意不好做，就先放一放，索性多購置一些產業。雖說北邊究竟能不能守住還未可知，可現在鬧得人心惶惶，還不是一樣有人來南邊安家嗎？照我說，從現在開始，屯幾間好的宅子在手上，要是真的遷都了，京城不知道有多少人會跟過來，到時是租是賣，都虧不了；除了宅子，鋪子也要屯幾個，那些北邊來的商家，必定舉家搬遷，手中肯定有大把現銀，鋪子的價格估計也會翻漲。」

徐禹行聽謝玉嬌說得這般頭頭是道，暗暗叫好，可一想著這畢竟是發國難財，就覺得有些不好意思。不過說實話，如今要麼做官、要麼有錢，這兩樣得沾上了，才能路路通順，他們不過是想法子賺錢，都是正經營生，沒什麼不好意思的。

「嬌嬌說得對，如今不安生，確實不能再帶著錢亂跑了，城裡還算安穩些，好歹有縣衙、有守軍，不怕被人搶了去，從明日開始，我就把外頭的帳收一收，看看哪些好地段有宅子，多安置幾處。」

陶來喜跟劉福根聽了，頻頻點頭稱是，只要大方向出來，他們這些替謝家工作的下人就有個行事的依據了。

謝玉嬌不禁想起在現代的時候，房價高得不得了，光是想買一間套房，貸款就能要了自己的小命，如今到了古代，倒是當上了土豪，也算過足炒地皮的癮了。

第十七章　如意算盤

隔日正是八月初一，徐氏見最近家裡事情多，便拉著謝玉嬌一起去弘覺寺上香，順道帶上徐蕙如，一行人一起高高興興地往廟裡去。

弘覺寺在牛首山的山麓，離謝家宅大約一、二十里的路程，好在馬車行得快，到山下的時候，時辰還算早。一般人家也有初一、十五上香的習慣，但平常大多都是去土地廟、山神廟、龍王廟之類的地方，不過三、五里路就有一處，像弘覺寺這樣的大型佛寺，除了剛好住附近的百姓之外，大多數香客都是江寧縣有頭有臉的人家。

因為前一陣子謝家守著熱孝，剛出熱孝時家裡又忙亂，所以徐氏並沒來寺裡，如今頭一次出來，便遇上了好些熟人。謝玉嬌是第一次跟著徐氏來，今日她穿著一襲粉白撒花金色滾邊緞面對襟褙子，頭髮上戴著粉色珍珠圓簪，一張臉俏生生的，嘴角雖然含著笑，可眉宇間卻透著幾分精明跟冷豔。

徐蕙如穿著月白描金花淡色衫，下身一襲白色拖地煙籠梅花百水裙，她在京城生活了兩年，談吐比起謝玉嬌更小心謹慎，越發讓人覺得超凡脫俗。

兩人站在徐氏身邊，如同一對姊妹花，讓周圍的一切都黯淡下來，幾個跟徐氏熟悉的夫人見了，都忍不住過來打招呼，笑著與徐氏寒暄。

謝玉嬌客氣地向她們見禮，眾人看著她的眼神各有異樣，謝玉嬌也懶得揣測她們的想法，見徐氏忙著應酬，便拉著徐蕙如去一旁禮佛。

人群中遠遠有兩個婦人往這邊瞧過來，指指點點道：「那就是謝家小姐，聽說差點兒把蔣家少爺給整死，如今蔣家告官不成，反倒賠了夫人又折兵，妳說這俏生生一個姑娘，手腕怎麼這麼厲害？」

另一個圓臉的中年婦人聽得起勁，跟著說道：「可不是厲害，當初謝老爺下葬的時候，還說要招上門女婿，謝家的銀子族裡一毛都別想分；誰知道老天開眼，讓謝老爺的一個小妾懷上了遺腹子，如今算算日子，也有六、七個月了，不知道生出來會是男孩還是女孩？」

「是男孩又如何？現在知道她這麼厲害，誰還敢娶她？讓她給妳家當兒媳婦，敢不敢要？」

「哎喲，這玩笑千萬別開，我還想留著我兒子替我送終呢，妳可別咒我。」

兩人說完，笑成一團，手挽著手，往別處去了。

徐氏跟眾人寒暄完，上過香，捐了香油錢，帶著謝玉嬌與徐蕙如去了後面的禪房。禪房幽靜，熏香宜人，可是張嬤嬤進來的時候，臉色卻有些不好看。

徐氏正打算開口問她，便聽見有人在門外道：「裡頭是謝夫人嗎？我家夫人過來瞧您了。」

張嬤嬤一時也沒心思動氣，轉身迎了出去，卻看見是何夫人帶著丫鬟跟嬤嬤，往她們禪房來了。何夫人身後還跟著一個人，張嬤嬤定睛一看，正是那日在路祭棚裡見過的何文海。

此時謝玉嬌跟徐蕙如正在裡間休息，謝玉嬌聽見聲音，走到隔出外間與裡間門上的窗戶看了一眼，徐蕙如問道：「表姊，是誰來了？我們要出去見禮嗎？」

謝玉嬌不屑地答道：「不用出去，一隻癩蝦蟆而已。」

徐蕙如一時不明所以，眨著無辜的大眼睛問道：「癩蝦蟆？什麼癩蝦蟆？」說著也站起來走過去瞧了一眼，她見到何夫人身後的何文海，忍不住噗哧笑了一聲道：「果真是好大一隻癩蝦蟆。」

謝老夫人在世的時候，跟何家的來往多一些，但謝老爺素來對何家親戚有點瞧不上眼，所以等他當家後兩家就漸漸疏遠了，不過就是逢年過節走動一下，盡一盡親戚的情分罷了。

徐氏跟何夫人也算不上熟悉，自從何家搬去城裡住，愛顯擺的態度就變本加厲，仗著自己平日常跟城裡的大戶人家往來，擺出一副高高在上的樣子；但徐氏可是安國公府出身的小姐，哪看得慣這種做派，慢慢地就不跟何夫人熱絡了。

今日看見何夫人特地過來瞧自己，徐氏覺得有些受寵若驚，便親自迎到了門口，笑著說道：「嫂子怎麼來了？」

謝老夫人是何家老太爺的閨女，何夫人是何家老太爺的孫媳婦，故而徐氏這一聲「嫂子」，也算叫得貼切。

何夫人聽了笑著回道：「弟妹客氣了，來的時候看見你們家的馬車，才知道妳今日也來了，平常我不怎麼往這邊來，倒是遇得少了。」又喊了身後的何文海道：「文海，還不快點來見過你表嬸。」

她這番客套話說得暖融融的，徐氏直說不敢當，那邊何文海已經上前來，朝著徐氏作了一揖，徐氏見謝玉嬌並沒出來，便吩咐張嬤嬤道：「張嬤嬤，去裡間把嬌嬌喊出來，就說何家舅母來了。」

謝玉嬌自然聽到了她們的對話，她忍不住對徐蕙如說：「哪來什麼何家舅母啊，我就只有一個舅母，就是妳母親。」

徐蕙如聽了這話心裡高興，又想起自己母親早早就去了，不禁有些難過，只低著頭不說話。

謝玉嬌見張嬤嬤進來了，知道今日必定逃不了，便起身走到外間，朝何夫人福了福身子，小聲道：「給舅母請安了。」

何夫人見謝玉嬌出落得如此好，聲音又這般清脆悅耳，忍不住上下打量起她來。其實她方才在外頭聽了幾句有關謝玉嬌的閒言閒語，一時驚訝得說不出話來，可如今瞧她乖順溫婉的樣子，跟傳聞中的母夜叉似乎差得很遠，便端著笑回道：「好姑娘，難為妳了，妳父親去得早，家裡的事倒要妳來操心，瞧這下巴尖的，我都心疼了。」

話一說完，何夫人裝模作樣地用帕子壓了壓眼角，又道：「前幾日聽說妳病了，原想讓妳表哥去瞧瞧妳，碰巧他最近事情多，脫不開身，也就沒去，沒想到今天在這裡遇見了，也算你們的緣分。」

謝玉嬌抬起頭，冷冷掃了何文海一眼，見他今日規規矩矩地站在一旁，沒像上回那樣一雙眼睛肆無忌憚地往自己身上黏，便只冷著臉悶不吭聲。

徐氏見謝玉嬌這副冷淡的模樣，怕她在何夫人跟前失禮了，便開口道：「妳進去跟妳表妹說話吧，我們這裡不用妳陪著了。」

謝玉嬌聞言福了福身子，頭也不回地進去了，徐氏陪笑道：「她爹在世的時候尤其寵她，如今都寵壞了，我正愁呢！」

何夫人聽徐氏這麼說，正中自己的下懷，忙說道：「弟妹，不是我說，這樣下去可不行，嬌嬌還是姑娘家呢，將來總要嫁人的，這般厲害，以後怎麼議親呢？」

徐氏知道謝家跟蔣家的事捂不住，卻沒預料傳得這般快，一下子緊張起來，問道：「嫂子在外頭都聽到了些什麼？」

何夫人便皺著眉頭，裝出不好意思的樣子說道：「外頭傳出來的話，能有幾句好聽的？妳沒聽見正好，哪有還特地問的？不過我這裡有一句體己的話要跟弟妹說，無論如何，我們何家是不會嫌棄嬌嬌的。」

這話才說出口，何文海就瞪大了眼睛，一臉不情願的樣子。謝玉嬌已經轉身進了裡間，何夫人這話又說得小聲，她沒聽見，若是聽見了，只怕又要變身成別人口中的「母夜叉」。

徐氏一聽這話，一時之間覺得有些感動，便低聲道：「她爹剛去，談這些事情還早呢，我倒是沒想過，文海都那麼大了，讓他等著我們嬌嬌，我也過意不去啊！」

何夫人聽徐氏這麼說，表面上雖是推辭，卻半點沒有拒絕的意思，不禁有些竊喜，又道：「男孩晚一些娶妻，算不上什麼事，我們文海還等得起。」

徐氏聞言越發感激，還真覺得除了何家，沒有人敢要謝玉嬌一樣，張嬤嬤在一旁聽了，更不敢把方才她從外面聽來的閒話說給她聽了。

兩人又閒聊了片刻，徐氏親自送何夫人他們出去。何文海跟在何夫人身後，滿臉不高興地說道：「娘也聽到了別人是怎麼說謝家表妹的，這樣的兒媳婦您敢要，我可不敢娶。」

何夫人瞥了何文海一眼，冷笑道：「送葬那日回來，是誰說非她不娶的？這才幾個月呢，看把你嚇得，我瞧著你表妹好得很，一點兒也不厲害的樣子。」

「要是不厲害，外頭的人會這樣說她？」何文海鬱悶地說道。

何夫人聞言，停下了腳步，皺著眉頭對他道：「實話告訴你吧，家裡最近周轉有些不靈，你爹預備要把貢院西街那條鋪子賣了，如今談下來，謝家給的價格是最好的，你若是能把你謝家表妹娶回來，到時候沒準兒那條鋪子還能當她的嫁妝，再回到咱們何家來呢！」

何文海聽了，縮著脖子不說話，只低著頭，跟在何夫人身後，無奈道：「那也不能為了這個把我給搭進去啊！」

何夫人又瞪了他一眼，何文海這才心不甘、情不願地閉上嘴巴，乖乖跟在她身後離去。

聽見外頭的動靜，謝玉嬌知道何家的人走了，鬆了口氣道：「癩蝦蟆終於走啦，可把我給愁死了。」

徐蕙如湊到窗口看了一眼，笑著道：「表姊快別生氣，走了就好了。」

徐氏從外面進來，看見兩個人正在閒聊，開口道：「嬌嬌方才也太失禮了，何夫人怎麼說都是妳的長輩，怎麼能這樣對人家呢？」

謝玉嬌聽了，滿不在乎地說道：「我又沒對她怎麼樣，只是打聲招呼而已，再說了，那個何文海看著就不像好人，我恨不得他也討厭我呢！」

徐氏聽謝玉嬌這麼說，不禁鬱悶了幾分，又想起如今謝老爺去了，家裡都依靠謝玉嬌，她會這般能幹，都是因為自己這個當娘的太沒用，不然也不至於處處都要讓謝玉嬌一個姑娘家出頭。

想到這裡，徐氏又難過起來，忍不住紅了眼眶，謝玉嬌見了，這才有些著急，安慰道：「娘快別這樣，女兒以後乖乖聽話就是了。」

聽謝玉嬌這麼說，徐氏才收起即將落下的眼淚，欣慰地拍了拍謝玉嬌的手背。

到了晚上，眾人用過晚膳各自散去了，徐氏支著額頭，想著今日白天何夫人說的那件事，張嬤嬤看她心事重重的樣子，勸慰道：「何夫人說的那些流言，老奴也聽見了，其實也沒什麼要緊的，不過就是說小姐厲害，幫著大姑奶奶出了一口惡氣，還整治了蔣家那惡霸，誇獎居多呢，哪裡就把小姐說得那麼不堪了？」

徐氏蹙著眉頭，就算她沒聽見，也知道那些傳言不好，她一輩子就只有謝玉嬌一個閨女，哪有不心疼的道理？

想了老半天，徐氏才開口道：「我想通了，不管沈姨娘生出來的是男是女，若是將來嬌嬌找不到稱心的人家，我就做主讓她招上門女婿，橫豎我是捨不得她在別人家受委屈的。」

謝玉嬌自己說要招上門女婿，跟徐氏主動為她找，意義上有很大的不同，畢竟這代表徐氏決心拋棄世俗的觀念，為謝玉嬌的幸福打算。

張嬤嬤見徐氏想明白了這一層，高興地說道：「夫人能這麼想最好不過，且不說小姐如今做出這些事來都是為了謝家，沈姨娘肚子裡的孩子若是個男孩，夫人也不能疏忽了小姐啊！一來那孩子小，指望不上；二來畢竟不是夫人親生的，總是隔了一層。」

徐氏聞言點了點頭，眉宇還是透著幾分焦慮，繼續道：「妳說的我也知道，將來我老了，唯一能指望的就只有嬌嬌了。如今等第三年出了孝，只怕族裡的長輩們就要開始為嬌嬌張羅親事了。他們的心思我也明白，到時候我們老的老、小的小，嬌嬌一個嫁出去的閨女，自然不能插手家裡的事，只要謝家出一些亂子，他們就能乘亂得到一些好處，哪裡有現在嬌嬌管得這樣滴水不漏的呢？」

「夫人既然想得這麼明白，老奴就多說兩句。何夫人今天說的那些話，表面上聽著是喜歡我們小姐，可下頭壓著的話，不就是說小姐如今名聲不好，嫁不到什麼好人家了？依奴婢看，我們小姐再不濟，也比她那個兒子強多了。」張嬤嬤說道。

徐氏一整天都在為這件事情心煩，被張嬤嬤這樣一提點，就想明白了。只怪她自己耳根軟，居然就那樣被何夫人給牽著鼻子走，差點兒就生出錯誤的念頭來，她嘆口氣，揉了揉眉心道：「幸好有妳在我身邊，時不時提點我，不然我真要被人給騙了。」

由於徐氏打定了為謝玉嬌招上門女婿的主意，第二天就打發張嬤嬤去了一趟何家，先是說了何家少爺一堆好話，再說徐氏捨不得謝玉嬌，將來小姐必定要留在家裡，不好意思讓他們家少爺等著，所以親自上門說清楚，免得兩家誤會了。

原本何家的如意算盤打得噼哩啪啦響，誰知道八字還沒一撇呢，又打了水漂兒了。何文海在外頭聽了，反倒欣喜不已，等張嬤嬤一走，他忙走進客廳說道：「娘聽見了，我看不上她，她還看不上我呢！」

何夫人氣得七竅生煙，一指往何文海的腦門上戳過去，氣呼呼地說道：「你個不長進的。」

過了十幾天，轉眼就到了中秋，守孝期間沒什麼親戚要走動，但謝家還是按照老規矩，在城裡的福香園訂了好些月餅，發給族裡的親戚們。

此時族裡的親戚們陸續進謝府拿東西，除了月餅，還有牛皮紙包著的白糖、幾疋素色綢緞，這些都是劉福根以前就張羅習慣的，所以今年他去問謝玉嬌的時候，謝玉嬌也答應了，可是等東西運回來，看見這些東西的數量時，謝玉嬌又覺得心疼了。

說到送禮，劉福根就想起了康廣壽。之前沈石虎去蔣家取回大姑奶奶的嫁妝時，蔣家人死皮賴臉留了不少好東西，雖然本來就不奢望能都拿回來，可是他們那種態度讓謝玉嬌一時之間火大了，把那些東西都列了出來，心道我沒本事要，就乾脆做個好事，全捐給縣衙好了。

康廣壽看著劉福根送來的嫁妝單子，真是哭笑不得，那邊劉福根則哭喪著臉道：「康大人，我們實在沒辦法了，小姐說，這事康大人沒準兒在行，如果能要回來，這些東西咱們也都捐給朝廷了。」

至於為什麼說康大人在行，不過就是之前康廣壽嚇唬了蔣家人一番，說如今他們欠的銀子都已經是朝廷的了，這跟欠謝家不一樣，欠謝家的銀子賴著沒人管，若是欠了朝廷銀子還賴著，可是要抄家充公。

蔣老爺因此被嚇得病倒在床，蔣國勝還是那副半死不活的樣子，蔣夫人沒辦法拿出等值的糧食還給朝廷，只好拿出幾份田契來賣，誰知道被謝玉嬌給知道了，讓陶來喜又跑了一趟，把蔣家好幾處良田給買了回來。

康廣壽知道了之後，只覺得有一種自己跟謝玉嬌狼狽為奸的感覺，可不知道為什麼，他還挺高興的。

「小姐，康夫人三天前生下了一個兒子，雖說折騰了好半天，所幸最後母子均安。小姐看看要送些什麼禮過去，老奴也好先預備著，雖說我們家如今守孝，可私下讓舅老爺以徐家的名義打點打點，也是行得通的。」劉福根說道。

謝家如今守孝，處處都不方便，但這件事確實需要打點，謝玉嬌點頭道：「東西按照以前爹在的時候選吧，不用再來問我的主意了。」

劉福根聽了，一個勁兒地點頭稱是，規規矩矩地出門辦事去了。

第十八章　別有心思

處理好雜務，謝玉嬌這會兒沒什麼事，便往徐氏的正院去，碰巧遇到老姨奶奶派丫鬟過來，說晚上不過來這邊吃團圓飯了。

大姑奶奶回謝家差不多有一個月，身子其實也好得差不多了；可如今徐禹行也在謝家住，一個是和離的女人，一個是鰥居的男人，多少要避嫌。平常徐禹行只在外院走動，倒也無所謂，可今日是中秋，徐氏必定要請他來吃團圓飯，若是遇上了，真有些尷尬，所以老姨奶奶才這麼說。

其實謝玉嬌不懂這有什麼好避嫌的，就算人們愛捕風捉影，好歹得有些根據才行；不過老姨奶奶既然都這麼說了，也沒什麼好深究的，不管過不過節，無非就是吃一頓晚飯而已。

老姨奶奶這麼做，徐氏還挺感激的，徐禹行常年在外，就算回來了，也沒時間在家裡待著，他們姊弟兩人沒什麼機會閒聊，能一起吃個團圓飯自然好。

謝玉嬌陪徐氏回了正院，外頭卻有小廝進來回話，說徐禹行帶著大偉去城裡過節了。徐氏聽了這話難免有些失望，可轉念一想，家裡都是女人，就徐禹行一個爺們，他確實會覺得無聊，難得有那個洋人在，好歹他們兩個男人可以出去玩。

既然徐禹行出門了，徐氏便不用擔心大姑奶奶跟徐禹行碰面這件事，只把老姨奶奶、大姑奶奶、柳姨娘、朱姨娘一干人等都請了過來，大夥兒一起吃頓團圓飯。

大姑奶奶瞧著沈姨娘那肚子，關切地問道：「再兩、三個月就要生了吧？妳氣色倒是還不錯。」

沈姨娘最近養胎，一直深居簡出，大姑奶奶回來之後，徐氏覺得沈姨娘一個有了身子的，去瞧一個小產坐月子的不太方便，所以一直沒讓她過去，今日兩人頭一次見面，倒不生疏，很輕鬆地就聊了起來。

「聽大夫說，後期會比較辛苦？」沈姨娘畢竟是頭一次當娘，心裡多少有些忐忑，而且這孩子來得實在不易，如今全家人都指望她的肚子，這會兒難免覺得壓力有些大，尤其是聽見別人說要「一舉得男」什麼的，實在讓她有點不能承受。

謝玉嬌倒是不在乎是男是女，因為她知道孩子的性別是男人的染色體決定的，如今大家再怎麼想，都改變不了事實，還不如順其自然。

「生產之前妳可要多走動走動，這樣才好生，只是到那時天氣冷，坐月子不方便，就怕奶水不足，也該開始尋個奶娘了，省得孩子吃不飽。」大姑奶奶是過來人，這些事情都明白得很。

徐氏含笑在一旁聽著，道：「已經在物色奶娘了，光是咱們謝家宅，這幾個月就有好幾戶人家生了娃兒，到時肯定不缺奶娘。」

大姑奶奶知道徐氏細心，又看見沈姨娘面色紅潤，養得確實很好，也不擔心了，只不過還是嘆了一句道：「要是個男孩，那就好了。」

沈姨娘聽了，笑容頓時尷尬了些，謝玉嬌淺笑道：「這時候男女都已經定下來了，是男的最好，是女的，我也不嫌棄有個妹妹，反正都是我爹的孩子。」

大姑奶奶聽謝玉嬌這麼說，知道自己有些失言了，便抱起她身邊的寶珠，笑著道：「不管男孩還是女孩，反正我們家寶珠有弟弟或妹妹陪著玩了，是不是？」

寶珠以為大姑奶奶又在問她沈姨娘肚子裡的是男孩還是女孩，便嘟起小嘴道：「姨娘肚子裡是小弟弟，就是小弟弟。」

眾人聞言，都忍不住笑了起來。

因為徐禹行不在，徐蕙如在席上便沒多說什麼，誰知柳姨娘卻忽然開口，淡淡地問道：「大團圓的日子，怎麼舅老爺不在呢？」

其實席上人人都知道徐禹行沒來估計是為了避嫌，如今柳姨娘這麼一問，眾人臉上的笑就有些掛不住了，徐氏道：「他跟大偉爺出去了，去城裡過節也熱鬧，幾個朋友聚在一起喝酒，總比陪著我們這些個娘兒們強一些。」

說到金陵城，秦淮豔妓本就是特色，謝玉嬌覺得徐禹行如今沒有續弦，出門喝喝花酒再正常不過，況且做生意的人，難免要逢場作戲；若非這樣，只怕他當初也不會認識柳姨娘，還照徐氏的意思將她從揚州買了回來，給謝老爺做小妾。

只是這話如今從柳姨娘口中說出來，多少讓謝玉嬌覺得有些不對勁。謝玉嬌抬起頭，淡淡掃了柳姨娘一眼，見她眉如墨畫，含情脈脈，容貌也是一等一的好，只是命苦了一些罷了。

不管怎麼樣，這話題算是揭過去了，眾人就當作沒事一般，繼續吃起團圓飯來。

散了席，徐氏把謝玉嬌給留了下來，謝玉嬌知道徐氏肚子裡藏不住事情，便坐了下來，一邊喝著消食茶，一邊等著徐氏開口。

徐氏從裡間出來，臉上帶著幾分愁緒，她見謝玉嬌正在喝茶，便開口道：「嬌嬌，有件事我想跟妳說，妳舅舅說，如今生意大多都在城裡，世道又不好，他不想再去外頭跑了，所以想搬回城裡住。」

其實前幾日徐禹行跟謝玉嬌提過這件事，當初謝玉嬌沒應下來，是怕徐氏不答應，沒想到徐禹行也跟徐氏說了。如今聽徐氏的口氣，不像是不答應的樣子，畢竟這裡是謝家，像徐蕙如那樣的姑娘家住著也就算了，可徐禹行身為徐家大家長，總不能長期一直這樣寄人籬下。

「舅舅跟我提過，我覺得有些道理，鋪子多半都在城裡，這樣來回跑也辛苦，況且徐家在城裡也不是沒宅子，只不過都是舅舅一個人住，難免冷清；表妹再過兩年就要出嫁，身邊也該有女性長輩照顧，不方便回去住……」

謝玉嬌的話還沒說完，徐氏又開口道：「就是這個道理，他一個大男人，身邊只有個小廝，獨自住著實在不方便，可他不想續弦，我也不能強求，如今想來想去，倒不如把柳姨娘給了他，就算當個丫鬟，至少還有這麼一個人知冷知熱的。」

謝玉嬌聞言，先是愣了片刻，隨即垂下了眸子。這幾日前頭事情多，她除了一日三餐，不常來徐氏這裡，倒是聽說柳姨娘最近常過來串門子。謝玉嬌記得很清楚，徐禹行沒回來之前，柳姨娘就在自己的小跨院兒裡窩著，那可是大門不出、二門不邁啊！

這麼一想，謝玉嬌頓時明白幾分，怪不得今晚吃團圓飯的時候，柳姨娘會提起徐禹行來，原來是存了這樣的心思。

「這是娘自己的想法，還是柳姨娘的想法？」謝玉嬌問道。

徐氏聽謝玉嬌問起，遲疑了片刻才開口道：「我本來就有為妳舅舅選個人的想法，柳姨娘又是他買回來的人，他們之前必定相識，如今妳爹去了，柳姨娘還年輕，膝下又無兒女，總不好意思讓她跟我一樣守著。」

謝玉嬌聽徐氏這麼說，便知道多半是柳姨娘在徐氏耳邊說了些什麼，徐氏人好，耳根又軟，一來二去就答應了。

「先不提這件事合不合適，娘有沒有問問舅舅的意思？若是舅舅喜歡柳姨娘，怎麼會買她回來當爹的小妾呢？」

徐氏被問得回答不出來，道：「當初是我跟老姨奶奶嘔氣，這才讓妳舅舅去買的，只要身子乾淨、模樣好就成，其他的倒是沒多想。」

謝玉嬌其實對命運多舛的女性還是抱有同情心，不然也不會拚了自己的名聲不要，去幫大姑奶奶討公道；可這柳姨娘怎麼看都有些居心不良，之前謝老爺剛過世不久，徐氏找姨娘們過來，要她們表態的時候，她把自己說得跟貞潔烈婦一樣，結果現在一轉頭就想要勾搭徐禹行了，這算什麼？況且如今徐禹行是單身，按理應該找個續弦，她這個時候湊過去，怎麼看都不像是要當丫鬟或小妾。

「依女兒看，這件事娘還是問問舅舅的意思吧！舅舅如今雖然在外做生意，可生活檢點，身邊並沒什麼不乾淨的人，再怎麼說，柳姨娘都是從那種地方出來的，以後舅舅若是續弦，難保新舅母不會嫌棄她。我曉得娘是一番好意，可斷然不能害了舅舅。」

徐氏原本想得極其簡單，加上這幾日柳姨娘都在跟前伏低做小，只說當時徐禹行將她贖出來，原以為是要跟了他，後來才知道是來做謝老爺的小妾，如今謝老爺去了，她瞧徐禹行還是孤身一人，又念著當日他為她贖身的恩情，便想在他跟前做個丫鬟。

徐氏原本就在為徐禹行物色人選，聽柳姨娘這麼說，她就答應了，到底不像謝玉嬌想得這般長遠。

如今聽謝玉嬌這麼一分析，徐氏便想通了。「既然妳這麼說，我倒真的要問問妳舅舅了，若是他覺得好，就讓柳姨娘跟過去；若是他沒這個想法，那就算了，到時候再為柳姨娘找一戶人家配出去也是一樣的。」

謝玉嬌雖然跟徐禹行接觸不多，可對徐禹行還是有幾分了解，他一直未續弦，一來怕是沒遇上中意的人選，二來應該也是覺得徐蕙如大了，轉眼間就要出閣，沒必要在這個時候讓她不高興。

「娘說得是，柳姨娘既然已經動了這種念頭，不管舅舅答不答應，家裡也不好再留著她，省得以後做出什麼醜事來，反倒有損爹的名聲。」

徐氏聽謝玉嬌的口氣隱隱已經透露出幾分不高興，便不再多說什麼，只是低著頭想自己的心事。

第二日晌午的時候，徐禹行才帶著大偉回來，謝玉嬌在外頭書房見過了兩個管家之後，正準備打理一盆剛剛長出新芽的多肉植物。原本以為古代沒這些東西，誰知道之前讓劉福根帶著紫燕去為徐蕙如添購房間用品的時候，被紫燕看見了，覺得挺好玩的，就買了幾盆回來。謝玉嬌為此高興了好一陣子，換了些好看的瓷盆，拿到書房來養。

每日謝玉嬌忙完帳務，就來照顧這些多肉植物，日子簡直再美妙不過。謝玉嬌拿著小勺子稍稍往植物上頭撒了幾滴水，正打算鬆鬆土呢，誰知道喜鵲急急地從外頭跑了進來，喘著氣喊道：「小姐，不好啦，柳姨娘割腕自盡了。」

謝玉嬌自己是個急性子，看見丫鬟急急忙忙的，反倒不高興，而且昨晚跟徐氏聊過以後，覺得柳姨娘不是個省油的燈，便沒什麼好臉色給喜鵲，只繼續用小勺子為植物澆水，隨口問道：「慌慌張張做什麼，人死了沒？」

喜鵲原本急著來報信，一顆心還懸著呢，誰知道謝玉嬌態度竟然這樣，一時之間覺得有些哭笑不得。「大概沒死吧，夫人跟舅老爺都過去了，夫人還讓奴婢上小姐這裡報信呢！」

謝玉嬌一聽這話就明白了，大約是徐氏找徐禹行說了柳姨娘的事，徐禹行應該是沒答應，不然好好的柳姨娘尋死覓活做什麼？想到這裡，謝玉嬌的眉就皺了起來。原本聽說柳姨娘沒開苞就被徐禹行買了回來，身子是乾淨的，可如今看來，畢竟是那種地方培養出來的人，就算身子乾淨，只怕心眼跟腦子都不單純了。

「我知道了，這就過去。」謝玉嬌放下手裡的東西，整了整衣裳就隨喜鵲往柳姨娘住的小跨院兒去。一路上有幾個丫鬟跟婆子在竊竊私語，見到謝玉嬌走過去，想跟著看熱鬧，但又不敢靠得太近。

謝玉嬌從外頭走進去，看見幾個丫鬟都在院外站著，徐氏從房裡出來，臉上帶著為難，她見謝玉嬌過來，迎上前說道：「沒想到柳姨娘性格這麼烈，聽說妳舅舅不肯要她，居然就這樣想不開了。」

謝玉嬌瞧徐氏神色裡有幾分同情，忍不住回道：「娘也太糊塗了，柳姨娘是爹的小妾，她若是為了爹尋短，我還高看她幾分呢！如今她是為了別人，娘如果同情她，那置爹於何地呢？」

徐氏賢淑慣了，又一味與人為善，哪裡想得到這些，如今被謝玉嬌這麼一提點，只覺得自己真是糊塗得很，不禁揉著太陽穴道：「我見她自盡，都要嚇死了，哪想得到這些？」

謝玉嬌知道徐氏的脾氣，不多說什麼，只道：「娘是一番好意，可並不是所有的好意都會有個好結果，既然舅舅不答應，就不要強求了，至於柳姨娘那邊，我去跟她說。」

徐氏知道謝玉嬌素來有決斷，又覺得自己這件事當真是辦砸了，也沒心思繼續管，便點了點頭道：「瞧我做的什麼事，又給妳添亂了。」

謝玉嬌笑著道：「娘心善，並沒什麼錯，不過是有人心術不正，故意利用您的好心罷了。」

說完，謝玉嬌往裡頭走了幾步，隱隱聽見柳姨娘正嬌聲哭道：「徐郎，你好狠的心，當初你買下我，我一心以為是你想要我，哪裡知道你竟然把我讓給別人，我的心有多痛，你知道嗎？早知道如此，我何必跟著你來謝家……」

徐禹行坐在柳姨娘床邊，臉上依舊冷淡無色，他靜靜聽柳姨娘說完話，瞧著她那哭得梨花帶雨的模樣，終究忍不住皺了皺眉頭。

謝玉嬌冷哼一聲，推了房門進去，徐禹行有些錯愕地看了她一眼，神色中浮上歉意，開口道：「嬌嬌，這件事跟妳沒關係，我來處理吧！」

謝玉嬌卻不肯離開，走過去，瞄了柳姨娘已經包紮過的手腕一眼，冷笑道：「我頭一次聽說，青樓裡面的妓女放著正經人家的姨娘不做，反倒不願意從良的，難道當初舅舅買了妳有錯？如今妳既然後悔，橫豎我爹也已經死了，就把妳再賣回去，也不是不可以。」

柳姨娘聽了這話，頓時嚇得哭聲都止了。她方才這麼說，不過就是想博得徐禹行的同情而已，當初徐禹行替自己贖身，不知道有多少姊妹們都羨慕呢，她哪裡不願意？這時候若真的再被賣回去，可不得被笑話死了？只是小姐手段實在厲害，又是一個說得出、做得到的人，多少讓她有些害怕。

「婢……婢妾即便來了謝家，也沒做任何對不住謝家的事，小姐何必說這種話？在謝家當過姨娘的人，還回青樓裡頭接客，不是讓人笑話嗎？」柳姨娘低下頭，擦了擦眼淚，一雙眼珠子直勾勾地看著徐禹行，巴望他能為自己做主。

「既然知道會被人笑話，妳在謝家尋死覓活的又是做什麼？以為妳使一些小把戲，舅舅就會要妳了？若真的想死，這會兒妳如何還能好好活著？分明就是不想死，嚇唬人罷了，以為我們都是被嚇大的嗎？」

謝玉嬌說完，眼睛也不眨一下，從頭上拔了一根銀簪下來，丟到柳姨娘身旁，冷笑道：「妳若死了，我可以對外宣稱妳是為了爹殉情的，這樣不光是妳，謝家也很體面，不是一舉兩得？反正那幾兩發喪的銀子，謝家還出得起。」

那銀簪上嵌著珍珠，有些分量，砸上去以後錦被頓時凹了一個坑，柳姨娘嚇得雙手發抖，顫顫巍巍地抬起頭看著徐禹行道：「徐郎，你當真要逼死我嗎？」

謝玉嬌厲聲打斷她的話道：「分明是妳自己想死，怎麼就變成我舅舅要逼死妳？難道碰上別人不願意的事情，只要假裝想死就能逼人答應嗎？那麼這世上誰都不會有煩惱，只要作戲就能達成心願了，姨娘說是不是？」

徐禹行方才瞧柳姨娘一副嬌弱的樣子，還有那麼一絲內疚，如今謝玉嬌這番話猶如醍醐灌頂，使他猛然清醒過來，說道：「嬌嬌說得對，妳跟我之間本來就沒有情分，若是當初不願意讓我贖妳回來，大可拒絕。如今姊夫已經去世，若是妳現在後悔了，想要離開謝家，我姊姊自會還妳一個自由身，大可不必這樣哭鬧不休，企圖自盡。」

柳姨娘一聽這話，臉色一變、身子一軟，彷彿瞬間失去了力氣，低下頭哭了起來。

謝玉嬌不再多說，轉身離去，正巧聽見外頭有丫鬟來回話說：「大夫來了，要喊過來瞧瞧嗎？」

聽了這話，謝玉嬌隨口道：「不用進來瞧了，姨娘好著呢！」

徐禹行從房裡走了出來，一想到方才自己差點被柳姨娘給騙了，多少覺得有些汗顏，嘆道：「嬌嬌，舅舅要謝謝妳，枉我也算是風月場上見過世面的人，有時候反倒沒妳想得這般通透，倒是讓妳見笑了。」

謝玉嬌見徐禹行如此坦蕩，自然不會笑話他，說道：「舅舅謝我做什麼，其實舅舅若是不想以後又發生這種事，只須早些為我找個新舅母就成了。」

徐禹行聞言，露出一些擔憂之色，答道：「妳表妹性子靜，有什麼事都憋在心裡不說，我是怕委屈了她，等過了這兩年再說也是一樣的。」

謝玉嬌知道徐禹行的想法跟自己一樣，反倒勸起他來。「舅舅，其實表妹已經大了，用不著您照顧，就算找個新舅母，將來表妹出閣，只要能維持表面上的情分也就夠了。如今舅舅孤身一人，我娘又是那種性子，難免皇帝不急，急死太監，今日柳姨娘的事情，不就是個例子嗎？」

徐禹行知道謝玉嬌說得有道理，不過他這些年來一直沒深入思考這件事，即便如今開始考慮，一時也沒有人選。

謝玉嬌見徐禹行似乎是聽進去了，就不再多說。

這件事過了幾日，柳姨娘那邊又有了動靜，說自己想去桃花庵裡為謝老爺祈福，不想留在謝家了。謝玉嬌聽了這話，冷冷道：「讓她去吧，每個月的月例就扣掉一吊錢，拿去供奉桃花庵的菩薩，反正庵裡吃的都是素齋，她也花不了什麼銀子。」

徐氏聽了，淡淡嘆了口氣，到底沒有否決，只吩咐下去，按照謝玉嬌說的辦就是了。

謝玉嬌見徐氏這副模樣，又撒起嬌來。「娘，家裡人越來越少了，不過幸好，沈姨娘就要為我添弟弟或妹妹了。」

想起沈姨娘跟她肚子裡的孩子，徐氏才稍稍舒展了眉頭，微微一笑。

第十九章　喜獲麟兒

一晃眼，就到了十一月，今年冬天冷得早，這個時候已經下過幾場雪了。柳姨娘的事情解決之後，徐禹行就把徐蕙如留在謝家，自己搬去城裡住了。一來，如今他不用往外頭跑，謝玉嬌把好些城裡的商鋪都交給他打理；二來，北邊打得厲害，謝玉嬌也想乘機多屯一些房產跟商鋪，將來等北邊的人湧過來，他們就能多賺一些銀子。

沈姨娘眼看就要生了，徐氏做了好些小棉襖、小褲子，還有整條上好的棉布裁剪成的尿片，準備得妥妥當當。大姑奶奶如今比剛回謝家的時候活躍很多，她一邊帶兩個孩子，一邊幫徐氏打點家務，有時還做一些針線活，繡些帕子、荷包之類的，謝玉嬌跟徐蕙如都有分。

謝玉嬌瞧著做工精巧的帕子，完全捨不得用，徐蕙如也喜歡得緊，偷偷問大姑奶奶，能不能告訴她上頭的花樣怎麼繡？

原本徐蕙如的母親還在的時候，她也學過一、兩年繡花，後來住進謝家，徐氏捨不得謝玉嬌碰針線，自然也沒讓徐蕙如碰這些。後來徐蕙如去了京城，才發現京城的姑娘家，不管是富豪千金、公侯貴女，沒有不學針線的；可惜她那時寄居在外祖家，不好提出什麼要求，只能默默羨慕她們，如今瞧大姑奶奶繡工了得，就又動了這份心思。

大姑奶奶見徐蕙如漂亮懂事，又想到她從小沒了母親，所以對她格外關照，有事沒事就教她做做針線，還帶著自己的兩個閨女一起學，瞧著還真像感情融洽的一家人。

只是謝玉嬌沒空跟她們一起碰這些東西，雜七雜八的事情太多，她樣樣都要管。收了稻子後要交稻穀，要跟帳房的孔先生一起算今年的租金，又要計算種麥需要的種子，一項項都夠她忙的。好在如今麥子下地了，接下來一、兩個月不用再管田裡的營生，只要不鬧天災人禍，她就能鬆一口氣了。

劉福根如今跟著謝玉嬌辦事，越發覺得她能幹老練，連帶著自己做起事來也比以前更靠譜；現在康廣壽也知道劉福根是謝玉嬌的左右手，凡是縣裡有什麼事情，謝玉嬌一個姑娘家不好出面的，他都會請劉福根過去一起聽，這不，劉福根此刻便風塵僕僕地從縣衙裡回來了。

書房門口的雪已經掃乾淨，可劉福根戴著的氈帽上，還沾著好些雪花。謝玉嬌讓喜鵲為他沏了熱茶，讓他先喝一口暖暖身子。

「康大人要為兒子做百日宴，如今我們家還沒出孝，不好過去，但這份禮還是不能少，老奴這邊已經寫下了禮單，小姐看看成不成？」劉福根將放在袖子裡的禮單拿出來，遞給一旁的喜鵲。

謝玉嬌接過看了一下，見是一些屏風、古董、字畫，她不懂這些，便點頭道：「這些你安排就是了，我也不懂，只是別少了。」

劉福根一個勁兒地點頭，又道：「今日聽康大人說，如今北邊打得厲害，他得了個差事，要弄些軍需糧餉。今年原本糧食豐收，我們交上去的也夠了，可禁不住打仗開銷大，現在處處都在徵集糧餉，要我們也想想辦法。」

謝玉嬌聽了這話，深深覺得無奈，朝廷若是公開增加稅收，吃虧的也是百姓，外敵都還沒趕出去呢，百姓要是鬧著起義，不得陰溝裡翻船？目前朝廷也只能先動員他們這些手裡有些閒錢的地主鄉紳，就當化緣了。

「康大人還說了些什麼？」謝玉嬌問道。

「其他的倒沒說，只是表彰我們謝家，說是之前做的五千件棉襖已經送到了前線，這會兒將士們都穿上了，還說要別家也跟我們學學，有錢的出錢、有力的出力，不然要是大雍沒了，大夥兒樹倒猢猻散的，就沒意思了。」

謝玉嬌聽了這些，不住在心裡偷笑。康廣壽不愧是狀元郎，這話倒是把謝家的地位推高了不止一些些，只怕還有人背地裡罵人，說謝家就喜歡充好人，連累一群道友。他這些話有還另一層涵義，就是既然謝家都當了馬前卒，自然要繼續出力，才顯得不是沽名釣譽。

雖然謝玉嬌覺得自己有些小人之心，嘴上卻道：「康大人說得有道理，大家都是大雍子民，出一些力也是應該的，今年冬天這麼冷，將士們要是沒有棉襖穿，凍著了，就沒力氣打仗，也不能保家衛國了。」

劉福根一時沒明白謝玉嬌說這話是什麼意思，便靜靜聽下去，只聽她繼續道：「不過現在做棉襖也來不及了，只是康大人既然表彰了我們謝家，不出一些銀子似乎也說不過去。這樣吧，方才那張禮單，你去掉幾樣值錢的東西，換成一千疋白棉布，給康大人送過去。」

去年棉花豐收，棉布的價格降了不少，這會兒謝玉嬌送棉布過去，下次康廣壽就不好意思來要棉襖了，這樣一來，既省下銀子，又省下人力、物力。謝玉嬌想起熱天裡抱著棉襖揣棉花的事情，直覺得頭上冒汗呢！

「小姐，康大人能要棉布嗎？」劉福根這會兒有些疑惑，只聽說過捐糧食、捐衣服，倒沒聽過捐棉布的，萬一東西送過去又被退回來，棉布今年就不好銷，反而會虧本。

謝玉嬌笑著回道：「劉二管家，放心好了，這仗打了有兩年吧？不知道前線有多少死傷呢！這些棉布都是全新的，到時熱水洗一洗，太陽底下曬一曬，那可是包紮傷口的好東西。上回聽舅舅說，包紮用的棉布都是戶部從民間採購的，幾兩銀子一疋的棉布，到了那群皇商手中，就變成一疋幾十兩銀子了，我偏偏就要送一些棉布過去，看他們上頭敢不敢說東西不值錢。」

劉福根哪裡有這等見識，他聽謝玉嬌這麼說，便點頭應了。

千里之外的北邊，山裡下過了雪，越發陰冷幾分，放眼望去，一支軍隊的帳篷零零落落地散開，看起來有些寂寥。周天昊跟幾個將士正圍著這一帶的地形圖比劃，看看能不能找出一條小道，繞去韃子軍隊後方，來個出其不意的進攻。

只是北地嚴寒，帳篷裡雖然燃著火爐，到底擋不住外頭的寒風，周天昊一連打了幾個噴噓後，身後的許副將急忙送了一個手爐上去給他。

周天昊臉色陰沈地看著一眾鼻涕直流的將士們，問道：「棉襖都分下去了嗎？」

許副將聞言，點頭道：「已經分下去了，等將士們分完，多的就留給殿下跟幾位將軍。」

周天昊雖然年紀輕，可不甘落於人後，一想到將士們都是為了大雍賣命，他再冷也要扛著。這一批棉襖不過五千件，他下面的將士都不止這個數了，所以便咬著牙，要等每個將士都有了棉襖，他才肯穿。

幾個將軍看見堂堂王爺都這樣頂著，他們更不好意思喊冷了，所以雖然氣溫驟降，大夥兒還是跟以前一樣身著秋衣、秋褲，只是鼻子實在有些不聽話，時不時流出幾條小蚯蚓來。

周天昊抬起頭看了眾人一眼，正在想自己是不是沒必要逞強的時候，有個小兵抱著幾件棉襖從外面進來，低頭說道：「稟告殿下，將士們都有棉襖穿了，這些是留給殿下跟將軍們的。」

長到這麼大，周天昊從來不知道，自己身為大雍的王爺，居然會對著一件棉襖嘸口水。他剛上戰場的時候錦衣華服，臉上乾淨得連鬍碴都沒有，才幾個月光景，自己就已經跟泥地裡滾出來的狗蛋沒什麼區別了。

「殿下，來來來，趕緊穿上，這棉襖再不到，老胡我都要凍僵了。」

周天昊看了胡將軍一眼，臉上閃過謙讓的笑。「胡將軍先請吧！」

眾人見王爺不挑，自己當然不好意思挑，可周天昊再三推辭之後，大家都禁不住冷了，紛紛拿起棉襖穿到身上，不過他們倒是行動一致，把看上去棉花塞得最多的那件留給了周天昊。

眾將士商量完軍務，陸陸續續離開營帳，許副將走上前來，替周天昊卸下鎧甲，穿上棉襖。

棉襖都是按照大號尺寸做的，不會穿不下，只是這件留給周天昊的棉襖，裡頭塞的棉花厚實了一些，周天昊穿上去之後，赫然發現自己的胸肌從沒如此雄壯過。

一旁的許副將見了，忍不住笑了起來，隨口道：「殿下，做這棉襖的繡娘可沒偷工減料呢！」

周天昊瞪了他一眼，原本心頭還有幾分鬱結，可一想到這樣似乎越發有男子氣概，便挺起了胸膛道：「雖然重了些，但是保暖，咱們大雍的姑娘都有一顆愛國心。」

許副將聞言，憨著笑道：「殿下，您怎麼知道這棉襖是姑娘做的？沒準兒是個大嬸呢！」

周天昊聽許副將有意調侃他，便隨口道：「就這塞棉花的手藝，準是個嫁不出去的姑娘。」

許副將瞧周天昊高興，覥著臉開玩笑道：「那正好，殿下還沒娶親呢，憑這棉襖之恩，可不是要以身相許了？」

周天昊眉頭一皺，二話不說，轉身就往許副將屁股上踹了個大腳。

許副將差點跌趴在地上，卻不敢喊疼，只能摸摸被踹疼的肉，辦正事去了。

謝家正院裡頭，正傳出沈姨娘一聲聲讓人揪心的呻吟。謝玉嬌前世算是見過世面的人，可聽了這聲音，還是多少有些心驚膽顫；徐蕙如更是躲在謝玉嬌身後，聽見裡頭的沈姨娘喊一聲，她的身子就跟著哆嗦一下，鬧得謝玉嬌越發平靜不下來。

徐氏站在產房門口來來回回踱步，看見張嬤嬤從裡面出來，慌忙迎上去道：「怎麼樣？到底怎麼了？」

張嬤嬤的神色雖然嚴肅，卻比徐氏淡定幾分，開口道：「這會兒還沒全開，只是穩婆說，胎位好像不太正。」

徐氏一聽，臉色頓時刷白，急忙雙手合十，口中唸著佛號道：「阿彌陀佛，一定要保佑沈姨娘把這孩子給順利生下來。老爺，您在天有靈，也要保佑沈姨娘把您的子嗣生下來才好啊！」

張嬤嬤見徐氏亂了陣腳，趕緊勸慰道：「夫人別慌，老姨奶奶跟大姑奶奶都在裡面幫著穩婆把胎位給調正，只是不知道沈姨奶奶熬不熬得住，恐怕還得折騰幾個時辰呢……」

徐氏眸中已有了淚意，忙開口道：「我也進去幫忙。」

張嬤嬤知道徐氏如今不過是窮緊張，並不能真正幫上什麼忙，便勸她到一旁候著，總歸不會太快就有進展。

徐蕙如見狀，嚇得緊緊拉著謝玉嬌的袖子，眼底多了幾分驚恐，謝玉嬌便喊道：「喜鵲，先送表小姐回繡樓吧，這裡不是姑娘家該待的地方。」

雖然謝玉嬌這麼說，徐蕙如卻拉著她的袖子不肯鬆開，怯生生地問道：「表姊也是姑娘家，不走嗎？聽著實在嚇人呢！」

謝玉嬌這會兒當然不能走，都說女人生孩子就是在鬼門關上轉一圈，萬一沈姨娘有個三長兩短，只怕徐氏傷心難過都來不及，哪能指望她張羅什麼事情？

「我在這裡等著，妳先回去吧，有了消息，我讓丫鬟報信給妳。」謝玉嬌拍了拍徐蕙如的手背，安撫她道。

兩人正說著話，裡頭又傳出沈姨娘一聲慘叫，徐蕙如嚇得抖了抖身子，點頭離去。

徐氏聽了越發著急，這時候穩婆從裡面走了出來，看見徐氏便開口道：「夫人，姨奶奶疼暈過去了，這樣可不行啊！胎位不正，大人身子骨兒再好也挺不過去，只怕這一胎凶多吉少了，要真有個差池，夫人也得給個準話，到底是保大人還是保孩子？」

這話讓徐氏嚇得連連後退，幸好有張嬤嬤扶著她，這才稍稍穩住，正當她要開口說「保孩子」的時候，只聽謝玉嬌搶先一步開口道：「保大人。」

徐氏一時沒忍住，叫道：「嬌嬌，這要是男孩，他可是妳爹的兒子，謝家的後人啊！」不過她知道謝玉嬌的脾氣，又小聲試探道：「還是保孩子吧？」

謝玉嬌如何不明白徐氏此時的心情，但凡徐氏自己能懷上謝老爺的孩子，只怕豁出一條命，也想要為謝家留個後；可謝玉嬌不是古人，她穿著古人的衣服、吃著古人的米飯，身體裡卻裝著一個現代人的靈魂，要她放棄一個活生生的人，去保住那個尚未出世、根本不知人間疾苦的孩子，她做不到。

「不行，還是要保大人。」謝玉嬌擰著帕子，一錘定音。

徐氏看著謝玉嬌，眸中的淚已經止不住落了下來，開口道：「嬌嬌，妳這樣做，日後萬一有人傳出去，大家只會罵妳，說妳為了家產，連自己的親弟弟、親妹妹都不顧。」

謝玉嬌一時並沒想到這麼多，只覺得人命關天，她不能看著沈姨娘死，如今聽見徐氏這樣說，不禁冷然一笑，說道：「公道自在人心，娘不要害怕，就算沒有這個孩子，我們一樣可以選嗣子養在身邊，謝家的財產我便是一分不要，也絕不能眼睜睜看著沈姨娘死啊！」

徐氏這會兒實在忍不住了，嗚咽一聲哭了起來。

產房裡的老姨奶奶見穩婆沒進來，從裡面走出來說道：「妳這婆子在外頭胡扯什麼，人醒了，快進去。」

穩婆瞧徐氏跟謝玉嬌兩個人的意見還沒統一，便又問了一句。「到底保大人還是保孩子？給個準話啊！」

徐氏的哭聲陡然止住，她擦了擦眼淚，神色中帶著幾分坦然，說道：「聽嬌嬌的，保大人。」

穩婆回去產房之後，眾人在沈姨娘一聲聲撕心裂肺的痛叫中沈默著。徐氏跪在廳門口，雙手合十，口中唸著「阿彌陀佛」，謝玉嬌則是站著看著外頭天色漸漸暗了下來，手裡的帕子都被扯裂了。

忽然間，一道響亮的啼哭聲劃破了黑夜的寧靜，讓整個世界都變得生動起來。

百靈扶著徐氏從青石板地上站起來，徐氏一轉頭，就看見張嬤嬤從產房裡面走出來，含著淚道：「恭喜夫人，賀喜夫人，沈姨奶奶生了，是個胖小子，母子平安。」

「呼……」徐氏鬆了一口氣，一顆心從喉嚨回到了自己的胸口，笑中帶淚道：「快，快帶我進去瞧瞧沈姨娘，瞧瞧孩子。」

謝玉嬌聽了這消息，一時之間也激動得熱淚盈眶，聽說是個兒子，瞬間覺得自己肩上的擔子似乎一下子減輕了一半，不禁嘆了口氣，一屁股坐到身後的靠背椅上，她拿起帕子想擦汗的時候，才發現帕子都被自己扯裂了。

紫燕見了，急忙遞給謝玉嬌一方帕子，問道：「小姐，天都黑了，夫人、老姨奶奶跟大姑奶奶她們一天沒吃東西，奴婢去廚房傳膳可好？」

誰知話還沒說完，謝玉嬌的肚子就咕嚕叫了兩聲，正巧被紫燕給聽見了。

謝玉嬌頓時覺得有些害臊，瞪了紫燕一眼，嗔怪道：「知道了還不快去，難道要看我們繼續餓著？」

紫燕不好意思地笑了笑，趕緊朝廚房去了。

產房裡的丫鬟跟婆子端著一盆盆血水走了出來，謝玉嬌見到老姨奶奶跟大姑奶奶擦乾淨了手，親自起身奉茶給她們。老姨奶奶如今臉皮厚了，拿起來就喝，倒是大姑奶奶還有些不好意思，低頭稱謝，這才坐下來喝茶。

「幸好沈姨娘年輕，底子好，不然的話，這一整天折騰下來，任誰也熬不住。」雖然大姑奶奶並不想生蔣國勝的孩子，但是自從小產之後，也時不時會想起那個無緣的孩子，今日看著沈姨娘那般煎熬，彷彿覺得是自己的經歷一樣。

老姨奶奶心裡想的卻不是這些，她喝過了茶，嘆息道：「謝家總算有後了，我下了地府，遇上老爺子，也算有個交代了。」她一邊說，一邊不住抹眼淚，抬起頭看了坐在一旁的大姑奶奶一眼，又道：「如今就只有妳還讓人放心不下，也不知道妳以後是個什麼造化。」

謝玉嬌瞧著大喜的日子大家都哭啼啼的，像個什麼樣，便開口道：「老姨奶奶您放心好了，姑母年輕又能幹，謝家又給得起嫁妝，以後好日子長著呢，您擔心啥？」

正說著，鄭婆子忽然從門外慌慌張張地跑進來，像隻無頭蒼蠅似的，謝玉嬌見狀便喊住她道：「什麼事情，這樣慌慌張張的。」

鄭婆子瞧著人都在這裡，福了福身道：「回小姐話，蔣家村那邊傳來消息，說蔣國勝死了。」

謝玉嬌冷不防聽到這樣的消息，一時之間有些愣住了，片刻之後才笑著道：「那真是巧，今日我們謝家可是添丁了。」

老姨奶奶跟大姑奶奶臉上神色各異，卻不知道該說什麼才好，只聽謝玉嬌吩咐道：「若是有人來報喪，就按照規矩辦事；若是沒人來，那我們就當不知道這件事。另外，沈姨娘剛剛生了個胖小子，紅雞蛋、麥芽糖什麼的，都準備好了沒有？今日我高興，妳正好幫我傳個話，讓廚房趕緊染紅雞蛋，整個謝家宅，連同那些北邊逃難來的難民，都一起發了。」

鄭婆子連連稱是，又說了幾句恭喜的話，這才出去了，謝玉嬌見她走得快，又喊住了她道：「順便去一趟沈家，讓沈姨娘的母親進府來瞧瞧吧！」

徐氏從房裡出來，見謝玉嬌都交代好了，抱著孩子湊到她跟前，讓她瞧瞧。

謝玉嬌低頭看著徐氏懷中那個孩子，紅紅的嘴唇嘟了起來，頭髮又黑又濃密，皮膚光滑，一點兒也不像是才剛生出來的小娃娃一樣皺巴巴的，他一雙小手握著拳頭，正酣然大睡。

才這麼一眼，謝玉嬌就喜歡上他，她抬起頭看著徐氏道：「娘，我……我能抱抱弟弟嗎？」

徐氏見謝玉嬌一副小心翼翼的模樣，知道她沒抱過小孩子，便笑道：「妳坐下來，我放妳懷裡。」

謝玉嬌急忙找了個位置坐好，徐氏謹慎地將孩子放在謝玉嬌的臂彎中，滿含慈愛地說道：「這是妳弟弟呢，瞧他長得多像妳爹啊！」

謝老爺的人像早已畫好了，掛在祠堂裡，如今大偉還沒離開，正在畫他們一家人的畫像，現在沈姨娘的孩子出生了，倒是能一起畫上去。

謝玉嬌用手指輕輕戳了戳小娃兒細嫩的臉頰，問道：「娘給弟弟取個名字吧？」

因為之前不知道是男是女，徐氏並沒想到這方面的事，如今一時要取名字，她哪裡想得出來，只皺著眉頭道：「不然過幾天再取吧，好歹翻翻書什麼的。」

謝玉嬌對取名也沒什麼概念，皺了皺眉頭道：「得了，改明兒讓劉二管家跟康大人求一個名字來吧！咱們家捐了那麼多東西，也該得些好處。」

徐氏一聽，連連點頭，康廣壽可是狀元郎，得他賜名，那可是莫大的榮耀呢！

康廣壽覺得謝家小姐是個大妙人，無論得了她多少好處，最後發現吃虧的總是自己。上次謝家才送了一千疋棉布來，還沒隔多久呢，就來求名字了。明明他是堂堂縣太爺，有時候卻有一種對方把自己當小廝使喚的錯覺；可人家說得好聽，知道縣太爺是天上的文曲星下凡，仰慕縣太爺的才華，所以特來求一個名字。劉福根那低聲下氣的樣子，讓康廣壽怎麼也開不了拒絕的口。

劉福根從縣衙回謝家，高高興興地將康廣壽今日為謝家少爺擬定名字的那張紙遞到了謝玉嬌眼前。

「承德……承什麼德啊，還巴望著謝家捐銀子呢！」謝玉嬌唸了頭一個，眉頭瞬間擠在一起。

劉福根急忙低下頭去，幸好徐禹行也在，他聽了便開口道：「這是有典故的，出自《漢書・禮樂志》，『詔撫成師，武臣承德』。」

謝玉嬌應了一聲，直接跳過這個名字，往後面瞧了一眼，嘴角倒是露出一絲笑意來，她把紙遞過去給徐禹行，問道：「舅舅看，叫朝宗如何？」

其實謝玉嬌不知道「朝宗」這個名字有沒有出處，只想到如今這小娃兒出生，可謂是祖宗保佑，叫朝宗朗朗上口，不僅有涵義，聽起來又有氣質。

徐禹行低頭想了片刻，臉上透出笑來，開口道：「『沔彼流水，朝宗於海』，此乃海納百川的意思，確實是一個好名字。」

謝玉嬌眨眨眼睛，抬起頭問徐禹行道：「舅舅，這句話也有典故嗎？」

徐禹行笑道：「這是自然的，出處是《詩經・小雅》。」

謝玉嬌聞言撇了撇嘴，臉上帶著幾分笑道：「康大人也真有意思呢，讓他取個名字，倒跟掉書袋一樣。」

徐禹行知道謝玉嬌這話雖然是開玩笑，但想起康廣壽是一方父母官，自然要保留些威嚴，便沈聲道：「嬌嬌，不可無禮，康大人學識淵博，這些名字都有出處，說明他很用心。」

謝玉嬌平常雖然厲害，但是在徐禹行跟前還是有幾分孩子氣，笑道：「舅舅的學識也淵博呢，不是都知道出處嘛！」

徐禹行低眉笑了笑，想當初他也是寒窗苦讀中過秀才的，後來家裡出了事情，沒考中舉人，這一耽誤就是三年，再後來就沒了繼續考下去的心思。逃離北方後，來到江寧縣，最後成了他姊夫的好幫手，做起生意來；不過他並不覺得這樣有什麼不好，天地之大，總有自己安身之處。

用過晚膳後，謝玉嬌就把朝宗這個名字告訴徐氏，既是縣太爺賜的名，徐氏自然高興，可就算開心，嘴上還是一個勁兒「寶貝兒」、「寶貝兒」地叫，所以全家人也都跟著這麼稱呼。就連謝玉嬌平常問起來，也都是說：「小寶貝兒今天乖嗎？喝了幾回奶？又尿了幾回？」

徐氏見謝玉嬌這般喜歡孩子，又想到出孝之後，謝玉嬌已經十六、七歲，年紀確實不小了，到時可得為她好好物色一個上門女婿才行。

第二十章　涇渭分明

一晃眼到了年底，雖然今年謝老爺去了，可謝家到底有了添丁之喜。謝玉嬌其實就是刀子嘴、豆腐心，除了往年該有的油鹽米糧之外，另外還為族裡的親戚們每戶多加一疋杭綢料子跟十斤白麵。

再過兩日就是除夕，沈石虎在外院幫著帳房的孔先生分發東西，謝玉嬌趁這個時候把帳務清理了一下，順利的話就可以關帳，過一個安生年了。

兩個管家看著謝玉嬌算盤撥得噼哩啪啦響，誰也不敢出一聲大氣，只在書房裡靜靜候著，待謝玉嬌蘸了墨水，將最後的數字填清楚，放下了毛筆後，陶來喜才開口道：「小姐，前幾日您讓老奴去查問，謝家宅有七十歲以上老人家的戶數有多少，已經清點出來了，共有四十三戶，其中三戶是去年來的難民。」

謝玉嬌一邊聽，一邊記錄下來，謝家宅兩、三百戶人家，總共只有四十三戶人家裡有七十歲以上的老人，可見古代人的壽命確實不長。謝玉嬌嘆了口氣，抬眸道：「你另外準備一下，每戶五斤細米、五斤油、一斤糖，命人送過去這四十三戶人家，說是我們謝家專門孝敬老人家的，要晚輩們好好孝順長輩，克盡孝道。」

陶來喜家裡還有爹跟娘呢，正好就在這四十三戶人家裡頭，他聽了這番話，高興地說道：「小姐又做善事，老奴的爹娘又要天天在佛前唸經保佑小姐了。」

謝玉嬌笑著說道：「陶大管家，你就別笑話我了，我知道我現在名聲夠差，所以只好撒點銀子，買個好名聲了。」

陶來喜知道謝玉嬌這是自謙，可她越是這麼說，越發讓人心裡難受，便回道：「上回我們在蔣家村買的那幾塊地，那邊的佃戶沒有一個不說小姐好的，說我們謝家田租跟稅錢都少，逢年過節還會送東西，比起給蔣家當佃戶不知道舒坦了多少。聽說蔣國勝死了，蔣家村還有人載歌載舞呢！他們一個個都誇小姐是觀世音菩薩再世，專門救苦救難的。」

謝玉嬌平常也會聽到關於自己的一些傳言，但是沒陶來喜說得這麼好聽，一般人大多這麼說：那個謝家小姐可厲害，活生生就把姓蔣的給弄死了，得罪誰都行，就是不能得罪她，不然怎麼死的都不知道。

其實這些都是外頭百姓們胡亂瞎傳的，蔣國勝常年尋花問柳，早已落下了病根，只是挨了那次打之後，內傷跟外傷交迫，再加上他不自知，沒好好保養，最後才一命嗚呼的。

陶來喜彙報完了工作，就輪到劉福根了，劉福根端著一張笑臉，瞧起來比以前體面得多，畢竟現在他可是代表謝家跟縣衙打交道的人。

「小姐，康大人說今年咱們謝家又是江寧縣頭一個交租大戶，明年還要表彰我們家，要讓大夥兒跟我們看齊，不拖延時間、準時交租，讓官府好做一些。」

今年糧食豐收，謝家宅的倉庫本就不夠放，謝玉嬌又怕秋雨淋濕糧食，所以但凡要交去縣衙的，一律沒入庫，直接在倉庫門口過秤就送了過去，結果別的地主家糧食都還沒收到倉庫裡呢，謝家的田租就已經交全了。

謝玉嬌點了點頭，又想起一件情來，便問陶來喜道：「陶大管家，我聽說除了我們謝家宅，有好幾個村莊的倉庫都漏水，今年雪又大，你之前安排人修屋頂了嗎？」

陶來喜聞言回道：「都安排了，還安排人專門看管倉庫。本來老爺在的時候，這些糧食都要運到謝家宅來放，怕村子裡的人不老實，去偷糧食，可今年糧食豐收，老奴瞧著不夠放，運送又浪費人力，索性在每個村裡找了可靠的人專門看著倉庫。老奴都囑咐過了，到了晚上不准見火星，確保糧食萬無一失。」

謝玉嬌見陶來喜辦事老練，也就安心了。這些糧食一來是要留著明年青黃不接的時候吃的，二來還是明年的糧種，要是出了意外，損失錢是小事，耽誤農務就是大事了。過去她五穀不分，如今也知道秋收水稻、夏收麥的道理了。

以前外頭生意進項大，田租這一塊，謝老爺從來沒指望有多少盈利，可最近北邊打得越來越凶，謝玉嬌明白糧食才是根本，這個時候有錢有糧，才能讓日子過得安穩。

辦完事情，謝玉嬌便打發兩個管家走了，待自己手邊的事也處理完，就在正院房間裡，一邊逗弄謝朝宗，一邊跟徐氏說話。此時外頭婆子笑嘻嘻地走進來，對謝玉嬌說道：「小姐快出去瞧瞧，門口跪著一大幫老先生跟老太太，說是來向小姐磕頭的。」

謝玉嬌這時候正抱著謝朝宗輕輕晃來晃去，聽說外面有人磕頭，便把孩子遞給了徐氏，徐氏不禁問道：「怎麼回事，那些老先生跟老太太過來做什麼？」

謝玉嬌便把今日吩咐陶來喜的事說了一遍，徐氏聞言，唸了一聲「阿彌陀佛」，笑著道：「難為妳能想到這些，就連妳爹也沒想過呢！」

聽見徐氏這樣讚揚自己，謝玉嬌覺得有些不好意思。「女兒是瞧他們如今年紀大了，做不了農活，但是他們以前年輕時也是我們謝家的佃戶，總不能如今年紀一大，就不管他們了。」

古代並沒有社會福利保險，老人家年紀一大，做不動農活，就意味著開始仰賴後輩照顧，只要一個年不好過，不曉得會有多少老人家被虐待甚至拋棄。幸好謝家宅這一帶民風淳樸，並未聽說有什麼虐待父母的事，謝玉嬌有時候會出門在村莊的小巷子裡走走瞧瞧，看著那些年邁的老人家，多少有些不忍心，便趁著過年，稍微意思意思一下，也算是盡一份心了。

「那妳快點出去吧，他們年紀大了，跑這一趟也不容易，妳去見他們一面，讓他們安心，早些回家去。」徐氏說道。

謝玉嬌點了點頭，特地走到房裡的梳妝檯前照了照鏡子，見自己打扮得體，這才跟著婆子一起往外頭去。

徐氏看見謝玉嬌這樣，心裡說不出的高興，她抱著謝朝宗道：「小寶貝兒，你長大了可要像你爹還有你姊姊一樣，多做善事、孝順老人家，知道不？」

謝朝宗這會兒才一個月大，能聽懂才怪，不過他如今是個很好的傾聽者，反正不管大人跟他說什麼，他只要吐幾個口水泡泡就成啦！

謝玉嬌跟著鄭婆子走到門口，看見謝家門口跪著兩、三排老先生跟老太太，有人年紀太大了，腿腳不索利，就讓自家的晚輩扶著。

見到這等陣仗，謝玉嬌一下子不好意思起來，俏生生的臉上透出幾分紅暈，忙道：「老先生、老太太們，你們快起來吧，這樣我可受不起。」

那些人有見過謝玉嬌的，也有沒見過的，見過的就不用說了，哪個不把謝玉嬌誇成天上有、地下無的仙女？沒有見過的如今一見著，也覺得謝玉嬌就是神仙下凡，不然怎麼能長得這般好看又心善？

「小姐不必謙虛，這些您都受得起，原先謝老爺在的時候也經常讓陶大管家來問候我們，平常有個頭疼腦熱，還會請大夫替我們這些人看病，要是田租交不上，也都有得商量。我家老頭子如今腿腳不索利，非催著我過來給小姐磕頭呢！謝家宅有您這樣的好人，我們也就安生了。」老太太年紀大了，眼角的皺紋好幾條，說起這些話來，倒是俐落得很，說著又向謝玉嬌磕了兩個響頭。

謝玉嬌哪裡受得起，她看見沈石虎在一旁站著，便開口道：「沈大哥，快把這些老先生跟老太太扶起來吧，年紀大了這樣跪著可不成。」

沈石虎聽謝玉嬌吩咐，便開始扶人，謝玉嬌繼續道：「我們大夥兒都在謝家宅住著，這就是緣分，我爹雖然去得早，可他一直跟我說，我們家如今有這樣的產業，都是鄉親們一起努力的結果。你們都是謝家宅的老佃戶了，為我們家種了一輩子的地，這小小一點心意算不上什麼，只求你們好好保重身體，多活幾年享享清福，我保證有我謝玉嬌在謝家的一天，就不讓這裡的鄉親缺衣少食。」

沈石虎聽到這番話，忍不住抬起頭瞧了謝玉嬌一眼，見她那張俏麗的臉似乎有著特殊的光彩，綻發出讓人不能直視的光芒。

由於眾人堅持要向謝玉嬌磕頭，謝玉嬌不好推辭，便讓他們都磕了兩個響頭，接著招呼丫鬟跟婆子一起把人扶起來。

瞧著老人家們高高興興地離去，謝玉嬌心裡也暖洋洋的，沒想到她只做了那麼一點小事，就讓這些人這麼感激。她轉身要往屋裡頭去，瞄見沈石虎還在門口，便回頭道：「沈大哥，從明日開始到初八，你不用來我們家了，放個年假，回家跟家裡的人團圓吧！」

沈石虎愣了片刻，並沒有說話，隨即點了點頭，但似乎沒有很高興的樣子。

謝玉嬌不知道古代人年假該放幾天，不過她給了沈石虎十天假期，應該也差不多了，只是見他那副模樣，有些不確定地問道：「怎麼？平常過年是放到初八呢？還是直接放到元宵節以後？我倒是不太清楚。」

沈石虎聽了這話，知道謝玉嬌誤解了，急忙道：「小姐誤會了，小的家就在村裡，每天都回家，也沒什麼好團圓的，小的還是每日都來府上，給小姐看家吧！」

自從沈石虎在謝家當護院，家裡確實少了好些小廝打架或鬧騰的事，就連謝家宅的治安，也因為有了巡衛隊，比以前改善了很多。

「不用，大過年的，出不了什麼事，你就在家歇歇吧！」謝玉嬌說完，往裡面走了幾步，想了想又回頭道：「明日是小年夜，讓你爹娘進府來吧，今日給的東西，幾個親戚家都一樣，我這邊另外替你們家準備了一些，讓你兩個弟弟跟一個妹妹都過來玩吧，孩子多也熱鬧。」

沈石虎聞言，臉上有些不自在，姨娘家不能當正經親戚來往，這是大家都知道的事，謝玉嬌雖然吩咐了下來，到底有些不合規矩。

「小姐，明日讓小的爹娘進府向夫人跟您磕頭倒是可以，只是弟弟跟妹妹就不來了，鬧得跟來府裡做客一樣，有些不成體統。」

謝玉嬌知道沈石虎想得多，此話一出，她低眉想了想，說道：「我這麼跟你說吧！雖說姨娘家算不上正經親戚，可我外祖家那邊如今只有我舅舅一人，他底下也就一個閨女，早晚要出嫁，將來朝宗大了，不可能指望我舅舅一個人幫襯著他，畢竟那時我舅舅的年紀也大了，所以朝宗能依靠的，只有你這個親舅舅。」

沈石虎沒想到謝玉嬌是這樣看待自己的，頓時眼眶通紅，一個勁兒地道：「小的不敢當少爺的舅舅，不過小姐放心，小的一定會好好護著少爺，不讓他有一點不痛快，也絕不讓別人欺負他。」

其實謝玉嬌覺得挺奇怪的，這血肉之親，為什麼在古代反倒看得不重，非要將這些三綱五常的規矩奉為圭臬？在謝玉嬌看來，不管怎麼說，謝朝宗都是從沈姨娘肚子裡出來的，沈家總歸是他的外祖家。

「有你這句話我就放心了，時間不早了，你也回去吧！」

謝玉嬌話說完就往裡面走了，沈石虎看著她的背影漸漸消失，才轉頭離去。

謝玉嬌回到正院，就看見徐氏跟大姑奶奶、徐蕙如在大廳裡做針線，徐蕙如正照著大姑奶奶教的方法，一針一針地繡著。徐氏見謝玉嬌進來，放下針線道：「那些人都走了嗎？」

「都走了，全是一些老人家，難為他們想得到，還要過來謝我。」謝玉嬌說著湊了過去，看看徐蕙如做的針線，見上面繡的是兩隻疊在一起的小猴子，有些不解地問道：「這是什麼花樣？我倒是不明白了。」

大姑奶奶瞧了一眼，笑道：「這是輩輩封侯啊！」她一說完，抬起頭瞧了徐蕙如一眼，只見她臉上頓時飛上兩團紅暈，低下頭不說話。

謝玉嬌愣了片刻，這才恍然大悟，打趣道：「那這東西應該是送給男人的吧？」

「侯」為中國古代的爵位之一，輩輩封侯寓意世世代代都能當高官得厚祿，「背」與

「輩」諧音，「猴」與「侯」諧音，所以猴子揹著猴子就是「輩輩封侯」。若是母猴子背上有隻小猴子，還有母慈子孝的意思，可徐蕙如繡的是兩隻小猴子，意思就很明顯了，誰能為官呢？在這個時代就是男人嘍！

徐蕙如一張臉頓時紅到了耳根，她小聲說道：「我……我送給我爹的。」

謝玉嬌聽她這麼說，笑著靠了過去，拉著她的袖子走到角落，湊到她耳邊道：「妳騙誰呢！舅舅如今又沒有入仕途，要送妳爹，也該繡個金元寶，繡這個做什麼呢？」

徐蕙如知道謝玉嬌聰明，這些事情瞞不過她，便紅著臉道：「我就是先學著，沒準兒以後有用得上的時候呢……」

謝玉嬌一聽就樂了，她倒是不急著問徐蕙如看上了誰，只笑著道：「那妳可得好好學，我不會做這些，將來我要是也用得上，就指望妳了。」

徐蕙如見謝玉嬌耍寶的樣子，噗哧一聲笑了起來。

這時候張嬤嬤從房裡出來，開口說道：「少爺吃了奶，已經睡下了。」

徐氏原本為沈姨娘請了一個奶娘，打算月子裡讓她好好歇歇，誰知道沈姨娘奶水多，謝朝宗敞開懷吃還吃不光。最後徐氏沒轍了，只好給那奶娘銀子，讓她回家去，但是另外請了一個有經驗的嬤嬤，一起幫忙帶孩子。

張嬤嬤說完便退到一旁，看著徐氏跟大姑奶奶做針線。因為謝家守孝，這三年的春聯、紅燭、窗花什麼的都不需要，張嬤嬤也少了一些事要張羅；只是後天是除夕，謝玉嬌跟徐氏還是要去一趟謝家祠堂祭祖，祭奠完祖先之後，就沒什麼事情了。

此時徐蕙如不禁往外頭看了一眼，見天色陰沈沈的，保不定還要下雪，便抿著嘴巴不說話。

謝玉嬌知道她是想徐禹行了，便吩咐道：「張嬤嬤，妳派個小廝去城裡，給舅老爺送個信，請他除夕回這邊吃團圓飯吧！」

張嬤嬤連連點頭，徐蕙如抬起眸子看了謝玉嬌一眼，滿滿都是感激。

第二日一早，沈石虎一家來到了謝府，沈姨娘知道了，又是連聲道謝。徐氏親自招待了沈石虎的母親跟他妹妹，謝玉嬌也在外院見過了沈石虎的父親跟兩個弟弟，臨走時又讓他們帶上了好些年禮。

謝玉嬌私下也對徐氏說過，雖說現在沈家貧苦，可將來若是他們三個兒子裡有人有出息，那可是謝朝宗的親舅舅，徐氏那邊的親戚除了徐禹行，其他都靠不住，往後謝朝宗身上的擔子會很重，跟沈家多來往總是好的。徐氏對謝玉嬌的看法也相當認同，這才大方方方待客。

除夕當日，要張羅去祠堂祭祖的事情，幾天前二老太爺就派人過來支取祭祖需要的銀子，謝玉嬌還特地讓劉福根算了一下如今香燭、紙錢、器皿的價格，瞧二老太爺不算獅子大開口，便照舊把銀子支了出去。

從謝家住處到祠堂，大約有一里路，謝玉嬌跟徐氏一人坐一頂轎子，到祠堂門口的時候，就看見好些來看熱鬧的村民。謝玉嬌穿著一身素服，臉上薄施粉黛，因為外頭天冷，凍得有些蒼白。那些村民見謝玉嬌和徐氏從轎子裡出來，一個個自發性地跪了下來，徐氏覺得有些不好意思，連忙讓張嬤嬤喊人起來，將事先準備好的一串串銅錢散開，撒給他們撿。

不管是老人家、小孩子還是年輕人，看著整串整串銅錢撒出來，個個都高興地彎下腰去撿，小孩子身手俐落，一抓就是一大把，歡喜得直嚷嚷，要大人帶著他們買糖去。

謝玉嬌走進祠堂，見裡頭的供桌上早已經擺滿各色祭品，謝老爺的畫像瞧著就跟真人一模一樣，原先好多人沒見過，今日開了祠堂，大夥兒都看見了，有人不禁驚嘆地說道：「這就是那個黃頭髮、綠眼睛的洋人畫的畫嗎？怎麼跟真人似的，我方才瞅了一眼，還以為是謝老爺坐在裡頭呢！」

「可不是，嚇了我好大一跳呢！這世上哪來如此能人，竟然能把人像畫得像個活人似的，真是奇怪了。」另一個人說道。

徐氏抬起頭，看見謝老爺的畫像就掛在牆上，那樣栩栩如生，彷彿跟活著的時候一樣，用帶著幾分儒雅的溫潤容顏，正朝著她笑呢！

她的眼眶頓時紅了起來，忍不住低下頭擦了擦眼角，緩步往祠堂裡面走進去。

祭祖其實不過就是走個過場，按照族中的排位，各自磕了頭，接著大家便各自坐下來，聽二老太爺說說這一年謝家族裡的事。

當初謝家祖先在謝家宅這塊地方扎根，幾個兒子分家後也各自擁有土地，只是後來有些人不成材，輸光了田地，有些人又特別能幹，把族裡的土地都收了回來；這一代代傳下來，到了謝老太爺這一代，因為其他幾個兄弟都是庶出的，所以分家的時候田地並未分出去多少，但也夠他們營生。

可是二老太爺這樣的人，雖然是在村裡出生的，卻一心想去城裡賺大錢，沒有好好守著這一份祖產，以至於到最後田沒了，身上的銀子也花光了，只能兩手空空地回來，在謝老太爺的身邊打雜。

只可惜以他的能力，便是打雜也辦不好事，自從他讓謝家幾處果園被人騙走了之後，謝老太爺就不讓二老太爺管生意上的事了。他事務繁忙，沒辦法兼任族長，索性讓二老太爺當，每年給他一些銀子讓族裡的人花花，也算買個心安。

日子一直這麼過著，所以到了謝老爺這一代，也就繼續這麼做。平常碰到需要花費銀兩的事，二老太爺便差人或親自上謝家，若是沒什麼事，基本上也是不見人影。

這些話都是謝玉嬌從兩位管家口中聽到的，她雖然聽著挺不服氣的，可想一想謝老爺前頭都這樣做的，她要是一下子全改掉了，只怕這些個叔伯兄弟們都要鬧起來。謝玉嬌是喜歡拿錢買清靜的人，當下就讓兩個管家按老規矩辦了。

二老太爺見大夥兒都坐著，臉上稍微擠出幾分笑來，他跟謝玉嬌較量過幾回，發現這丫頭似乎吃軟不吃硬，然而他並不知道，謝玉嬌對於他這樣的人，是軟硬都不吃的。

「聽說縣太爺給雲敬的兒子賜了名，真是可喜可賀啊！雲敬總算後繼有人了。」
徐氏聽了這話，端著笑說道：「是賜了個名，叫朝宗，祖宗保佑，這才有了他。」
二老太爺笑了笑，接著眉頭微微一皺，徐氏瞧他似乎有話想說，便道：「二叔有什麼話儘管開口。」
二老太爺皺著眉頭，一副為難的樣子，聽徐氏問起，這才開口道：「是這樣的，我們那邊地裡今年的收成不過剛剛好夠吃，我在想明年能不能讓陶大管家把前頭村口那片稻田給我們家這邊的人種，姪媳婦妳看怎麼樣？」
祠堂裡來的人都是謝玉嬌的叔伯一輩，自然沒有她坐的地方，只能乖乖站在徐氏身後，她一聽二老太爺開口說起這個，眉梢忍不住皺了皺，抬起頭往二老太爺臉上掃了一眼。
徐氏從來不管田裡的事情，她連一畝地一年能產出多少稻子、多少麥子都不知道，如何回得了二老太爺這個問題，只能不由自主地轉頭往謝玉嬌那邊看了一眼。
謝玉嬌見徐氏瞧過來，便直言不諱道：「二叔公既然開了口，那這件事自然妥當。」
二老太爺見謝玉嬌一口答應，雖然有些難以置信，但眉眼中到底透出幾分笑意來，正打算開口道謝呢，卻聽謝玉嬌繼續說道：「那一塊地，如今由村裡十戶人家一起耕種，每年的收成大約在兩百石左右，折合銀子有六百兩，給我們家的田租就是一百二十兩，若是二叔公家想種那塊地，我就行個方便，田租就算一百兩吧！」
二老太爺聽了，頓時一口氣堵在胸口，以前他跟謝老爺要地種的時候，從沒聽說要收田租的，謝玉嬌也太狠了，自家人還收銀子？

「姪媳婦……這……這……自家人還要收這麼多田租，只怕不合適吧？」二老太爺知道徐氏心軟，索性直接問徐氏。

徐氏見謝玉嬌說得清清楚楚，也知道自己若是答應了，自家一年至少得虧一百兩銀子，雖說這銀子數目不多，但是謝玉嬌可能又要鬱悶好一陣子了。

其實徐氏本來就不太願意跟這群貪得無厭的族人打交道，便開口道：「如今我們家的事都是嬌嬌做主的，她說要田租，那肯定要收；要是沒記錯，我們家老爺在的時候，就把陽山那邊一處果園交給您家打理，前兩年夏天你們還時常送些果子進來，今年卻沒見到，如今那果園還在嗎？要是田裡收成不夠好，果子應該也能賣不少錢吧？」

二老太爺沒想到徐氏記性這麼好，居然記得那處果園的事情，只能尷尬地笑道：「今年果園收成也不好，都是一些小果子，就不送到府上讓妳們笑話了。」

謝玉嬌一聽這話就知道是推諉，今年雨水充沛，謝家幾處果園的水蜜桃、梨子、柿子收成都很好，下頭還做了好些蜜餞送進來，虧二老太爺敢說收成不好。

「既然那果園收成不好，怎麼能讓二叔公虧本呢？我們家就先收回那果園，等我物色到更好的土地，像是能直接種出搖錢樹的地方，再撥一塊給二叔公種東西吧！」

眾人一聽這話，紛紛忍不住笑出聲來，這謝玉嬌還真是有意思，闊氣的時候揮金如土，小氣的時候比起鐵公雞也不差了。

「那……那倒不用了。」二老太爺臉色有些不好，臉上的笑也繃不住了，忍不住開口質問。「玉嬌不久前還捐了好些東西給朝廷，怎麼對族裡的親戚們就這般小氣？大家都是姓謝的，一個祖先傳下來的血脈，這麼做也太不厚道了。」

謝玉嬌聽了這話，一時也來氣了，走到祠堂中央，轉身掃了眾人一眼，見外頭還有看熱鬧的百姓，便開口道：「我捐那些東西給朝廷，是讓朝廷打韃子用的，北邊要是守不住，打到南邊來，大雍沒了，大夥兒一起家破人亡，難道就舒坦了？」

那些看熱鬧的人當中，有不少是從北邊逃難來的，聽見謝玉嬌這麼說，個個叫好，口中一個勁兒地喊道：「說得好，說得對。」

謝玉嬌轉身看著二老太爺，一字一句地說：「如今國難當頭，二叔公不一起為國出力，反倒來質問我，為什麼要捐那些東西給朝廷，這難道是大雍子民應有的作為嗎？」

二老太爺頓時被謝玉嬌給問住了，一時之間連句話都說不出口，又聽見外頭有人一味叫好，只能硬著頭皮道：「玉嬌這麼說，二叔公我可擔當不起，我只是想著讓族裡的親戚都能過得好些，玉嬌若是覺得二叔公不對，這件事以後再說罷了，沒必要弄得這麼難看，連自己的名聲也不顧。」

謝玉嬌如今最煩聽見「名聲」兩個字，這簡直就是赤裸裸的、對女性根深蒂固的鄙視啊！偏偏那些男人只要一說不過，就把「有損名聲」這頂帽子扣在女人頭上，恨不得讓妳抬不起頭來。

徐氏知道二老太爺這麼說，必定會觸怒謝玉嬌，正擔憂著呢，卻聽見外頭忽然間吵嚷起來，只見張嬤嬤眉眼帶著笑進來說道：「稟夫人、小姐，是蔣家村的佃戶們來了，他們知道今日夫人跟小姐過來祠堂祭祖，送了一條百家被過來，說是要給少爺的呢！」

徐氏聞言站起來，笑開了花道：「他們居然做了百家被來？這可不容易。」

正說著，就見丫鬟領著一個約莫五十出頭的婆子進來，她長著一張圓臉，笑嘻嘻的，手裡捧著一方被子。她看見謝玉嬌正在廳裡站著，馬上跪下來說道：「這就是謝小姐吧？我是蔣家村的佃戶，我們村裡人要我為夫人跟小姐送一床百家被來，謝謝小姐讓我們今年過了個安生年，老太婆我給夫人跟小姐磕頭啦！」

謝玉嬌忙說不敢當，張嬤嬤便過去把人扶了起來，又接過她手裡的百家被，高高興興在一旁站著。只聽那婆子開口道：「往年到了年底，蔣家都使盡方法逼債，別的村子歡歡喜喜過年，只有我們村，家裡連一粒米的餘糧也沒有，都被姓蔣的剝削了去，不知道過了多少年這樣的日子了。如今小姐把我們村的地買下來，還說頭一年不用交田租，這簡直是天大的恩德啊！我們一群婆子覺得不能白得了這個好處，挨家挨戶問人要了布料，為少爺做了一條百家被，保佑他長命富貴。」

謝玉嬌見這婆子很會說話，聽著就讓人歡喜，便生出一些嬌態來，問她。「你們那邊的鄉親不怕我嗎？不說我是惡婆娘嗎？我二叔公方才還說我名聲太差，怕我將來嫁不出去呢！」

那婆子一時沒弄清楚個所以然，聽謝玉嬌這麼說，只笑著道：「哪有這種事，小姐是出了名的大善人，將來誰要是有福分娶了您，別說讓您嫁人，就算是當倒插門的，只怕也願意呢！」

二老太爺聽了這話，臉上頓時又一陣紅、一陣白的。

在這祠堂裡坐著的，不乏有些瞧不起二老太爺做派的，但凡謝家族中的人，只要好好守著祖產過日子，斷不會混到二老太爺那分上。家裡有地，平常又有謝家幫襯，雖說富貴不到哪裡去，至少說不上窮苦。如今謝家宅早已不知孕育了幾代人，雖然大家都姓謝，但是跟謝家五服之內的，也沒有多少戶人家了。

徐氏聽那圓臉婆子一張嘴這麼甜，高興得合不攏嘴，也跟著讚嘆道：「嬌嬌，娘早就說了，公道自在人心，妳做的是好事，不怕那些閒言閒語，妳瞧瞧這百家被縫得多好啊！」

謝玉嬌也很高興，便吩咐道：「妳先到外頭等著，一會兒跟我們回謝家去，我還有些話要慢慢問妳。」

那婆子千恩萬謝，低著頭退了出去。謝玉嬌瞧祭祖的事已經結束了，轉身對二老太爺福了福身子道：「二叔公若是沒有別的事情，我們就回去了，這幾天祠堂裡頭一直供著香燭，還請二叔公留心，派人在這邊看著點。」

這時候二老太爺的臉色已經很差了，見謝玉嬌還這樣不卑不亢地說話，只覺得胸口堵得慌，可一時之間又找不出什麼可以反駁她的地方，只好沈聲道：「既然玉嬌貴人事多，那妳就先走吧！」

謝玉嬌見二老太爺一副吃癟的樣子，真是開心得不得了，但臉上還是淡淡的，上前扶著徐氏，兩人一起走出祠堂門口。門口的百姓剛才拿到了謝家撒的銅錢，一個個都跪下來磕頭，謝玉嬌扶著徐氏上轎後，一個轉身就鑽進後面的轎子裡，揚長而去了。

——未完，待續，請看文創風510《嗆辣美嬌娘》2

為流浪貓狗加油 和貓寶貝 狗寶貝 廝守終生(一定要終生喔！)的幸福機會

對人來說，貓寶貝狗寶貝只是生活的一部分，但妳(你)對牠們來說，卻是生活的全部，領養前請一定要考慮清楚——

▲ 機靈又逗人的小短腿 Sun

性　　別：男生

品　　種：米克斯

年　　紀：1歲

個　　性：活潑不怕生，極為聰明靈巧

健康狀況：身體健康，2016年8月已接種疫苗

目前住所：台中市霧峰區

本期資料來源：台灣認養地圖

『Sun』的故事：

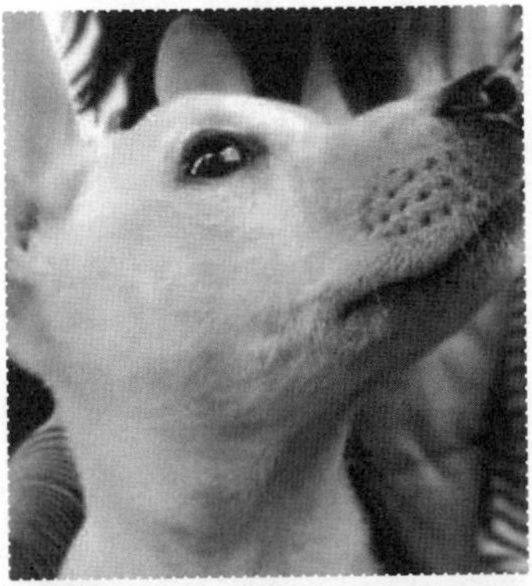

Sun被救援時是在2015年寒流來襲的前夕，當時牠只有兩個月大，對一切都還懵懵懂懂。中途發現牠時，牠正一副不知天高地厚的模樣，四腳朝天的躺在車速極快的路上，自己開心地玩著。中途怕Sun一不小心就會遭遇不測，便趕緊將牠帶離，安置在園裡一個叫「貓屋」的地方。

然而中途察覺，Sun對身形比自己大的狗有高度的恐懼，光是遠遠地看著都會發出慘叫聲，甚至想要盡可能地遠離。中途猜想，Sun在外頭或許曾被成犬攻擊過才會如此，而那麼小的毛孩子卻總是驚慌失措的樣子，讓人十分心疼；於是，Sun就被志工帶回家中照顧，對大狗的恐懼也才漸漸有所改善。

待在志工家中一段時間後，Sun又回到「貓屋」生活，牠不像一開始那樣對其他成犬感到害怕，甚至還迅速篡位成了「貓屋」裡的狗王呢！中途表示，最令他們感到好笑又有趣的是，Sun剛來到園裡時，腳掌很大，腳骨又粗，大家都堅信牠長大後是大型的米克斯，沒想到後來卻變成矮矮壯壯的小短腿，這讓大夥們都非常意外呢！

如果您喜愛並有意收養可愛的矮壯小短腿Sun，歡迎來信leader1998@gmail.com（陳小姐），或傳Line：leader1998，或是搜尋臉書專頁：狗狗山。

認養資格：

1. 認養者須年滿20歲，有獨立經濟能力，並獲得全家人的同意。
2. 須同意簽認養寵物切結書，並能讓中途瞭解Sun以後的生活環境。
3. 同意送養人日後之追蹤探訪，並對待Sun不離不棄。
4. 同意讓Sun絕育，且不可長期關、綁著Sun，亦不可隨意放養。
5. 為讓中途對您有更深入的瞭解，中途會先有份線上問卷請您填寫。

來信請說明：

a. 個人基本資料：姓名、性別、年齡、家庭狀況、職業與經濟來源等。
b. 想認養Sun的理由。
c. 過去養寵物的經驗，及簡介一下您的飼養環境。
d. 若未來有當兵、結婚、懷孕、畢業、出國或搬家等計劃，將如何安置Sun？

嗆辣美嬌娘 1

國家圖書館出版品預行編目資料

嗆辣美嬌娘 / 芳菲著. --
初版. -- 臺北市 : 狗屋, 2017.04
冊 ; 公分. --(文創風)
ISBN 978-986-328-710-0(第1冊:平裝). --

857.7 106002031

著作者 芳菲
編輯 連宓均
校對 沈毓萍 林安祺
發行所 狗屋出版社有限公司
地址 台北市104中山區龍江路71巷15號1樓
電話 02-2776-5889～0
發行字號 局版台業字845號
法律顧問 蕭雄淋律師
總經銷 知遠文化事業有限公司
電話 02-2664-8800
初版 2017年4月
國際書碼 ISBN-13 978-986-328-710-0

本著作物由北京晉江原創網絡科技有限公司授權出版

定價250元
狗屋劃撥帳號：19001626
網址：love.doghouse.com.tw E-mail：love@doghouse.com.tw